JN256344

# 文化現象としての恋愛とイデオロギー

成蹊大学人文叢書14

成蹊大学文学部学会 編

責任編集 田中一嘉

風間書房

# はしがき

誰かを好きになり、恋をして、そして愛するようになる。

恋？　愛する？

恋愛？　愛？

恋愛は、ごく身近なもののように思えて、その実、恋愛とは何かを問おうとすると、すぐさま出口のない袋小路に入ってしまうかのような錯覚さえ覚える。恋愛ほど具体的なもの（個人的な体験）でありながら抽象的なもの（概念）はないだろう。「恋愛とは何か」を問うとき、その答えはひどく個人的な範疇に属するもののように思われる反面、恋愛ということばには人類普遍の意味があるようにも思われる。さらに別言するならば、恋愛は人間の生に根差したものであるように思えて、人間の存在を超越しているもののようにも思える。

「恋愛」もしくは「愛」ということばは、ある意味、呪文や禅問答のようなものなのかもしれない。このことばは至るところで唱えられ、得体のしれない効用が語られる。あるいはこうも言えようか。恋愛の真実あるいは真理を知るには、悟りの境地に至らねばならない、と。事実、中世期における仏教の愛の概念は、のどが渇いたかのように何かに執着することであり（渇愛）、性欲（性愛）と並んで煩悩のひとつと見做されており、そのような欲求を抑制し、煩悩から解き放たれるには悟りが必要であった。また、キリスト教における神の無償の愛（アガペー）のように、人間には到達し得ない愛の極致とも言うべき概念もある。いずれにせよ、恋愛もしくは愛とは何かを知るためには秘儀的な境地を開眼しなければならないのかもしれない。

その最たるものとして、恋愛を語る際に必ずと言っていいほど言及される例を、やはりここで少し紹介したいと思う。今日の日本の文化と社会が、西洋世界のそれから多大な影響を受けていることは自明のことであるが、この日本に生きる私たちが、恋愛あるいは愛ということばを用いるとき、そのことば〔概念〕に含まれる東洋的起源としては先に触れた仏教的意味にさかのぼり、他方、西洋的起源を辿っていくと、それは原始キリスト教以前、遠く古代ギリシアのプラトンのエロース論[1]にまでさかのぼる。

プラトンによればエロースとはおおよそ、少年愛をその入り口として、真善美としての美のイデアを観照することを追究する、宗教的な情熱を帯びた（忘我の境地に近い）心的態度のことを言う。この「思想」には、二重の交際様式、換言すれば愛するふたつの対象が存在している。ひとつは恋愛の対象（少年）との交際の仕方であり、もうひとつは恋愛概念（イデア論）との交渉の仕方である。プラトンのエロース論は、単に目の前の（美しい）少年を愛することを目的としているわけではなく、少年という存在（肉体）の先にある、美のイデア（智慧）を看取することを最終目標としている。つまり、官能性／感性と理性／知性の両方によって美のイデアの感得に至るのである。

ところで、少年を愛することと、究極の美を追求することとにどのような関係があるのか、さらにこのような恋愛観が今日でも通用するかどうか、ということを考えてみるとどうだろう。ここでは、プラトンのエロース論における恋愛と関係の深いキーワードとして、「性あるいは官能性」、そして「美」のふたつに着目したいと思う。まず「性」について現在的な視点から見てみると、同性愛そのものが否定されるわけではないが、少年愛が今日の価値観と照らし合わせて倫理的妥当性を担保できないと言うことはできるだろう。しかし実際、古代ギリシアでは（プラトン的な〔理想的な〕意味ではない場合も含め）少年愛が市民階級の人たちの間では慣習となっていたこと、さらにこの関係はいわゆる師弟愛とも似ており、愛する側と愛される側との間に教育的効果が期待されていたことは当時の文学作品などからも窺い知ることができる。このような性の取り扱いに関する現代と古代との違いは、時代や社会のコード（規則、慣習）の違いに起因している。現代においても、親や祖父母の世代と子の世代とでは性に対する感覚が異なるように、わずかな年月においても社会・文化的コードは絶えず書き換えられている。

「美」についても同様のことが言える。プラトンは少年の姿に美を見たが、ここでの美は単に視覚・聴覚といった感覚器官によって受容される美しさを意味するだけでなく、善か悪かという道徳的判断においても善＝美として語られている。プラトンは、恋愛（エロースの衝動）における性愛の部分を否定しないが、恋する二者間に「美」を介在させ、両者の教育的関係を強調する。

プラトンのイデア論が国家論と結びついていたのもこのためである。

このようにプラトンがその当時、エロースとはこうだ、愛することとはこうだ、と世間に向けて発信した際、当時の人々がその思想に共感したのか、あるいは反発したのかにかかわらず、そこに生きた人々の共通認識、共通の価値観、あるいは利害関係などを背景としてこの「恋愛様式」が形作られていたことは確かである。つまり、恋愛は、ある特定の時代と地域に特化した文化現象——換言すれば恋愛の流行とも言えようか——であって、この問いへの考究が、文学などの芸術作品や哲学的著作あるいは実際の（個人的経験も含めた）文化的・社会現象といった具体的な事象の分析を通して行われるのもそのためである。

繰り返しになるが、このような分析方法はその恋愛が存在している（いた）時代や地域の特質を探ることと関連している。なぜなら、ある「恋愛様式」が、その恋愛が存在している時代や社会のイデオロギーというかたちで顕現することもあれば、巧妙に隠されていることもあるからだ。また（決して極端な例ではなく）、ある時代に書かれた文学作品の恋愛観はこうだ、という論評でさえ、作品が成立した時代のではなく、その批評家が生きている時代のイデオロギーの影響を免れ得ないのであって、その意味において恋愛について語ることは二重にイデオロギーにさらされていると言えるのである。

本書では、恋愛とは何かという抽象的ならざるを得ない問いに対して、恋愛を社会・文化的現象として捉えつつ、各執筆者が、それぞれの専門分野と関心に従って具体的な対象を選定した上で論を展開している。恋愛概念の内実に迫るものもあれば、恋愛するという行為そのものと社会あるいはそこに生きる人々とのかかわり方を論じているものもある。

また、各論考において恋愛が語られる際、様々な「媒体」が登場する。文学作品や演劇作品に描かれた人間ドラマとしての恋愛、哲学的著作における恋愛概念、さらには雑誌メディアやTVメディア上で繰り広げられる恋愛など、恋愛の捉え方とそれを支える媒体がバラエティーに富んでいる点が本書の特徴でもある。ひとつひとつの論考は独立したものとして構成されているので、どこから読み始めて頂いてもまったく差し支えはないし、むしろそのように自由に読んでいただければと思う次第である。

＊　＊　＊

最後に、本書の表紙に採用した絵画について一言だけ付け加えたいと思う。作者はイギリスの画家ジョン・ウィリアム・ウォーターハウス（John William Waterhouse, 一八四九―一九一七）で、描かれている女性はギリシア神話に登場する「プシュケー」である。[2]

ある国の王女として生まれた比類なき美しさをもつプシュケーは、その美しさゆえに愛と美の女神アプロディーテ（ウェヌス）以上に人々の敬意を集めるようになった。これに気分を害したアプロディーテが息子エロース（クピドー）に、愛の弓矢を使ってプシュケーをこの世で最もみじめな男と結婚させるように命ずる。しかし、エロースはあやまって（黄金の）矢じりで自分自身を傷つけてしまい、プシュケーを愛するようになってしまう。

その後、アプロディーテから数々の難題を押し付けられたプシュケーは、ある時冥府の眠りが収められた箱を開けてしまい、深い眠りに落ちてしまう（表紙の絵画はこの場面である）。エロースは、プシュケーから眠りを取り除き、ゼウス（ユピテル）にアプロディーテとの和解を仲介してもらう。かくしてプシュケーは神酒《ネクタル》を飲んで永遠の命を得て、神々の一員となり、エロースと結婚する。二人の間には「悦び《ウォルプタース》」という名の娘が生まれた。

「プシュケー」はもともと「息をする」の意味であったものが、転じて「生命」そして「心」や「魂」を意味するようになった語である。

そのプシュケーが眠りの箱を開ける場面は、やはり好奇心に負け、あらゆる災厄が入った箱を開けてしまうパンドーラーを想起させるが、プシュケーの場合、眠りを解き放つ「愛」という構図も垣間見え、もしかしたら眠れる森の美女（いばら姫）やディズニー版白雪姫の原風景はここにあったのかもしれない。

しかしそれ以上に印象的なのは、「愛」と「魂」の結婚によって「悦び」が誕生することである。というのも、エロースは、しばしばいたずら好きな有翼の幼児の姿で描かれ、彼の恋の弓矢(3)（黄金の矢じりは激しい恋慕を、鉛の矢じりは嫌悪を植え付ける）は、アポロンとダプネーの物語のように悲恋の結末をもたらすことが多い。しかし今やその愛《エロース》自体が魂を得て喜びをもたらす。さらに人間の側から見れば、数々の苦難を乗り越えた美しい魂が愛によって天上へと昇る神秘が、プラトンとは別様に描かれているとも言えよう。

もちろんこのような愛の捉え方も、長い人類の歴史の中でのひとつの可能性でしかないのは言うまでもないだろう。

二〇一七年二月

田中一嘉

注

(1) プラトンのエロース論については以下を参照：プラトン（久保勉訳）『饗宴』岩波文庫、一九六五（改版）、およびプラトン（藤沢令夫訳）『パイドロス』岩波文庫、一九六七。
また、エロースは、本来ギリシア神話ではカオス（混沌）、ガイア（大地）、タルタロス（奈落）に次ぐ太古の神であったものが、後のヘレニズム期でアプロディーテと軍神アレースの息子とされ、ローマ時代には同じく愛の神アモールやクピドーと同一視されるようになる。この過程においてその容姿も変遷し、形姿のない原初神だったものが、有翼の青年神、そして松明と弓矢をもった幼児の姿に変わり、これがキューピッド（クピドーの英語読み）のイメージとして今日定着している。なお、プラトンの時代においてもエロースについては定まったイメージがなく、そのためプラトン自身も先述のような自由な解釈ができたと考えられている。ヘシオドス（中務哲郎訳）『全作品』、京都大学学術出版会（西洋古典叢書）、二〇一三、九九頁〔神統記一一六─一二三〕、あるいはソポクレース（中務哲郎訳）『アンティゴネー』、岩波文庫、二〇一四、七五頁以下を参照。

(2) アープレーイユス（呉茂一・国原吉之助訳）『黄金の驢馬』岩波文庫、二〇一三、一六五―二四二頁。アープレーイユスはローマ時代の詩人で、作中人物名はラテン語表記になっているが、本要約では「ギリシア名（ラテン名）」とした。

(3) オウィディウス（中村善也訳）『変身物語（上）』岩波文庫、一九八一、三二一―三七頁。

# 文化現象としての恋愛とイデオロギー　目次

# メディア行為としての「恋愛禁止」
## ――アイドルと恋愛――

西　兼志

### 「恋愛禁止」

しばしばネット上で炎上を巻き起こすこともあるアイドルの「恋愛（禁止）」だが、近年では、司法の場に持ち込まれるまでになっている。

二〇一五年九月に、あるアイドル・グループのメンバーがマネジメント会社から損害賠償を求められた訴訟の判決が出された。会社側は、交際相手との写真が流出したため、グループを解散せざるをえなくなったと主張したのだった。判決では、この主張が認められ、賠償が命じられた。チケットやグッズの販売で収益を上げていくにはファンの獲得が欠かせないアイドルにとって、交際の発覚はその前提をゆるがせにするものであり、「恋愛禁止」は不可欠な規定と判断されたのだ。

しかし、二〇一六年一月の同様の訴訟の判決では、会社側の請求は棄却された。異性との交際は「人生を自分らしく豊かに生きる自己決定権そのもの」であり、「幸福を追求する自由の一つ」であるため、「恋愛禁止」は行き過ぎとされたのだった。(1)「恋愛禁止」についての判断が司法に委ねられ、しかも、その判決が正反対のものとなったわけである。

それぞれの判決の妥当性を論じることはできないが、ここで重要なのは、一方の判決が、アイドルという存在をビジネス・モデルの観点から捉え、それを支える「設定」を問題にしているのに対して、他方が、ひとりの人間としてのアイドルの権利を問題にしていることである。正反対の判決なわけだが、一方は「設定」として、他方は「ベタ」な権利として、「恋愛（禁止）」を捉えているわけである。

実のところ、このふたつのレベルは、ファンの側にも見られるものである。アイドルの交際が判明すると、「ベタ」なレベルで、それまで抱いていた（疑似）恋愛感情が裏切られたと感じ激高するファンもいれば、「設定」のレベルで、その「設定」をプロとして演じきれなかったことを糾弾するファンもいる。あるいは、ひとりのなかでも両者が併存し、それによって、怒りが倍増することもあれば、悲喜こもごもとなることもあるだろう。

このような二元性は、映画の「スター」やテレビの「タレント」に関して指摘されてきたものである。(2) それによれば、本来、俳優はあくまで物語世界内の「役」を演じ、「役」に対して後景に退く存在であるのに対して——いわゆる「性格俳優（character actor）」は、このような関係性に沿ったものである――、「スター」や「タレント」は、ただ「役」を演じるだけではなく、個々の物語世界を超え、さまざまな表象を通してかたちづくられる「イメージ」を演じるものとされる。「イメージ」は、「役」と「演じ手」、別言すれば、フィクションと現実、舞台上と舞台裏、公的なものと私的なものが混淆することで形成されるのだ。この点をまとめれば、次のようになるだろう。

| | | |
|---|---|---|
| 演じ手 | 役 | 「ベタ」の次元 |
| イメージ | | 「設定」の次元 |

アイドル、なかでも、その「恋愛（禁止）」をめぐる問題はこのような二元性、そして、そのあいだの緊張関係を際だったかたちで――先の判決が正反対のものになっていたように――表している。逆に、この二元性は、アイドル、そして、「恋愛禁止」とは何か明らかにするものである。

以下では、このような観点から、「恋愛禁止」について考えていくことにする。まず、この二元性がアイドルをその起源から規定するものであることを確認する（第一節）。そのうえで、現在のアイドルが、この二元性の観点からどのように位置づけられるのかを見ていく（第二、三節）。そこで重要になるのは、「ネオＴＶ」や「リアルＴＶ」といったメディア環境であり[3]、それと「恋愛禁止」の関係である。これに続いては、アイドル文化におけるメディア行為の意味について考察する（第四、五節）。「恋愛禁止」をことさらに公言することは、ひとつのメディア行為にほかならないが、それが証しているのは、メディア、あるいはコミュニケーションがなによりまず共同性＝コミュニティーを構築するものだということである。この点について、アイドルの歌う楽曲を中心としたパフォーマンスの観点から確かめていく。以上のような「恋愛禁止」とアイドルの関係をめぐる考察から明らかになるのは、この禁止が、たとえば、男性ファンの女性アイドルに対する期待や幻想――処女性や疑似恋愛――を満たすという、ある意味、一般的で常識的な見方よりも――もちろん、そのような狙いを否定するものではない――むしろ、それがメディア環境において果たしている役割であり、そこから見えてくるメディア環境の成り立ちである。

## 1　禁じられた恋愛／禁じられない恋愛

アイドル文化を考えるにあたって起点になるのは、一九八〇年である。この年に、アイドルのプロトタイプとなるふたりの一方が引退し、他方がデビューしたのだった。

ふたりの対照性を明快に描き出したのが、小倉千加子の『松田聖子論』である。(4) タイトルには、松田聖子としか記されていないが、山口百恵に関しても詳しく論じられており、ふたりを対比・比較した好著となっている。この著作で小倉は、ふたりのディスコグラフィー、その歌詞をテクスト論的に分析し、そこで描き出された記号としての「松田聖子」と「山口百恵」を析出している。そしてそこから、ふたりのキャリアが交差した八〇年を分水嶺とした女性の生き方、さらに日本社会の変化が鮮やかに取り出されている。

その分析によれば、記号としての「松田聖子」が住まっているのは、「翼の生えたブーツ」を履いて、現実の生活から遊離した、水辺や高原のリゾート、都会の街、そして、異国や虚構の世界など、八十年代的な消費社会である。それに対して、「ズドン」と地に足の着いた「山口百恵」は、恋愛を主題としたビルドゥングス・ロマン、つまり、恋愛が結婚へとつながっていく物語の主人公である。

このような対照的な個性は、結婚に対する態度において明瞭に表れてくる。小倉はそれぞれを「とめどなく増殖する円」と「同心円」と評している。

松田聖子は、結婚、そして出産後も、アイドル、歌手として復帰するだけでなく、仕事の範囲をさらに広げ、芸能人、妻、母、実業家――八八年に「フローレス聖子」という店舗を自由が丘にオープンしている――と、いくつもの活動のあいだを自由に行き来する。このような「職業的達成も自己の一パーセントをも捨てずに、女のいくつもの幸せを生きる」松田聖子の生き方は、「オーソドックスにわがまま」である。

それに対して、山口百恵にとって、芸能人としての生き方は、「生活人」としての生き方を飾ることで演じられる仮の姿でしかなく、「生活人」に戻るには、芸能人という虚飾を拭いさらねばならない。それゆえ、芸能界からきっぱりと身を引くことになる。このような決断を山口百恵はみずから「わがまま」と評したが、それは、松田聖子の場合とは対照的に、「パラドキシカル」

なものである。結婚を契機に引退するという決断は、「男は仕事、女は家庭」という伝統的な価値観からすれば、「わがまま」と呼ぶ必要はなかったはずのものである。それにも関わらず、当時のトップ・アイドルがそうするのは、多くの人の期待に反して、伝統的な価値観に敢えて従ったという意味で、自分本位なものであり、それゆえ、「パラドキシカル」となるわけである。引退の決断をこのように形容させたのが八〇年なのであり、この年がまさに分水嶺となっているわけである。

山口百恵は、こうして結婚、引退したわけだが、それに臨んで、自叙伝『蒼い時』を出版している。そのなかで、執筆の動機について、「芸能人・山口百恵としてではなく、一人の生活人・山口百恵のひとつの終点にしたいという」気持ちからのことであり、「これまでの人生を終結させる」ためだと言っている。(5) 小倉は「同心円」と評していたが、山口百恵において、「芸能人」としてのあり方と「生活人」としてのあり方、すなわち、「役」と「演じ手」は、重なり合いながらも区別されていた——区別されながらも重なり合っていた——のである。それに対して、「とめどなく増殖する円」である松田聖子の場合、それらはもはや区別されることなく一元化され、「生活人」としてのあり方も含めて、「イメージ」となる。(6) あるいは、山口百恵にとって、「芸能人」は演じられる「役」でしかない——そのかぎりで、それとは区別される「生活人」＝「演じ手」の領分は確保される——のに対して、松田聖子にとっては、結婚であれ、出産、離婚であれ、あらゆることが彼女のタレントやアイドルとしての「イメージ」に回収され、もはや

「イメージ」しかない。

山口百恵におけるこのような重なり合いは、そのキャリアを通じて形成されてきたものであり、彼女の成功はこの重なり合いに多くを負っていた。[7]

それはまず、彼女が歌った楽曲に見てとることができる。彼女がデビュー当初歌った「青い果実」(七三年)、「禁じられた遊び」(七三年)、そして「ひと夏の経験」(七四年)は、「青い性」路線と称され、十三歳の少女が歌うことでスキャンダルを巻き起こしながら成功をおさめたのだった。このような歌い手の年齢を積極的に取り入れた楽曲作りは、「私小説路線」と呼ばれ、山口のプロデューサーであった酒井政利によって、七一年にデビューした南沙織以来、採用されたものである。[8]しばしば南がアイドルの起源とされるのも、このような路線によってのことだが、それは、この路線が、大人向けの楽曲を、大人顔負けの歌唱力で歌う若い歌手ではない、アイドルとしてのアイドル、「アイドル」というカテゴリーの自立を記すものだったからである。

また、山口が出演した「赤いシリーズ」と称される一連のドラマは、このような重なり合いをより積極的に取り入れ、強化するものであった。「赤いシリーズ」とは、大映テレビの製作で、ＴＢＳ系列にて七四年から八〇年にかけて計十作——『赤い迷路』(七四~七五年)、『赤い疑惑』(七五~七六年)、『赤い運命』(七六年)『赤い衝撃』(七六~七七年)、『赤い激流』(七七年)、『赤い絆』(七七年~七八年)、『赤い激突』(七八年)『赤い嵐』(七九~八〇年)、『赤い魂』(八〇年)『赤い死線』(八〇年。山口百恵の引退に伴うスペシャルドラマ)——放送されたドラマ・シリーズである。

このうち、山口百恵は『迷路』『疑惑』『運命』『衝撃』『絆』『死線』の六作でヒロインを演じている。

「赤い」シリーズという名称は、先行する田宮二郎の「白い」シリーズに対抗してのものであったが、第一作『迷路』、第三作『運命』、第五作『絆』の脚本を担当した佐々木守が「赤」に読み取っていたのは、次のような意味あいであった。

当時の「赤い」シリーズはこうしたかたちで家族という絆を中心に、その家族が引き裂かれ、愛し合い、心が呼び合う運命との闘いをえがいたものであった。赤いシリーズの「赤」とは「血族」の象徴でもあった。ぼくに関していえばこれは子どものころに村の小学校の講堂でよく見た「母もの映画」の無意識の影響なのかもしれなかった。(9)

佐々木が挙げている「母もの」とは、大映が三益愛子主演で四八年から五八年にかけて計三一作が製作した一連の映画であり、母と子の絆をさまざまな曲折を通して描くメロドラマである。「赤いシリーズ」を貫いているのも、同様の血縁をめぐる葛藤にほかならない。

第一作の『迷路』は、当初、殺人事件をめぐるサスペンスであったのが、回を追うごとに、山口百恵演じるヒロインと、殺人犯として逃走中の実父とのあいだの葛藤がクローズアップされていく。また、シリーズでもっともヒットした『運命』で描かれているのは、五九年の伊勢湾台風の混乱のなかで取り違えられた山口百恵と秋野暢子が演じる、ふたりの少女のあいだの葛藤である。『赤い絆』も、山口百恵演じるヒロインと、その父親違いの妹のあいだで繰り広げられる三角関係を軸にして進んでいき、『疑惑』では、恋に落ちた山口百恵と三浦友和が演じるふたりが、実は、異母兄妹であったことが発覚し、その葛藤がドラマを導いてく。

このように、血縁の問題が「赤いシリーズ」を貫くドラマツルギーとなっているわけだが、ここで注目すべきは、それが、山口百恵の実生活と重なるものだったことである。

山口百恵に「出生の秘密」があるらしいことが初めて報じられたのは、『迷路』が放送される半年前の、七四年五月のことであった。[10] また、放送後の七五年五月には、父親が記者会見を行い、山口百恵の親権をめぐる争いが週刊誌を賑わしたのだった。第二作の『疑惑』が放送されたのは、その半年後のことである。

このような経緯について、「赤いシリーズ」のプロデューサーであった野添和子は次のように証言している。

百恵さんの場合はたいてい視聴者が彼女の成功物語を知っていました。設定もそれに近くて驚かないというか、「そうなんだ、これは彼女の生い立ちとある程度オーバーラップしているのだ」という具合に見ていました。[11]

つまり、「赤いシリーズ」は、山口百恵の出生をめぐるスキャンダルを巧みに利用しながら構想され、視聴者の側もそれを共有していたわけである。そして、それによって、荒唐無稽な物語に、いくばくかの真実みが与えられたのであった。

こうして、山口百恵において、「芸能人」としてのあり方＝「役」と、「生活人」としてのあり方＝「演じ手」が重なり合っていったわけである。歌った楽曲や出演したドラマは、この重なり合いを構築し、それを積極的に活用することで成功をおさめていったのだ。

そして、この重なり合いが極まるのは、結婚においてである——そこを超えて、活動を続けていたなら、八〇年代的な「イメージ」の世界＝「設定」の次元に生きるアイドルになっていたであろう。そのなかで、「ベタ」の次元にとどまり、「生活人」に回帰するには、「芸能人」＝「役」を終わらせるしかない。逆に、松田聖子の場合のように、「イメージ」として一元化された世界に生きるのであれば、もはや「芸能人」から「生活人」への移行は引退を意味するものでなくなる。

以上のように、「恋愛（禁止）」に関して、山口百恵は、それを「ベタ」の次元で生きたのであり、それに対して、「設定」の次元に生きる松田聖子は、「禁止」自体を無効化したわけである。

| | | | |
|---|---|---|---|
| 演じ手＝生活人 | 役＝芸能人 | 「ベタ」の次元 | 七十年代　山口百恵 |
| イメージ | | 「設定」の次元 | 八十年代　松田聖子 |

現在のグループ・アイドルは、この対照的なふたりに端を発するプロトタイプを矛盾なく両立させるものにほかならないが——それは、「終わり」つつ「終わらない」、別言すれば、アイデンティティーを維持しながら更新していく「卒業」という仕組みに顕著である(12)——、そこで「恋愛禁止」はどのように位置づけられるのか。

この点を明らかにするには、アイドルを生み出してきたメディア環境について考える必要がある。

## 2 ネオTVからリアルTVへ

山口百恵をはじめとした七十年代のアイドルだけでなく、小泉今日子などの八〇年代のアイドルたちの多くを輩出したのは、『スター誕生』というオーディション番組であった(13)。おニャン子クラブを生み出した『夕焼けにゃんにゃん』でも、毎週のように、オーディションが行われていた。

さらに、鈴木亜美やモーニング娘。などを世に送り出した『ASAYAN』は、ただオーディションを行うだけでなく、その様子を、いわゆる「リアルTV」のフォーマットに則って映し出したのだった。

「リアルTV」とは、公募で選ばれた(とされる)、すなわち、視聴者と変わるところのない(とされる)十数名の若者たちが共同生活を送る様子を常時、撮影し、それを放送する番組のことである。各国で、様々なアレンジを加えながら放送されたが――日本では、フジテレビの『テラスハウス』もそのひとつだとされるが、オリジナルのコンセプトからはかなり隔たっている――、無人島でのサバイバルという要素を取り込んだ『サバイバー』、アイドルを発掘する『アメリカン・アイドル』や『スター・アカデミー』などがある。「リアルTV」は、その最初の番組のタイトルが『ビッグ・ブラザー』であったように、監視社会の戯画という側面があり、放送当初、よかれ悪しかれ大きな反響を巻き起こした。たとえば、フランスでは、のぞき趣味で低俗だとか、二四時間監視下に置くのは人道的に問題があるなどと批判されたのだった（その結果、一日のうち二時間は撮影しない時間を設けねばならないということになった）。

モーニング娘。の場合、デビューに向かって、涙ながらに歌やダンスの特訓に取り組む様子に加えて、五日間で五万枚のCDを売り上げないとデビューできないという条件が課され、メンバー自身が各地で手売りする姿を映したVTRも流された。その結果も番組内で発表され、多くの視聴者が、歓喜の涙を流しながらデビューにたどり着いた姿に立ち会ったのだった。彼女たちは、次々に突きつけられる試練に臨み、それを涙とともに乗り越えていくことで、アイドルとなっていったわけである。

これらの番組はどれもオーディション番組であり、アイドルが誕生し成長していく様をみせるものだが、八〇年代以前と、九〇年代半ば以降では、同じオーディション番組でありながら、メディア環境の変化とともに異なったものとなっている。この差異は、ネオTVと、それを徹底化したリアルTVの差異である。

「ネオTV（新しいテレビ）」は、イタリアの記号学者で小説家でもあり、若い時にテレビ局に勤めていたこともあるウンベルト・エーコによるものである。(14) それは、中継を範列にし、出来事をそのまま伝える（と考えられていた）「パレオTV（旧いテレビ）」に対して、視聴者の視線を引くべく演出され、ますますフィクションに近づいていく――こうして、出来事を伝えるメディアの透明性が失われていく――ものである。テレビというメディアが、存在するだけで注目を集められた幼年時代を終え、積極的に媚びを売らねばならなくなったわけである。

この変化をよく表しているのが、スタジオ空間の拡張である。パレオTVでは、中継されなくとも変わるところがなかったはずのイベントが行われる現場が中心であるのに対して、ネオTVでは、メディアが用意したスタジオ空間がますます重きをなすようになる。この点は、たとえばスポーツ中継で、アイドルやタレントが起用されるなど、さまざまなかたちの演出が加えられるようになったことを見れば明らかだろう。

このネオTV化をさらに押し進めるのが、リアルTVである。日常生活そのものを映し出し、それをひとつの番組にしてしまおうというリアルTVで、スタジオ空間はさらに拡張され、生活空間そのものと混淆するまでになる。

このネオTVとリアルTVは、先の「ベタ」と「設定」の観点からすれば、「タレント」の住まうスタジオ空間によって特徴づけられるネオTVは、「設定」の次元に対応したものである。

それに対して、リアルTVでは、「ベタ」と「設定」のふたつのが混淆することになる。いわば、山口百恵が「ベタ」に生きた世界を、「設定」として生きることになる。あるいは、「設定」を「ベタ」として生きることになるのだ。「設定」の次元で、「イメージ」として、「役」と「演じ手」、「芸能人」と「生活人」が混淆するとすれば、リアルTVにおいては、「ベタ」の次元と「設定」の次元が混淆するわけである。別言すれば、ネオTVでは、「中継」に対して「フィクション」、すなわち、「演じ手」に対して「役」が前景化し、「イメージ」＝「設定」に一元化される「タレント」たちの姿が映し出される。それに対して、われわれと変わるところがない出演者たちが登場するリアルTVでは、改めて「中継」の側面が浮上し、「設定」を生きるわれわれの姿が映し出されるのだ。

| | | | |
|---|---|---|---|
| 七〇年代 | 演じ手＝生活人 | 役＝芸能人 | 「ベタ」の次元＝パレオTV |
| 八〇年代 | イメージ | | 「設定」の次元＝ネオTV |
| 九〇年代半～ | 設定＝ベタ | | 「ベタ」と「設定」というふたつの次元の混淆＝リアルTV |

このような「ベタ」と「設定」というふたつの次元が混淆し、リアルTV的なメディア環境をよく表しているのが、いわゆる「キャラ」である。アニメやマンガに登場するだけでなく、日常のコミュニケーションにおける役割や立場を指すものとして使われる「キャラ」には、一方で

は、ひとつの「設定」として、作られたもの、演じられるものという面がある。しかしまた同時に、それを違えるわけにはいかない——いったん違えれば、空気が読めないと断ぜられる——ほど、「ベタ」なものとして課されている。つまり、「キャラ」は、「設定」と「ベタ」というふたつ次元の混淆、「ベタ」に生きられる「設定」を一身で表しているわけであり、その意味で、現在のメディア環境とまったく整合的なものである。

このリアルTV的なものを、常設の劇場や、SNSのようなメディア環境を活用してより「リアル」におし進めていったのが、AKBである。

## 3 「恋愛禁止」と「関係性のドラマ」

プロデューサーの秋元康は、AKBのコンセプトが「成長のドキュメンタリー」を「間近で」見せることなのだと言っている。(15)

このコンセプトを端的なかたちで表しているのが、さまざまな「サプライズ」企画である。それはたとえば、ファン、そして、メンバー自身に人気の順位を突きつける「総選挙」であり、所属チームをシャッフルする「組閣」、あるいは、「じゃんけん大会」である。このような企画は、メンバーを新しい状況に置き、その状況に臨んでの反応によって「成長」を試すものであり、それが「サプライズ」として、ファンのまさに目の前で行われることで、ひとつの「ドキュメンタリー」となっているわけである。

この「成長」を計るうえで重要なのが、「関係性」である。別言すれば、「成長のドキュメンタリー」とは、「関係性のドラマ」にほかならない。

『スター誕生』にしろ、『夕焼けにゃんにゃん』、『ASAYAN』にしろ、候補者たちはオーディションで審査され、デビューできるかどうか選別されていったわけだが、そこで審査されるのは、歌唱力やダンスなど、パフォーマンスにとって必要な能力だけではなく、それ以外の能力がますます審査の焦点となっていったのだった。それが顕著になったのが、『ASAYAN』である。というのも、リアルTVのファーマットに従ったこの番組では、候補者たちが一カ所に集められて過ごす合宿生活など、選考へといたるプロセスそのものに焦点が置かれていたからである。そのなかで、友情にしろライバルにしろ関係性のドラマが繰り広げられ、それぞれのメンバーの「キャラ」が確立されていたったのだった。AKBを始めとした、それ以降のアイドルは、もはやテレビというメディアを介することなく、より直接に、みずからの成長、さらには私生活までを晒しながら、選別されていくことになる。彼女たちが劇場やSNSで発信するメッセージの多くも、メンバーのあいだの関係性をめぐるものである。

このような関係性のドラマは、リアルTVで中心をなすものにほかならない。リアルTVでは、参加者たちがダンスやゲーム、スポーツなど、リゾート施設で行われるようなイベントに興じる姿も映し出されるが、重要なのは、参加者同士のやり取りであり、個室でカメラに向かって行う仲間についての打ち明け話である。さまざまな背景を持った若者が選ばれ、共同生活を送っているわけだが、そこで話題になるのは、政治や宗教であったり、あるいは逆に、家事などの日常的なことではなく、あくまで仲間のあいだの感情的な関係性なのだ。このような参加者のあいだの関係性を際立たせる上で欠かせないのが、かれらを外の世界から切り離し、閉ざされた環境に置くことである。そのため、電話やテレビなどのメディアは一切禁止されている（それゆえ、フランスのリアルTVで、脱落後にスタジオに呼ばれた候補者が、外の世界で話題になっていることを、残っている仲間に、暗号を使って伝えた際には、激しく批判されたのだった）。こうすることで関係性のドラマが前景化されるのであり、それこそがリアルTVの成功の秘密なのだ(16)。

この点を凝縮したかたちで見せるのが、AKBのドキュメンタリー作品である。

AKBについては、これまで数本のドキュメンタリー映画が公開されているが、なかでも二〇一二年の『Show must go on　少女たちは傷つきながら、夢を見る』、そして、翌年の『No flower without rain　少女たちは涙の後に何を見る？』は、AKBのイメージを成り立たせているのが、関係性のドラマであることをよく表している。

まず、『Show must go on』では、仙台で震災を経験した研究生のインタビューから始まっているように、震災後の五月以来行っている被災者たちとの交流が作品を貫く縦糸になっている。現在にいたるまで継続されている被災者支援のイベントだが、握手会がなによりまず交流の場であることを思い出させるものである。

この冒頭に続いては、第三回の「総選挙」の様子が描かれている。そこでは、センターに返り咲いた前田敦子が「わたしのことは嫌いでも、ＡＫＢのことは嫌いにならないでください」と絶叫し、大島優子がファンの投票を「愛」と断言したのだった。これらのことばが表しているのも、ＡＫＢが、ファンとの関係から成り立っているということにほかならない。また、バック・ステージでそれぞれの順位を涙とともに受け止める中心メンバーたちの姿が描き出されているが、そこで前景化してくるのも、メンバー同士の関係性である。

次に描かれるのは、今作の中心となる二〇一一年七月二二日から二四日の三日間、西武ドームで開催された『ＡＫＢ48 よっしゃ～行くぞぉ～！in 西武ドーム』の様子である。初のドーム公演だったうえに、二日目のリハーサルの最中には、前田敦子が過呼吸で倒れてしまう。不動のセンターが倒れたため、それを埋め合わせようとすると、玉突き的にポジションが変更されるメンバーが出てくる。こうして、大人数のグループであるＡＫＢ内の複雑で密な関係性が描き出されることになる。そして、開演直前、高橋みなみを中心に組まれたチームＡの円陣に、前田敦子が復帰してくる姿――このシーンは、本作の見せ場のひとつである――は、チームの関係性を強く印象づけるものである。

ドーム公演に続いては、新たに結成されたチーム4の姿が描かれる。そこで映し出されるのもまた、関係性をめぐるドラマである。チームのキャプテンに選ばれた大場美奈が、「恋愛禁止」に反したため謹慎することになるが、そこで中心になるのは、次作で主題となるこの禁止そのものではなく、あくまでチーム内の関係性の変化である。謹慎中の大場美奈にかわって、島田晴香がキャプテン代行を務めることになり、関係性が動く。それが、大場美奈の復帰によって、あらためて動くことになる。このようなふたりの関係性は、先に描かれた前田敦子と高橋みなみの関係性を演じ直したものである

以上のように、本作は、ＡＫＢのイメージが、メンバー間、そして、ファンとのあいだで繰り広げられる関係性のドラマによってかたちづくられていることをよく表すものとなっている。

次作の『No flower without rain』でも、総選挙やドーム公演、じゃんけん大会が取り上げられているが、ドーム公演についていえば、今作で描かれるのは、結成時から目標としてきた東京ドームでの公演である。前作ではバック・ステージで演じられていたメンバー間の関係性のドラマが、今作では、「組閣」が行われることで、ステージ上で繰り広げられる。そして、前年の西武ドームでは準備はしていたものの、実現することはなかった前田敦子の不在が、卒業というかたちで現実のものになる。こうして、新たなセンターをめぐるドラマを始めとして、メンバーのあいだの関係性の変化が描かれることになる。

また、前作では、チーム４での、恋愛禁止に反したことにともなう関係性の変化が描かれていたが、今作でそれに対応するのが、「スキャンダル」による指原莉乃の異動が引き起こす、ＨＫＴでの関係性の変化である。「恋愛禁止」が原則とされ、同様の出来事で脱退していったメンバーもいたなかで、指原に課せられたのは、ＨＫＴへの移籍であった。スキャンダルの発覚自体がひとつのサプライズだったわけだが、それに対して、プロデューサーの秋元は移籍というサプラ

イズで応えたわけである。発足して半年あまりのＨＫＴへの移籍は、当初は、どちらにも戸惑いしか生んでないようであった。しかし、この移籍によって、「ヘタレ」キャラであった指原は、若いメンバーたちの指南役という新たなキャラを確立することになる――そして、その成功が、二〇一三年の総選挙での一位獲得に繋がったのであった。

本作の主題である「恋愛禁止」については、作品の冒頭と最後で、交際写真が流出した初期メンバーがファンに向かって謝罪し、卒業していく姿が描かれている。中心メンバーたちも、「恋愛禁止」についての思いや覚悟をカメラを前にして語っている。

以上のように、これら二作はともに、関係性のドラマを描き出しているわけだが、その描き方は対照的なものである。ドーム公演に関しては、関係性のドラマが演じられるのが、バック・ステージなのか、ステージ上なのかというかたちで対照的である。また、チーム４やＨＫＴという発足まもなくのチームの関係性の変化が、恋愛禁止に反したことで、メンバーが離脱するのか、あるいは、加入するのかというかたちで対照的なものとなっている。さらに、主題のレベルでも、被災地における握手会のような交流が、外部との関係性を開くものなのに対して、「恋愛禁止」は、外部との関係性を閉ざすものである。

こうして対照的なかたちで関係のドラマが描き出されるわけだが、先にも指摘したように、ＡＫＢの「成長のドキュメンタリー」は、リアルＴＶ的なものであった。この観点から明らかになるのは、「恋愛禁止」が、リアルＴＶにおいて、出演者たちを、外の世界から切り離し、閉じられた環境の内部で築かれる関係のただなかに置くのと同様の仕掛けだということである。「恋愛禁止」というかたちで、外部との関係から切り離されることで、内部における関係性は純化され際立つのだ。このような仕掛けであることこそが、「恋愛禁止」の意味なのであり、グループ内部での関係性を前景化させるためのものなのだ。

それはまた、山口百恵が「ベタ」に生きた「恋愛禁止」を、現在のアイドルは「設定」として生きているということである。このような観点から、冒頭で見た、正反対の判断となった裁判を考え直してみることができるだろう。判決のひとつが「恋愛禁止」の必要性を認めたのは、「設定」としての妥当性を証すものであった。そして、「恋愛禁止」を退けた判決が示していたのも、この「設定」がもはや生きられるものであること、「設定」が「ベタ」になったことだったのだ。

そして、そこで生きられる「関係性のドラマ」はわたしたちが生きるものにほかならない。リアルTVで主演者たちが公募で選ばれたとされていたように、このドラマにおいては、「設定」の次元と「ベタ」の次元は区別されず、メディアのあちらとこちらは地続きとなる。このような関係を前景化するうえでも「恋愛禁止」は必須のものである。

このように、「関係性のドラマ」を際立たせるべく、外部との関係から閉ざす「恋愛禁止」はまた、別のかたちで、外部との関係を開くものでもある。続いては、「恋愛禁止」のこのような側面について検討していくことにする。

## 4　パフォーマンス／パフォーマティヴ

しばしば指摘されてきたように、ＡＫＢの楽曲では、女の子たちが歌っているにも関わらず、「わたし」や「あたし」ではなく、「ぼく」という一人称が使われることがある。

この点に関しては、「会いに行けるアイドル」というＡＫＢの基本コンセプトによるという説がある。[17]それによれば、かつてはアイドルをただ見ることしかできなかったのが、「会いに行けるアイドル」が登場することで、ファンの側もアイドルから見られることを意識するようになり、特に、握手会などでみずからのことを印象づけるには「コミュニケーション能力」も求められるようになってくる。こうして、アイドルが活動する現場に、見るからにオタクのようなひとたちだけでなく、見た目にも気をつかった普通の若い男の子たちが増え、女の子たちも足を運びやすくなり、その数が増えていく。このようなファンの変化が歌詞にも反映し、アイドルとの疑似恋愛的なものでなくなり、「わたし」ではなく「ぼく」が選択されることになるというわけである。

「恋愛禁止」を一応の原則とし、スキャンダルがほのめかされるだけで大炎上するＡＫＢで、ファンにとってメンバーが「疑似恋人的」でないと言い切るのは難しいと思われるが、この説で重要なのは、恋愛や青春を疑似体験させ、感情を共有することで、一体感が生み出されているという指摘である。つまり、彼女たちが「ぼく」と歌うことで、そのメッセージは、性別に関わらず、誰にでもあてはまるようになる。別言すれば、彼女たちが「ぼく」と歌うことで、「ぼくたち」と「わたしたち」が融合し、一体感というかたちで、共同性＝コミュニティーが構築されるのである。

この点について参考になるのは、いまやＡＫＢと並ぶアイドルであり、ＡＫＢ以上に、「恋愛禁止」、そして、グループ内の関係性が強調される、ももいろクローバー（Ｚ）の楽曲についての分析である。安西信一は、ももくろの「走れ！」を例にして、男性の視点から書かれた歌詞を女性が歌う「ジェンダー交差歌唱」がもたらす効果について、次のように言っている。

「君」と「僕」、ももクロと（男性）ファンとのあいだには、ある種のクロスオーバー（取り違え《キプロコ》、交差語法《キアスム》、無差別）が成り立つ。それによって、「君の元へ」と「走」る身体運動、「ココロ」を超えた「体」の不思議な繋がりの力は、ももクロとファンのあいだで双方向的なものとなる。そして両者の一「体」感はいっそう強まるのである。[18]

「走れ！」は、前向きな歌詞もさることながら、ライブでは、サビの部分が、会場の照明が落とされ、ファンが振るサイリウムの光が浮き上がるなかで歌われ、さらに、ファンも一緒になって歌うように促されることもあるなど、特に一体感が強調される楽曲である。

このような「一「体」感」を生み出すうえで重要なのは、安西の分析で指摘されているように、身体的な現前である。この現象は、「今会える」ももクロにしろ、「会いに行ける」ＡＫＢにしろ、彼女たちが「ライブ・アイドル」と呼ばれていたように、〇〇年代に入ってからのライブ文化の興隆と密接に関係したものである。

そして、このような一体感をさらに補強、拡張するのが、歌詞を構成している「呼びかけ」というコミュニケーション行為である。

この点については、別のところで、卒業ソングを分析した際に指摘したことである。[19] そこではまず、卒業ソングの変遷をたどることで、ＡＫＢを始めとした〇〇年代の楽曲が、それ以前の過去志向的な態度とは対照的に、未来志向的な姿勢によって特徴づけられることを示した。

この変遷は、端的には、次のようなものである。まず、七〇年代の卒業ソングでは、女性が旅立ち、変化していくのに対して、男性のほうはかつての姿のままで変化しないという構図になっている。駅のホームで別れるふたりの姿を歌う、かぐや姫やイルカの「なごりゆき」（七四年）で、汽車で去っていくのは彼女であり、彼のほうは駅のホームに残され立ちすくむほかない。海援隊の「贈る言葉」（七九年）が歌っているのも、女性を見送る男性のことばである。また、女性の視点から書かれた、荒井由実（松任谷由実）の「卒業写真」（七五年）も、「卒業写真の面影がそのままだったから」とあるように、卒業して変わってしまった彼女とは対照的に、彼のほうは変化しないままである。

それが、八〇年代になると、旅立つ男性を、故郷に残る女性が見送るという構図になる。松田聖子の「制服」(八二年。「雨にぬれたメモには東京での住所が… 握りしめて泣いたの」)でも、斉藤由貴の「卒業」(八五年。「東京で変ってく あなたの未来は縛れない」)、菊池桃子の「卒業」(八五年。「四月が過ぎて都会へと 旅立ってゆく あの人」)でも、都会に去って行く彼を彼女が見送ることになる(それは、先輩を後輩が見送る柏原芳恵の「春なのに」(八三年)にも当てはまる)。

このような構図の逆転に関わらず、どちらの場合も中心となっているのはあくまで、見送る側の思いであり、それにともなって、残された想い出が重きをなし、過去志向的なものである。それが、〇〇年代には、このような過去志向性そのものが反転し、とにかく前向きな未来志向が前景化してくる。

AKBの卒業ソングは、このような反転をよく表している。なかでも、〇九年に発売された「10年桜」では、「卒業はプロセスさ 再会の誓い」「卒業はスタートさ 永遠の道程《みちのり》」とあるように、卒業の別れは、決定的なものではなく「プロセス」、終わりではなく「スタート」であり、過去の想い出ではなく、未来への希望が表明される。〇六年の「桜の花びらたち」も同様で、「桜の花びらたちが咲く頃 どこかで 希望の鐘が鳴り響く 私たちに明日の自由と 勇気をくれるわ」と未来への希望、信頼が歌われている。一〇年の「桜の栞」でも、桜の花が「未来の栞」「希望の栞」とされ、翌年の「桜の木になろう」でも、桜の木が「スタートの目印」とされているように、卒業から一歩踏み出して、前向きに歩んでいくよう促されている。一二年の「GIVE ME FIVE !」(「卒業とは出口じゃなく入り口だろう」)、一三年の「So long !」(「思い出が味方

になる　明日から強く生きようよ」）、一四年の「前しか向かねえ」（「前しか向かねえ　最後くらいはカッコつけさせてくれ　新しい世界にビビってるけどもう後には引けねえ」）でも、前向きな姿勢が際立っている。

このような志向性は、AKBを始めとしたアイドルだけでなく、〇〇年代にブームとなった卒業ソング、桜ソング一般の特徴である。このブームの先鞭を付けた森山直太朗の「さくら」（〇三年）も、「さらば友よ　またこの場所で会おう　さくら舞い散る道の上で」と、再会を期している。いきものがかりの「SAKURA」（〇六年。「春のその向こうへと歩き出す」）やレミオロメンの「Sakura」（〇九年。「一緒に歩こう　真っ白な雲の向こう」）も、未来へ向かって歩み出すことを促している。また、〇八年のアンジェラ・アキの「手紙　～拝啓　十五の君へ～」でも、「今を生きていこう　今を生きていこう」、そして、「恐れずにあなたの夢を育てて　Keep on believing」と、未来志向が押し出されている。

このように、〇〇年代の卒業ソングは、未来志向によって特徴づけられ、それ以前の過去志向と対蹠をなしている。

そして、このような志向性の違いは、コミュニケーション行為の違いとしても表れてくる。〇〇年代の楽曲は、未来への希望や信頼に基づいた、相手に対する「エール」や「呼びかけ」、「約束」からなっている。それと対照的に、八〇年代以前の楽曲では、別れは決定的なものであり、そのため、去って行く相手に声をかけることもできず、思いをみずからの内に留め置くことしかできない。それは、八〇年代の女性アイドルが歌う卒業ソングだけでなく、七〇年代にもあてはまることである。「なごり雪」でも、列車の窓越しに別れていくふたりで、彼女のほうは、何かを言いたそうにしているが、彼の方は別れを告げられるのが怖くて下を向いているばかりである（「君のくちびるが「さようなら」と動くことがこわくて　下をむいてた」）。「卒業写真」でも、彼女は、変わってしまった自分に引け目を感じてか、街ですれ違った彼にことばをかけることができない。「贈る言葉」も、「贈る」といいながらも、そのことばは相手に「もう届かない」と歌われていたのだった。

このように、〇〇年代の卒業ソングでは、過去志向が未来志向に反転するだけでなく、決定的な別れを前にした抑制的な態度が、相手に対して呼びかける積極的な態度へと反転し、別れは相対化される。

そして、このような未来志向的なコミュニケーション行為は、先に見たライブにおける身体的な現前、そして、それが生み出す一体感によって根拠づけられ、また逆に、未来志向的なコミュニケーション行為によって一体感は補強される。

このような共同性＝コミュニティー、あるいはコミュニオンともいうべき関係性を可能にするコミュニケーションのあり方を指すのが、言語行為論における「パフォーマティヴ（performative＝行為遂行的）」の概念である

この概念は、ことばを事態との合致においてのみ問題にする態度（adaequatio rei et intellectus）

に異議申し立てすべく提出されたものであり、そのような真偽が問題になる「事実確認的（constative）」なことばに対して、行為の文脈にあり、効果が問題になることばを「パフォーマティヴ」と呼んだのであった。

しかし、言語行為論は、その後の展開において、発話者の意図にのみ注目し、行為遂行的な表現を分類するだけのものとなっていった。この点は、「パフォーマティヴ」のうち、何ごとかを「言いながら」、それを「行う」、たとえば、「…を約束する」と言いながら「約束」という行為を実現する「発話内行為（illocutionary act）」のみを扱い、何ごとかを「言うことによって」何らかの効果を相手に及ぼす「発話媒介行為（perlocutionary act）」が切り捨てられていったことによく表れている。しかし、ことばを行為の文脈に置き直し、相手に実際に与える効果を問うという本来の問題設定からすれば、より重要なのは「発話媒介行為」のほうである。この概念こそが、実際のコミュニケーション、すなわち、ある発話が、相手に対して影響や効果を与え、その相手がなんらかのかたちで反応するという、偶然性にみちたコミュニケーションを問題にするものだからである。それにもかかわらず、この「発話媒介行為」は、まさにこのようなコミュニケーションを扱うがゆえに、つまり、相手に対する効果や相手からの反応が、個々の具体的なコミュニケーション状況に左右され、体系化しえないものであるという理由で排除されていったのだった。

しかし、ここまで見てきた、未来に開かれ、さらにパフォーマンスをともなったコミュニケーション行為は、「発話媒介行為」にほかならない。このようなコミュニケーション行為を考えることはまた、「言語行為論」そのものを更新すること、「発話媒介行為」の観点からの「言語行為論」を改めて理論化する可能性を開くものである。

ここで参考になるのは、ジャック・デリダによる、アメリカ独立「宣言」の分析である。

## 5 コミュニケーション・コミュニティー：メディア行為としての「恋愛禁止」

この分析は、独立宣言の二〇〇周年の際に発表され、この「宣言」を「パフォーマティヴ」概念を用いて分析するものである。[20]

独立「宣言」はまさに、「パフォーマティヴ」なことばなわけだが、しかし、もしそこで「我々」と名指されている「国民」がすでに独立して存在しているとすれば、「事実確認」となる。とはいえ、そもそもその発話者である「国民」が、この宣言によって名指されることで初めて、それとして誕生するのだとすれば、すぐれて「パフォーマティヴ」な発話である。というのも、この発話によってまさに、アメリカ合衆国の国民という発話主体そのものが生み出されるからである。そしてそれは、この「宣言」が、「パフォーマティブ」のうちでも、発話によって、それを発話した主体そのものが生み出されるという根本的な効果が問題になっている点で、「発話媒介行為」だということである。それはまた、時間の観点からいえば、いまだ発話者である国民が存在していない現在から、存在するようになった未来を先取りし、その先取りされた未来から、現在の国民という存在を仮構するということである。

このような「宣言」の分析が明らかにしているのは、未来を志向することによって、現在における共同性＝コミュニティーが仮構されるということである。

これはなにもアメリカ合衆国の「独立宣言」という特権的な言語行為だけにあてはまることではない。そうではなく、「パフォーマティヴ」な発話、すなわち、コミュニケーション行為一般にあてはまることである。

たとえば、「約束」は、「発話内行為」の典型とされるが、それは、「…を約束する」と言ったまさにその瞬間に「約束」という行為が成立するからである。しかし、このことばは、「約束する」と発した発話主体を、その約束を果たさなければならないという義務が拘束するだけではない。それだけでなく、あるいは、より根本的に、その約束された未来の行為がなされるかもしれず、なされないかもしれないという可能性が、約束を交わした者たちを結びつけるのである。「独立宣言」の場合も、「国民」はこうして結びつけられ、誕生するのだ。独立「宣言」と同様に、「約束（pro-mise）」は、「未来志向的＝展望的（pro-jective）」なものであり、それによって、現在の共同性＝コミュニティーが仮構されるわけである。これが、コミュニケーション行為のもっとも根本的な効果にほかならない。

そして、このようなコミュニケーション行為の特徴は、「恋愛禁止」にもあてはまるものである。恋愛の「禁止」が問題になっているわけだが、それをルールとして公にすること、「宣言」し、「約束」することも、コミュニケーション行為、あるいはメディア行為である。

アイドルたちの活動を導き、そのアイデンティティーをかたちづくっているのも、「恋愛禁止」に限らず、一連のコミュニケーション行為・メディア行為である。たとえば、ＡＫＢにしろ、ももクロにしろ、駆け出しのころ、無謀とも思われながらも、東京ドームや国立競技場での公演や、紅白歌合戦への出場といった夢をファンの前で「宣言」し、「約束」したのであった。その実現に向けての成長が、その後の活動の縦糸となっていった。それによって、メンバーだけでなく、ファンをも巻き込んだかたちで共同性＝コミュニティーが確立されていったのであった。

あるいは、「なんてたってアイドル」（小泉今日子、八五年）や「非実力派宣言」（森高千里、八九年）を思い出してもいいだろう。これらの自己言及的なことばは、アイドルらしからぬものとして取り上げられてきたが、ただの若い歌手ではない、アイドルとしてのアイドル、「アイドル」というカテゴリーの自立を記すものであった。このようなカテゴリーの自立も、メディア行為のパフォーマティブな効果にほかならない。

このような未来志向的なメディア行為による共同性＝コミュニティーの確立が重要なのは、共同性＝コミュニティーを成立させるのが何も過去だけではないことを明らかにしているからである。たしかに、記憶を共有していること、たとえば、言語や歴史＝物語、そこに登場する実在であれ虚構であれ、偉人たちの名前、あるいは、映画やテレビ番組、マンガ、アニメ、アイドルの楽曲といった文化産業の製品などを、漠然とであれ、共通の知識や経験として有していることによって始めて、国民であれ世代であれ、共同性＝コミュニティーは確立される。しかし、共同性

＝コミュニティーは、このような過去の記憶だけでなく、「約束」や「宣言」などのコミュニケーション行為によって、未来を共有することでも可能になるのだ。

「恋愛」は、この点をもっとも日常的で、もっとも親密なかたちで具現化するものにほからない。「告白」で始まり、「別れ」で終わる恋愛は、コミュニケーション行為から成り立った共同性＝コミュニティーであり、夢や展望などの未来の共有がそれを導いている。「関係性のドラマ」も、このようなコミュニケーション・コミュニティーを表したものである。そしてそれは、メディアのもっともメディア的、そしてそれゆえ直接的＝非―メディア的(im-mediate)な効果を証している。

ここまでの「恋愛禁止」を中心にしたアイドル文化をめぐる考察から明らかになるのは、このような現在のメディア環境である。

注

(1)『朝日新聞 Digital』二〇一六年一月一八日(http://www.asahi.com/articles/ASJ1L5QVRJ1LUTIL060.html 二〇一六年一〇月三一日閲覧)

(2)「スター」や「タレント」というメディア的な形象については、拙著『〈顔〉のメディア論――メディアの相貌』(法政大学出版局、二〇一六)で、また、アイドルについては、『アイドル論／メディア論講義』(東京大学出版会、二〇一七)で、より包括的に論じている。

(3)「メディア行為」とは、二者間で行われることを前提とした個別的な「言語行為」を一般化したものであり、メディアを介してなされる集団的なものである。逆に言えば、言語行為にしろ、コミュニケーション行為にしろ、それらはメディア行為の特殊なケースである。メディア行為に関しては、以下で論じた。西兼志「発語媒介行為による言語行為論：メディア行為論1」言語態研究会編『言語態研究』二〇〇六、第六号。

(4) 小倉千加子『増補版　松田聖子論』朝日文庫、二〇一二。

(5) 山口百恵『蒼い時』集英社、一九八〇、二五九頁。

(6) 「イメージ」は、八〇年代的な記号論の用語にならうなら、「シミュラークル」となるだろう。

(7) この点に関しては、テレビ論・ドラマ論として、以下で論じた。「ドラマの「真実」——タレント・ドラマからコンテンツ・ドラマ」水島久光・西兼志『窓あるいは鏡：ネオTV的日常生活批判』慶應義塾大学出版会、二〇〇八。

(8) 酒井政利『アイドルの素顔——私が育てたスターたち』河出文庫、二〇〇一、五〇頁。

(9) 佐々木守『戦後ヒーローの肖像——『鐘の鳴る丘』から『ウルトラマン』へ』岩波書店、二〇〇三、二一〇頁。

(10) 長谷正人「「赤い」シリーズ—百恵神話の成立」四方田犬彦編『女優　山口百恵』ワイズ出版、二〇〇六、七二頁。

(11) 稲増龍雄『増補　アイドル工学』ちくま文庫、一九九三、一四五頁。

(12) 西兼志『アイドル論／メディア論講義』。

(13) 社会学者の太田省一は、このようなオーディション番組によって、アイドルに対する「愛着の視線」と「批評の視線」を持つようになったと指摘している。デビューし成長していく姿を見守ることで愛着が増すと同時に、それまでは舞台裏で行われてきた審査の過程を目にするようになり、批評家的な態度も身につけるようになったというわけである（太田省一『アイドル進化論――南沙織から初音ミク、ＡＫＢ48まで』筑摩書房、二〇一一、四三〜四七頁）。

（14）ウンベルト・エーコ「ＴＶ：失われた透明性」水島・西、前掲書所収。

（15）『Quick Japan』vol. 87、太田出版、二〇〇九。

（16）Dominique Mehl, «La télévision relationnelle», *Cahiers internationaux de sociologie*, n° 112, Presses Universitaires de France, 2002.

（17）岡島紳士・岡田康宏『グループアイドル進化論』マイコミ新書、二〇一一、一五七頁。

（18）安西信一『ももクロの美学：〈わけのわからなさ〉の秘密』廣済堂新書、二〇一三、三八頁。

（19）西兼志、前掲書。

（20）Jacques Derrida, *Otobiographies. L'enseignement de Nietzsche et la politique du nom propre*, Galilée, 1984.

# ジュニア小説における純愛という規範

今田絵里香

## 1　はじめに

本章は、戦後日本の少女小説が、どのようにして男女の恋愛を導入したのかを明らかにする。そして、この目的を果たすために、一九六〇年代後半の「ジュニア小説」とよばれた少女小説に焦点を当てることにする。

今日の日本では、男女の恋愛は、少女小説において不可欠の要素となっている。たとえば、このことを『Cobalt』（集英社）という少女小説雑誌を例にして、確認してみよう。『Cobalt』は、今日の日本では、少女小説雑誌を代表する雑誌といって、差し支えないと思われる。なぜなら、少女小説雑誌にかんしていうと、この雑誌ほど長期にわたって刊行されつづけてきた雑誌は、今日において他に見当たらないからである。『Cobalt』は、当初においては『小説ジュニア』というタイトルで、一九六六年四月一五日号から、刊行が開始された。『Cobalt』に改題されたのは、一九八二年八月二十日号からである。また、同号から、季刊になっている。その後、一九八九年十月号から、隔月刊となる。そして、二〇一六年四月一日には、ウェブマガジンである『Web マガジン Cobalt』に移行した。このように、歴史をふりかえってみると、今日、この雑誌ほど、長きにわたって読者に支持されてきた少女小説雑誌は、他にないといえる。

この『Cobalt』には、男女の恋愛を核とする少女小説が、多数掲載されている。たとえば、最後の紙媒体の号である、『Cobalt』二〇一六年三月号を見てみよう。もちろん、今日の少女小説雑誌の事例として挙げるには、最新号を分析することが適当であるが、ウェブマガジンは更新が頻繁におこなわれることを考えると、分析が困難である。よって、この号を例に挙げた。表1は、この号の少女小説の一覧である。これによると、十四の少女小説が載っていることがわかる。これは全体の七三%にあたる。したがって、この雑誌では、少女小説は主たるコンテンツであることがわかる。さらに、この十四作品のなかで、男女の恋愛が核となっている作品は、十一作品である。たとえば、この号は、白川紺子の「下鴨アンティーク」シリーズを、大々的に取り扱っている。なぜなら、このシリーズの「星の空をあなたに」を最初に掲載しているし、附録にこのシリーズのブックカバーをつけているし、それらのことが、雑誌の表紙において、ひときわ大きな文字で書かれているからである。この「下鴨アンティーク」は、高校生の野々宮鹿乃、鹿乃の兄の野々宮良鷹、鹿乃の家に下宿している八島慧が、ふしぎな事件を解決していく作品群である。そして、それらの作品群のストーリーの軸となっているものは、鹿乃の慧にたいする片想いなのである（白川　二〇一五a、二〇一五b、二〇一五c、二〇一六a、二〇一六b）。このように見

表1 『Cobalt』(2016年3月号)の少女小説

| タイトル(雑誌によるカテゴリー/タイトル) | 作者 | 男女の恋愛 | 頁数 |
|---|---|---|---|
| ネコ小説特集/下鴨アンティーク 星の空をあなたに | 白川紺子 | ○ | 42 |
| ネコ小説特集/猫伯爵の憂鬱 | かたやま和華 | ○ | 30 |
| ネコ小説特集/エルミタージュの猫 | 一原みう | ○ | 31 |
| ネコ小説特集/家出青年、猫ホストになる | 水島忍 | × | 27 |
| ネコ小説特集/書店男子と猫店主の長閑なる午後 | ひずき優 | × | 17 |
| 時をかける眼鏡 眼鏡の帰還と姫王子の結婚 | 椹野道流 | × | 27 |
| ネコ小説特集/ミスター・トパーズは忘れない | 大谷晶 | ○ | 30 |
| ネコ小説特集/きぶねのおやまのおそろし質屋 | 相川真 | ○ | 30 |
| 後宮饗華伝 包丁愛づる花嫁の謎多き食譜 | はるおかりの | ○ | 7 |
| 魔王の花嫁と運命の書 男装王女の不埒な要求 | 日高砂羽 | ○ | 6 |
| ネコ小説特集/りんごの魔女の診療簿 | 長尾彩子 | ○ | 37 |
| 千早あやかし派遣會社 | 長尾彩子 | ○ | 2 |
| ネコ小説特集/やってきた猫 還るマルドールの月 | 野梨原花南 | ○ | 20 |
| 第180回短編小説新人賞入選/アイスクリームが解く時間 | 平野一葉 | ○ | 11 |
| | | (合計) | 317 |
| | | (%) | 73 |
| | | (全頁数) | 435 |

ると、今日の少女小説は、男女の恋愛を重要な要素として描写しているといえる。

しかし、戦前の日本では、少女小説が、男女の恋愛を描くことはなかった。たとえば、『少女の友』（実業之日本社）を見てみよう。戦前の日本では、少女小説は、大多数の少女雑誌が、主たるコンテンツとして扱っている。そのなかで、『少女の友』は、一九〇八年二月号から一九五五年六月号まで、もっとも長きにわたって刊行されている。よって、『少女の友』を見るのが妥当である。この雑誌を見てみると、少女小説においては、男女の恋愛がまったく描かれていなかったことがわかっている（今田　二〇〇七）。その背景にあったのは、男女別学・別カリキュラムを原則とする、当時の学校教育制度であった。少年少女雑誌の読者として想定されていたのは、都市新中間層の男子、女子である（今田　二〇〇七）。この都市新中間層の男子、女子は、中等教育段階になると、男子は中学校、女子は高等女学校に通うことが常であった。したがって、そもそも男子と女子が接触する機会が、ほとんどなかったのである。ゆえに、少女小説は、男女の恋愛を扱わなかった。そのかわりに、少女小説が描いたのは、「エス」といわれる少女同士の親密な関係であった（今田　二〇〇七）。(1)

しかし、戦後になると、男女共学・同カリキュラムを原則とする、新しい学校教育制度が誕生した。一九四七年三月三一日、教育基本法が公布される。教育基本法第五条では、「(男女共学)男女は、互いに敬重し、協力し合わなければならないものであつて、教育上男女の共学は、認められなければならない」と謳われていた。同日、学校教育法も公布されて、六・三・三・四の新しい学校教育制度が生まれる。そして新制中学校は、一九四七年四月一日に、新制高等学校は、一九四八年四月一日に発足した。

そして、新しい学校教育制度が整備されると、少女小説は、しだいに男女の恋愛を導入していった。これにかんしては、先行研究がいくつか存在する。それらの先行研究では、少女小説をおもに載せる少女雑誌を分析し、その少女雑誌が、どのようにして男女の恋愛を導入したかを明らかにしている。今田(2)（二〇一二）は『少女の友』、藤本（二〇〇五、二〇〇六）、今田(3)（二〇一四）は『女学生の友』（小学館）、今田(4)（二〇一五）は『ひまわり』（ひまわり社）、『ジュニアそれいゆ』（同）をそれぞれ分析し、それらが男女の恋愛を導入した過程を、解き明かしている。

ただし、先行研究では、充分にわかっていないこともある。第一に、先行研究は、一九五〇年代の少女雑誌を中心に分析しているため、それ以降の年代の少女雑誌については、不明の部分が残されている。たとえば、一九六〇年代の少女雑誌を分析しているものでも、今田（二〇一五）が一九六〇年まで、今田（二〇一四）が一九六二年まで、藤本（二〇〇五、二〇〇六）が一九六六年までにとどまっている。なぜなら、新しい学校教育制度が整備され、新制中学校・新制高等学校ができるのが、一九四七、一九四八年であることを踏まえると、少女雑誌は、それ以降に改革をしていくことが、予想されるからである。よって、先行研究は、一九五〇年代を中心に分析しているのである。正確には、一九四五年から一九六〇年代前半にかけて分析しているといえるのである。そこで、本章は、その後の変化を明らかにするために、一九六〇年代後半に着目することにする。

第二に、先行研究は、少女小説をおもに載せる少女雑誌を分析しているが、それらの雑誌は、しだいに休刊に追い込まれていくことがわかっている。たとえば、『ひまわり』は、一九五二年十二月号で休刊する。その後の『ジュニアそれいゆ』も、一九六〇年十月号で休刊になる。その理由は、どちらも、看板編集者であった中原淳一が、編集にかかわれなくなったからである。一方、『少女の友』は、一九五五年六月号をもって休刊する。なぜなら、少女マンガをおもに載せる少女雑誌に、敗北したからである（実業之日本社社史編纂委員会編 一九九七）。他方、『女学生の友』は、一九七七年十二月号で休刊する。それは、少女向けファッションをおもに載せる『プチセブン』に、移行するためである（小学館総務局社史編纂室編 二〇〇四）。中原淳一の関与の有無が、休刊に大きな影響を与えた『ひまわり』、『ジュニアそれいゆ』は別として、『少女の友』、『女学生の友』にかんしては、その休刊の原因を、少女小説というジャンルが、少女マンガ、少女向けファッションというジャンルに敗北したことである、と把握することもできる。そうであるなら、衰退の道を辿る少女雑誌を分析するだけでは、少女小説がどのようにして、男女の恋愛を導入したかを明らかにすることは、困難であるといえる。

ただ、少女小説というジャンルは、廃れたわけではないのである。久米は、「六〇年代後半は、少女小説がジュニア小説に変貌する時代だった」（久米 二〇一五、一四）と指摘している。すなわち、少女小説は、一九六〇年代後半、「ジュニア小説」に生まれ変わるのである。そして、少女小説をおもに載せる雑誌は、衰退の道を辿っていく一方で、ジュニア小説をおもに載せる雑誌は、繁栄の道を歩んでいくのである。そうであるとすると、一九六〇年代後半の少女小説を分析するためには、ジュニア小説とジュニア小説を主たるコンテンツとする雑誌に焦点を当てる必要がある。そこで、本章は、一九六〇年代後半の少女小説（ジュニア小説）について明らかにするために、ジュニア小説をおもに載せる雑誌を分析することにする。

ジュニア小説にかんする先行研究は、いくつか存在する。その代表的なものは、小谷野（二〇〇五）、金田（二〇〇二）である。小谷野（二〇〇五）は、集英社の「コバルト・ブックス」について明らかにしている。コバルト・ブックスは、ジュニア小説の単行本のシリーズである。一九六五年から一五〇点刊行されている。小谷野は、それらが高校生の男女の恋愛を描いたこと、なかでも富島健夫の作品が、高校生の男女の恋愛における、性の問題に取り組んだことを指摘している（小谷野　二〇〇五）。金田は、コバルト・ブックス、コバルト・シリーズ、『小説ジュニア』、『Cobalt』を分析し、一九六〇年代後半において、少女小説がジュニア小説に変貌したこと、さらに、一九八〇年代において、そのジュニア小説がもう一度「少女小説」に変貌したことを明らかにしている（金田　二〇〇二）。ただし、金田（二〇〇二）は、後者の変貌の時代の分析に重点を置いている。しかし、本章は、前者の変貌の時代、すなわち、少女小説がジュニア小説に変貌する時代を分析するものとする。そして、コバルト・ブックス、コバルト・シリーズという単行本のシリーズではなく、ジュニア小説をおもに載せる雑誌を分析することにする。雑誌を分析することによって、編集者、執筆者、読者の三者が、どのような論理で男女の恋愛を導入したかを明らかにすることができると思われるからである。

本章は、戦後日本の少女小説が、どのようにして男女の恋愛を導入したのかを明らかにするものである。しかし、先行研究を検討した結果、その目的を果たすためには、一九六〇年代後半という時代に照準を定めること、そして、ジュニア小説をおもに載せる雑誌を分析することが、不可欠であるという結論に達した。よって、これをおこなうものとする。そして、その分析をとおして、二つの問いに取り組むことにする。先行研究では、一九六〇年代後半、少女小説はジュニア小説に変貌することが指摘されている。そうであるなら、①少女小説はどのような点が批判され、②ジュニア小説はどのような点が称揚されたのだろうか。本章では、分析をとおして、これらの問いの答えを導き出すことにする。そして、それによって、戦後の少女小説が、どのようにして男女の恋愛を導入したのかを、明らかにしていくことにする。

## 2 『ジュニア文芸』をどのように分析するのか

### (1) どのような分析をするのか

ここでは、本章の目的を果たすために、どのような分析をするのかを、明らかにしておくことにする。まず、分析の素材は、ジュニア小説をおもに載せる雑誌である。これは、代表的なものが二つある。『Cobalt』の前身の『小説ジュニア』、そして『ジュニア文芸』（小学館）である。これらは二つとも、発行部数が多数であること、そして、創刊年が早いことによって、代表的な雑誌として挙げることができる。『小説ジュニア』は、すでに見たように、一九六六年四月一五日号から、刊行が始まった。『ジュニア文芸』は、一九六七年一月号から一九七一年八月号まで、刊行された。この二つの雑誌のうち、分析の素材として選択したのは、『ジュニア文芸』である。その理由は、この雑誌がもともと、『女学生の友』から分離する形で、創刊されたことにある。

この『女学生の友』は、一九五〇年四月号から、刊行されはじめた。その後、一九六六年六月十五日に、『別冊女学生の友』の春号が刊行され、同年八月十五日に、『別冊女学生の友』の夏号が刊行された。そして、これらには、「オール小説」というサブタイトルがつけられていた。なぜかというと、『女学生の友』は、少女小説をおもに載せる少女雑誌であったが、一九五五年から一九六〇年にかけて、芸能人の特集記事、ファッションにかんする特集記事、男女交際の特集記事なども載せるようになっていたからである（今田 二〇一四）。よって、これら特集記事を排除して、少女小説だけを載せようとしたのが、『別冊女学生の友』であったといえる。そして、この『別冊女学生の友』は、のちに『別冊女学生の友 ジュニア文芸』にタイトルを変更して、一九六七年一月号から、刊行されるようになった。これが、『ジュニア文芸』の創刊号である。その後、『別冊女学生の友 ジュニア文芸』は、一九六七年五月号まで刊行された。しかし、同年六月号から、『ジュニア文芸』というタイトルに変更することになった。男子読者の増加を狙ったためである。このように、『ジュニア文芸』は、『女学生の友』から分離する形で、生まれた雑誌なのである。

ただし、『女学生の友』は、少女小説をおもに載せる雑誌であるが、『ジュニア文芸』はジュニア小説をおもに載せる雑誌である。そう考えると、『ジュニア文芸』は、『女学生の友』から分離するとともに、おもに載せるものを、少女小説からジュニア小説に変更したということになる。よって、『ジュニア文芸』を分析することで、少女向けの小説が、少女小説からジュニア小説に変化していく過程を、把握することができるのである。

分析の方法は二点にまとめられる。第一に、ジュニア小説を分析する。なぜなら、いうまでもなく、ジュニア小説こそが、『ジュニア文芸』のメインのコンテンツであるからである。このジュニア小説のパターンを、抽出することにする。その手続きとしては、一つに、毎号一作品を抽出する。この一作品は、「巻頭長編小説」と銘打たれている作品とする。というのも、『ジュニア文芸』では、「巻頭長編小説」とよばれる長編小説が、毎号一作品ずつ掲載されているからである。そして、この巻頭長編小説は、そのタイトルと作者名が、もっとも大きな文字で掲げられている。表紙においてもしかり、目次においてもしかりである。このことから、この作品が、『ジュニア文芸』のなかでは、もっとも重要なものとされていると、判断することができるからである。ただ、同一の作家の作品は、一年に一度の抽出とする。その場合、便宜上、一年のなかで、同一の作最初に出てきた作品を抽出することにする。なぜ一年に一度の抽出とするかというと、同一の作家の作品は、同一のパターンを示しやすいからである。ただ、同一の作家であっても、年が替われば、そのたびに抽出することにする。なぜなら、年ごとに、編集者の異動が生じたり、会社全体の方向転換があったり、雑誌の編集に変更が生じたりすることがあるからである。

二つに、①〜③の作業を実施する。①「推理小説」など、雑誌がカテゴライズしたものを把握する（「雑誌によるカテゴリー」）。②登場回数の多い者から順に、主要なキャラクターを挙げる（「主要キャラクター」）。③「導入→結末」というパターンで、あらすじを把握する（「導入→結末」）。この①〜③の作業をおこなう理由は、ストーリーのパターンを明らかにするためである。さらには、男女の恋愛描写のありようを把握するために、④愛情を示す行為、性的な行為を抜き出すことにする（「愛情を示す行為、性的な行為」）。この結果が、表4（章末）である。

分析する時期は、創刊号である一九六七年一月号から、一九七〇年十二月号までである。ただし、入手不可能であった号がある。一九六八年八月号、一九七〇年十二月号である。また、この分析を一九七〇年十二月号で打ち切った理由は、ジュニア小説が、一九七〇年を頂点にして、しだいに支持を失っていくからである。たとえば、金田（二〇〇二）は、一九六六年から一九九二年まで、「コバルト・ブックス」（一九七六年五月から「コバルト・シリーズ」となる）の発行点数を調査している。この「コバルト・ブックス」（「コバルト・シリーズ」）には、集英社の『小説ジュニア』に載ったジュニア小説が収められている。また、小学館の『ジュニア文芸』に載ったジュニア小説も含められている(5)。金田の調査の結果、このシリーズの発行点数は、「一九七〇年の三八点をピークにしだいに減少」することがわかっているのである（金田　二〇〇二、三〇）。

第二に、『ジュニア文芸』に載っているものを、すべて分析する。もちろん、『ジュニア文芸』に載っているものの大多数は、ジュニア小説である。しかし、ジュニア小説の他に、少数ではあるものの、特集記事、座談会記事、ルポルタージュ、エッセイ、コラム、インタビュー、人生相談、読者文芸、読者通信など、さまざまなものが載っている。これらをすべて分析することにした。これは、編集者、作家、読者の三者の論理を把握するためである。ただし、この分析にかんしては、分析する期間を、創刊号である一九六七年から、一九六八年六月号までとした。(6) なぜなら、一九六八年の下半期から、『ジュニア文芸』は方向転換をすることになるからである。

（2）『ジュニア文芸』とはどのような雑誌か

ここでは、『ジュニア文芸』がどのような雑誌なのかを、把握しておくことにする。最初に、『ジュニア文芸』とは、ジュニア小説をおもに載せる雑誌であると捉えることができる。このことを表2、表3から確認してみよう。表2は、『ジュニア文芸』（一九六九年七月号）におけるジュニア小説の一覧、表3は、『小説ジュニア』（一九六九年八月号）におけるジュニア小説の一覧である。(7) これらによると、雑誌のなかで、ジュニア小説が占めている割合は、『ジュニア文芸』で五八％、『小説ジュニア』で六六％である。この結果から、この二つの雑誌は、どちらもジュニア小説をおもに載せる雑誌であるといえる。さらに、そのジュニア小説は、男女の恋愛を描写し

表2 『ジュニア文芸』(1969年7月号)のジュニア小説

| タイトル(雑誌によるカテゴリー/タイトル) | 作者 | 男女の恋愛 | 頁数 |
|---|---|---|---|
| 水辺のエレジー　三つの恋の物語 | 折賀桜子 | ○ | 4 |
| 巻頭長編純愛小説/さすらいの17歳 | 森一歩 | ○ | 90 |
| ユーモア小説/モーレツ全学連ナラ派 | 幻余次郎 | × | 17 |
| 純愛小説/水色のプレリュード | 諸星澄子 | ○ | 25 |
| 純愛小説/悲しみの渚 | 佐山透 | ○ | 20 |
| サスペンスロマン/湖は知っていた | 宮敏彦 | × | 34 |
| 問題小説/車輪の下の青春 | 柴田成人 | ○ | 23 |
| 問題小説/青春愉快 | 富島健夫 | ○ | 29 |
| 明朗小説/初恋タッチ作戦 | 乾東里子 | ○ | 15 |
| | | (合計) | 257 |
| | | (%) | 58 |
| | | (全頁数) | 442 |

たものが、多数を占めている。表2、表3によると、男女の恋愛を核とする小説は、『ジュニア文芸』では、全九作品のうち七作品となっている。また、『小説ジュニア』では、全八作品すべてとなっている。よって、これらの雑誌のジュニア小説とは、男女の恋愛を核とする小説であるといえる。

また、『ジュニア文芸』の代表的な作家は、富島健夫、佐伯千秋である。なぜなら、この二人の作家のみ、『別冊ジュニア文芸』で特集が組まれているからである。(8) 富島健夫、佐伯千秋は、他の雑誌でも執筆していたようである。表3を見ると、『小説ジュニア』にも、佐伯千秋の小説が載っていることがわかる。

ただし、ジュニア小説作家は、少女小説作家とは、異なっていたようである。表

表3 『小説ジュニア』(1969年8月号)のジュニア小説

| タイトル(雑誌によるカテゴリー/タイトル) | 作者 | 男女の恋愛 | 頁数 |
|---|---|---|---|
| 特別巻頭長編/紅に燃える海 | 赤松光夫 | ○ | 106 |
| 明朗特集ゆかいなサマー・ホリデイ/いたずらメイト | 大木圭 | ○ | 19 |
| ジュニア問題小説/青春飛行 | 佐伯千秋 | ○ | 27 |
| 明朗特集ゆかいなサマー・ホリデイ/おナラとホームラン | 上條逸雄 | ○ | 20 |
| 異色純愛長編/風に駆ける歌 | 桐村杏子 | ○ | 39 |
| 愛の問題小説/雨にぬれた東京 | 井上明子 | ○ | 20 |
| 第2回「小説ジュニア」新人賞入選作品/枯葉の微笑 | とだあきこ | ○ | 56 |
| 長編純愛感動小説/星よそむかないで | 三島正 | ○ | 30 |
| | | (合計) | 317 |
| | | (%) | 66 |
| | | (全頁数) | 482 |

2、表3によると、『ジュニア文芸』、『小説ジュニア』には、世代が異なるとはいえ、吉屋信子を代表とする少女小説作家は、執筆していないことがわかる。少女小説を専門に執筆する作家は、一九〇〇年代、一九一〇年代においては尾島菊子、山田(今井)邦子、北川千代、一九二〇年代、一九三〇年代においては吉屋信子、上田エルザ、由利聖子、横山美智子らが挙げられる。そして、少女小説を専門とする作家は、その数においても、女子読者の支持の規模においても、女性作家が優勢であるといえる。これは、今日の少女小説作家にも、あてはまることである。たとえば、表1によると、『Cobalt』二〇一六年三月号は、執筆して

いる作家の全員が女性作家である。しかし、ジュニア小説を専門に執筆する作家が過半数を占めている。たとえば、表2によると、『ジュニア文芸』一九六九年七月号には、男性作家が六人、女性作家が三人、執筆していることがわかる。一方、表3によると、『小説ジュニア』一九六九年八月号には、男女の作家が四人ずつ作品を載せていることがわかる。さらに、金田(二〇〇二)の調査では、『小説ジュニア』の女性作家比率は、一九六六年から一九八二年までにおいて、多数の年で五〇%台、少数の年で二〇%台の値を示している。このように、ジュニア小説作家は、男性作家が過半数を占めているといえる。しかし、戦前の少女小説作家も、今日の少女小説作家も、女性作家が多数を占めているのである。

また、『ジュニア文芸』の代表的な作品は、富島健夫の「おさな妻」(『ジュニア文芸』一九六九年八月号、同年十月号~十二月号)である。この作品は、映画化、テレビドラマ化されたことによって、全国に知られるようになった。

さらに、『ジュニア文芸』が想定していた読者は、中学生・高校生にあたる年齢の女子であったようである。編集者は、一九六七年二月号において、「高校生・中学上級生を中心としておりますが、高校を卒業したかたにも十分読みごたえがあり、また中学低学年でも優秀なかたなら読みこなせるように配慮して編集されております。また学生さんでもお勤めのかたでも、若い女性ならだれしもぶつかる共通の問題を、はば広くテーマに選んでおります」(「読者応答室」『ジュニア文芸』一九六七年二月号)としている。

図1　『ジュニア文芸』1969年7月号の表紙

　ただし、一九六七年五月号から、男子の投書が増加しはじめると、編集者は、男女を含めた若者を読者として捉えはじめる。「中学生から二十二、三歳までの、すべての若い人たちに読んでいただきたいと願って編集していますし、またその価値は十分認めていただけると思います。実際に読者のかたも中学一年生から、上はおかあさまがたにも読まれています」（「JN広場」『ジュニア文芸』一九六七年八月号）と。そして、一九六九年になると、全年齢の「若い心をもった」男女を読者としてみなすようになる。「JN（ジュニア文芸――引用者）の読者には年齢がありません。男性も、お母さまがたも、学校の先生もみんなが読者です。JNは若い心をもった人みんなの本なのです。30歳になってもお読みください。JNの作品はそれだけの内容をいつももっていると自負しております。」（「JN広場」『ジュニア文芸』一九六九年二月号）とするのである。(9)

　もし、表紙に描かれている者が読者に等しい者であるとするなら、それは高校生の女子である。たとえば、図1は、『ジュニア文芸』（一九六九年七月号）の表紙である。これには、大人びた少女が描かれている。藤田ミラノの手によるものである。もし、表紙に描かれている者が、読者に親しみを覚えさせるために、読者と近しい存在の者が選ばれているとするなら、雑誌が想定していた読者は、高校生の女子であったということになる。おそらく、それが、『ジュニア文芸』の核となる読者であったのではないかと思われる。

最後に、『ジュニア文芸』の発行部数は、一九六七年八月二九日の『朝日新聞』（東京）（朝刊）によると、『ジュニア文芸』、『小説ジュニア』、学習研究社の『小説女学生コース』の三雑誌を合わせて、「月六十万から七十万の発行部数」であったようである（「かくれたベストセラー　ジュニア小説」『朝日新聞』一九六七年八月二九日）。また、一九七〇年一月二一日の『朝日新聞』（東京）（夕刊）によると、この三雑誌は、「それぞれ毎月二十万〜三十万部を出し」ていたようである（「いまやむかし「星よ、スミレよ」　少女小説セックスがいっぱい」『朝日新聞』一九七〇年一月二一日）。

## 3　純愛という理想的なイメージを伝える

ここから、分析の結果をとおして、『ジュニア文芸』のジュニア小説が、どのようなものだったのかを見ていくことにする。

先に見たように、『ジュニア文芸』は、『女学生の友』の別冊として誕生した。そして、『女学生の友』は、一九五六年から、少女小説に男女の恋愛を導入した（藤本　二〇〇五、二〇〇六、今田　二〇一四）。これは、男女共学・同カリキュラムを原則とする学校教育制度が誕生したことで、どのようにして男子とつきあったらいいのかという難問が、読者に突き付けられたからであった（今田　二〇一四）。『女学生の友』は、その難問にたいして、「正しい男女交際」の規範を提示した（今田　二〇一五）。それは、①グループ交際、②両親の許可を得た後に開始する交際、というものであった（今田　二〇一五）。

それでは、『女学生の友』の別冊として生まれた『ジュニア文芸』が、いったいどのようなジュニア小説を載せていたのかというと、それは、第一に、男女の恋愛を描いたものであった。たとえば、表2で明らかにしたように、『ジュニア文芸』一九六九年七月号のジュニア小説は、男女の恋愛を描いたものが、多数を占める。さらに、表4で、『ジュニア文芸』の一九六七年一月号から一九七〇年十二月号までの巻頭長編小説を見ると、男女の恋愛を描写した小説が多数を占めることがわかる。表4では、『ジュニア文芸』における巻頭長編小説を分析し、そのストーリーのパターンをまとめている。これらのパターンを見ると、『ジュニア文芸』の巻頭長編小説は、男女の恋愛を描写したものが、ほとんどであることがわかるのである。該当しない小説は、富島健夫の自伝小説のみである（『ジュニア文芸』一九六八年四月号、七月号）。

第二に、男女の恋愛のパターンとして、「男女の主人公が、まずは友人同士としてカップルになってつきあい、その後に愛の告白をしあい、結婚の約束をしあう」というパターンが、抽出できた。愛の告白と結婚の約束は、同時におこなわれることもめずらしくなかった。同時でない場合でも、それほど時間を置かずにおこなわれることが、ほとんどであった。さらに、表4の「愛情を示す行為、性的な行為」によって、主人公の男女の愛情をあらわす行為が見て取れる。それによると、一九六七年、一九六八年は、「握手する」、「抱擁する」が、多数であることがわかる。ただし、主人公の男女ではない男女が、キスをすることはある。たとえば一九六七年七月号の「水色の愛の挽歌」において、家庭教師の大四郎と、高校教師の美佐子が、キスをする場面が描かれている。しかし、主人公の男女が、キスをすることはないのである。そして、一九六九年、一九七〇年になると、「握手する」、「抱擁する」に加え、「キスをする」が、描写されるようになることがわかる。

たとえば、富島健夫の「吹雪のなかの少年」（一九七〇年一月号）を見てみよう。表4によると、主要なキャラクターは、高校二年生の峰一秋、高校一年生の小川晴代である。大まかなあらすじを辿ると、このようになる。一秋は、大学進学費用を稼ぐため、高校に通いながら、道路工事現場で、アルバイトをしている。ある朝、一秋は、電車のなかで、ひそかに片想いをしていた晴代に声をかける。数日後、晴代から手編みのマフラーが贈られる。これをきっかけに、一秋は初めて晴代をデートに誘う。晴代は、母親に一秋のことをすべて打ち明けた上で、デートにあらわれた。それを知った一秋は、アルバイトのことを、晴代に告白した。これによって、距離を置かれるかもしれないと、一秋はおそれる。ところが、晴代は「母にじまんできる」と喜んだ。二人はデートを繰り返す。数回のデートの後、二人は愛の告白をかわし、抱擁し、キスをした。一秋は、東京の大学に合格し、上京することになる。上京の前夜、一秋は、晴代に結婚を申し込んだ。晴代は受け入れる。上京後、二人は文通を続けた。そして、五月の連休に、晴代が一秋の下宿に遊びにくる。このようなあらすじである。このストーリーから、同作品は、「男女の主人公が、まずは友人同士としてカップルになってつきあい、その後に愛の告白をしあい、結婚の約束をしあう」というパターンをとっているといえる。

ただし、表4を見ると、すべてのジュニア小説が、ハッピーエンドではないことが見えてくる。たとえば、諸星澄子の「愛の痛みの日記」(一九六七年十一月号)は、バッドエンドである。この作品は、大学二年生の野崎東吾、高校二年生の江見京子、同じく高校二年生の萩原梨沙の三角関係を描いたものである。作品のなかで、東吾は、婚約者の京子を裏切る。東吾は、京子に隠れて、京子の親友の梨沙と、繰り返しデートをするのである。その結果、東吾は、養父母である京子の両親に追い出され、京子は病に倒れ、梨沙は自殺する。ただし、このようなバッドエンドのストーリーは、ハッピーエンドのそれの裏返しであるともいえる。愛を告白しあい、結婚を約束しあった男女が、お互いを裏切らなければ、幸福が訪れるが、万が一、その男女のどちらかが、片方を裏切った場合、不幸が訪れるという仕組みになっているのである。表4には、他にも同パターンの作品がある。したがって、ハッピーエンドであれ、バッドエンドであれ、「男女の主人公が、まずは友人同士としてカップルになってつきあい、その後に愛の告白をしあい、結婚の約束をしあう」というパターンは、維持されているのである。

『小説ジュニア』のジュニア小説にも、類似のパターンが見られるようである。たとえば、金田(二〇〇二)は、『小説ジュニア』、コバルト・ブックス、コバルト・シリーズにおける代表的なジュニア小説を、一九六六年から一九八二年まで、分析している。そして、「男女の主人公が障害を乗り越えて恋愛を成就させる」という構造を抽出している（金田 二〇〇二、三二）。さらに、その障害が、一九七〇年代においては、「男性の性欲」であったとしている（金田 二〇〇二、三二）。また、このような構造は、「異性愛カップル」という規範、「結婚前の男女に性交渉は許されない」という規範を、読者に伝えることになったと分析している（金田 二〇〇二、三二）。『ジュニア文芸』のジュニア小説も、「男女の主人公が障害を乗り越えて恋愛を成就させる」という構造であるといえるし、それをとおして、「異性愛カップル」と「結婚前の男女に性交渉は許されない」という規範を伝えているともいえる。よって、金田の抽出した構造は、ジュニア小説に、共通に見られるものであったと考えることができる。

ただし、表4からわかるように、『ジュニア文芸』のジュニア小説においては、男女の主人公の乗り越えるべき障害は、両親の批判であったり、第三者の横恋慕であったり、不幸な境遇であったりと、さまざまである。唯一、粉川宏の「朝子の青春ノート」（一九七〇年二月号）だけが、「男性の性欲」を障害として描いているといえる。この差異については、本章が、一九六七年から一九七〇年までを分析しているのにたいし、金田（二〇〇二）が、一九七〇年から一九七九年までを分析していることから、生じるものであると考えられる。

まとめると、『ジュニア文芸』のジュニア小説とは、男女の恋愛を描くものであった。そして、その男女の恋愛は、「男女の主人公が、まずは友人同士としてカップルになってつきあい、その後に愛の告白をしあい、結婚の約束をしあう」というパターンとして、捉えられるものであった。そして男女の主人公が、愛情をあらわす行為としておこなうのは、握手、抱擁、キスというものであったのである。このようなジュニア小説は、表4を見ると、『ジュニア文芸』によって、「純愛小説」、あるいは「青春小説」とよばれていることがわかる。すなわち、『ジュニア文芸』は、このような男女の恋愛のパターンに、「純愛」というカテゴリーを与えていたといえるのである。そして、もちろん、それは理想的なものとして、捉えられていると考えられる。

『ジュニア文芸』は、『女学生の友』がおこなってきたことを、継承しようとしていたと考えられる。なぜなら、この雑誌は、『女学生の友』の別冊として誕生したからである。そして、『女学生の友』は、どのようにして男子とつきあったらいいのか、という難問に答えていた。その答えとは、①グループ交際、②両親の許可を得た後に開始する交際、というものであった。そうであるとすると、『ジュニア文芸』は、その先の新たな難問に答えようとしたと考えることができる。その難問とは、グループ交際を両親の許可を得た上でおこなった後、いったい、どのようにして男子とつきあったらいいのか、というものである。この難問にたいして、『ジュニア文芸』は答えを提示した。すなわち、①友人同士として、カップルになってつきあう、②愛の告白、③結婚の約束、④握手・抱擁・キスにとどめる、という解答である。いうならば、『女学生の友』は、友人同士として、グループを作ってつきあうときのイメージを描き出したが、『ジュニア文芸』は、その後にカップルになって、つきあうときのイメージを描き出したといえる。そして、それは、ひとことでいうと、純愛というイメージであったのである。

## 4　読者による批判

それでは、このような純愛というイメージを、読者はどのように捉えていたのかを見ていくことにする。『ジュニア文芸』には、読者の通信を載せる読者通信欄がある。創刊号から「読者応答室」とされている欄である。一九六七年八月号からは、「JN広場」と名称が変更されている。編集者は、この欄を、「『ジュニア文芸』の愛読者のみなさんの自由な意見発表の場であり、また作家の先生がたや編集部もまじえて、みんなで話し合う場でもあります」と捉えている（「JN広場」『ジュニア文芸』一九六七年八月号）。この読者通信欄を、おもに分析することで、読者が純愛というイメージを、どのように捉えていたのかを見ていくことにする。

読者通信欄を見てみると、純愛というイメージにたいして、読者の賛美する声が載っていたり、また、批判する声が載っていたりすることがわかる。おそらく、多数であったのは、賛美する声であったと思われる。そうでなければ、この雑誌がどうして多数の読者に読まれていたかが、わからないからである。読者が、この雑誌の編集のあり方を受け入れ、また、富島健夫、佐伯千秋のジュニア小説のあり方を支持していたからこそ、この雑誌は読まれていたと考えられるのである。

ただし、読者の批判の声も、少なくない数が載っている。そして、この読者の批判の声は、およそ三つに分類できる。第一の批判は、純愛というイメージが、美化されすぎていたり、理想化されすぎていたりして、あまりにも現実離れしているというものである。(10)

読んでいると楽しいのですが、主人公がきまって美少年・美少女ばかり。現実の私たちと結びつかないように思います。(「JN広場」『ジュニア文芸』一九六七年十二月号)

第二の批判は、男女の恋愛、そして、男女の恋愛にまつわる行為が、中学生・高校生の身近なものではないと捉えられていたり、ふさわしくないと捉えられていたりして、これにかんしても、あまりにも現実離れしているというものである。(11)

このJNには、私たちを深く感動させるものもありますが、反面、私たちの胸をドキリとさせるようなおとなっぽい小説がときたまあります。

そんな小説を読むと、この人たちはいきすぎではないだろうか、と考えたりします。接吻や抱擁ならまだしも、それ以上の行為になると、こんな行為以外に愛をたしかめる方法はないのだろうか、まだ早いのではないだろうか、と考えこんでしまいます。(「JN広場」『ジュニア文芸』一九六七年十月号)

第三は、そもそも中学生・高校生は、男女の恋愛のことばかり考えているわけではないという批判である。(12)

小説の大部分、いいえ、全部といっていいほど男女交際を対象に書いてあります。もちろん、私たちにとってそれはたいせつなことですし、先生がたが、正しい交際のありかたを示してくださるのはありがたいのですが、全部がそれでは、食傷します。私たちの人生には、ほかにもたいせつなものがあるはずです。たとえば、同性間の友情とか。おとなになるまでに、さまざまのことを経過する私たちですから、心のささえになるよいアドバイスを得られるような小説を、諸先生がたにお願いしたいのです。(「JN広場」『ジュニア文芸』一九六七年十月号)

これら三つの読者の声は、いずれも純愛というイメージが、現実から乖離していることを批判しているといえる。そうであるとすると、『ジュニア文芸』が描き出した純愛というイメージは、支持する者もあったが、女子読者によっては、現実離れしたものとして批判する者もあったといえるのである。そう考えると、純愛というイメージは、あくまでも、雑誌が作り出した規範であったということができる。

## 5　男女交際を禁止する規範と少女小説にたいする批判

それでは、『ジュニア文芸』が、どうして純愛という規範を描き出すことにしたのかを執筆者の声から把握してみることにする。これについては、さまざまな作家が、『ジュニア文芸』において語っている。というのも、『ジュニア文芸』は、作家にコラム、エッセイを書かせ、また、インタビューに答えさせるなどして、たびたび作品について語らせているからである。ここでは、もっとも頻繁に載っている富島健夫、佐伯千秋の発言を見ていくことにする。

二人の発言からわかるのは、純愛というイメージは、過去に存在していた二つのものにたいする批判によって、その「正しさ」が保証されていたということである。その過去に存在していた二つのものとは、男女交際を禁止する規範と少女小説である。順序だてて見てみよう。第一は、男女交際を禁止する規範である。二人はこれにたいしてたびたび批判をしている。たとえば、佐伯は、読者と議論するなかで、このように語っている。

森（読者——引用者）　でも、私の母が言うんですけど、昔は男女交際ということばも口にできなかったって。まわりで用意してくれたものに、素直に従うしかなかったけど、いまはずいぶんすすんでるって、言うんです。

佐伯　たしかにそうね。だから、その進歩してきたものを、いまのジュニアは、もう半歩でも、すすめるように努力しなくちゃ、いけないんじゃないかしら？　そして、少しずつよくしていって、みんながおかあさんになるころには、あなたがたの子どもたちは、フランクに男女交際できる世の中にしなくては、ね。

（略）

森　その点、昔のように男女交際をしなくとも、親やまわりが相手を見つけてくれて、お見合いから結婚まで準備してくれたほうが、あやまちはなかったでしょうね。

佐伯　あやまちはなかったでしょうね、たしかに。またまちがっても、まわりがあと始末をしてくれた。でもね、だから男女交際はいけないと考えるのは、危険だと思うの。（略）一人歩きには危険もあるけど、それだけに、生きる喜び、充実した人生も大きいと思うの。だから、これからのジュニアは、一人歩きしながら、あやまちのない賢明さを身につけてほしい。そういう生き方を考え、手さぐりして、生きてほしいと私は思いますね。（「佐伯千秋先生を囲んで読者座談会広島版「かぎりない愛への船出」について」『ジュニア文芸』一九六七年七月号）

このように、佐伯は、過去に男女交際を禁止する規範があったことを指摘する。そして、それにたいして批判を繰り広げている。佐伯によると、その規範は「遅れている」と捉えられ、非難されるべきものなのである。一方、佐伯は、戦後に男女交際が自由にできるようになったことについても指摘する。そして、それにたいしては、賛辞を呈している。佐伯によると、その自由は、「進歩している」と捉えられ、称賛されるべきものなのである。

佐伯　（略）私が、男女交際をすすめるのは、楽しむためばかりじゃないのよ。先にも言ったように、人間の心は変わるもんでしょう。そういうとき、心が変わった自分も苦しむし、フラれたひとも傷つく。でも、それは全部自分の責任なんだから、自分で始末をつけなくちゃいけないことなのよね。つまり、だれの助けもかりず、一人歩きしなくちゃいけないのが、男女交際なのよ。世の中を自分一人で歩いてゆく、その強さは男女交際から学んでほしいと私は思うの。（「佐伯千秋先生を囲んで読者座談会広島版「かぎりない愛への船出」について」『ジュニア文芸』一九六七年七月号）

この言葉によって、佐伯が、どうして自由な男女交際を賛美するのかを、把握することができる。佐伯は、男女交際をとおして、男女が人間として成長すると考えているのである。だからこそ、自由な男女交際を推奨するのである。

第二は、過去の少女小説である。これについても、『ジュニア文芸』では、しばしば批判がおこなわれている。たとえば、富島は、佐伯と議論するなかで、このように語っている。

富島　異性に関心を持つのは、健康なことですよ。しかし、昔は未成年者の男女交際はタブーだった。だから健康な芽がゆがめられ病的になってしまったんですね。そのあらわれが以前の少女小説だと思う。戦後、男女共学が行なわれるようになって、十代の男女間の問題が生じ、その悩みを少女の立場に立って、明るい光の中にひっぱり出したのが、ジュニア小説ですね。このジュニア小説というジャンルを確立し、発展させた第一の功績者が佐伯さんだ。（「トップ対談　佐伯千秋　富島健夫　はばたけジュニア小説」『ジュニア文芸』一九六八年四月号）

このように、富島は、佐伯と類似する論理を展開するのである。最初に、過去に男女交際を禁止する規範があったことを指摘する。そして、その規範について、批判の目を向ける。富島によると、その規範は、「不健康である」ものとして捉えられ、批判のまなざしを向けられるべきものだというのである。さらに、富島によると、過去の少女小説は、その規範を忠実にうつしとったものであるとするである。それゆえ、これについてもまた、批判の矛先を向ける。富島によると、それは、「不健康である」ものとして捉えられ、批判されるべきものとされるのである。

一方、富島は、それらを根拠にして、戦後の変貌を褒め称える。富島は、戦後においては、自由な男女交際が謳歌できるようになったと、捉えるのである。そして、それを可能にしたのは、男女共学・同カリキュラムを原則とする、戦後の学校教育制度であるというのである。富島は、この自由な男女交際と、それを可能にした戦後の学校教育にたいして、賛美のまなざしを向ける。富島によると、それらは「健康である」として捉えられ、称賛に値するものとされているのである。さらに、富島によると、ジュニア小説は、その自由な男女交際に、価値を与えたものとして捉えられている。そして、当然、最上級の賛美の言葉が与えられている。富島によると、それは「明るいもの」として捉えられ、賛美されるべきものであるとされているのである。

## 6　おわりに

本章は、戦後日本の少女小説が、どのように男女の恋愛を導入したのかを明らかにするために、問いをたてた。一九六〇年代後半、少女小説がジュニア小説に変貌するとき、①少女小説はどのような点が批判され、②ジュニア小説はどのような点が称揚されたのだろうか、と。そして、『ジュニア文芸』を分析することをとおして、この問いの答えを導き出すこととした。

その結果、以下のことが明らかになった。『女学生の友』は、どのようにして男子とつきあったらいいのかという難問にたいして、①グループ交際、②両親の許可を得た後に開始する交際、という答えを提示した。一方、『ジュニア文芸』は、その①②の交際の後、どのようにして男子とつきあったらいいのかという難問にたいして、答えを導き出した。それは、①友人同士としてカップルになってつきあう、②愛の告白、③結婚の約束、④握手・抱擁・キスにとどめる、という答えであった。これは、ひとことでいうと、純愛というイメージにほかならなかった。

その純愛というイメージにたいして、読者のなかには、批判をおこなう者も存在した。その批判は三つに分類できる。第一に、過度の美化、理想化であるというもの、第二に、恋愛と恋愛にまつわる行為が、中学生・高校生にとって身近なものではない、ふさわしくないとするもの、第三に、そもそも中学生・高校生の関心は、恋愛にばかりあるのではないというものである。これらは、共通して、純愛というイメージが現実離れしていることを、指摘するものであったといえる。その意味では、純愛というイメージは、あくまでも、雑誌が作り出した規範であったということができる。

そして、純愛というイメージは、過去の二つのものにたいする批判を根拠にして、導入されていた。それは、第一に、男女交際を禁止する規範である。第二に、その規範を反映しているとされる、少女小説である。この二つは、「遅れたもの」、「不健康なもの」として、捉えられ、批判されていた。さらに、これらにたいする批判を根拠にして、戦後の二つのものが称揚されていた。第一は、男女交際を推進する規範である。第二は、その規範に「純愛」という価値を与えたとされる、ジュニア小説である。この二つは、「進歩しているもの」、「健康なもの」、「明るいもの」として、捉えられ、賛美されていた。

結局のところ、『ジュニア文芸』は、「グループ交際の後、どのようにして男子とつきあったらいいのか」という難問にたいして、「純愛を貫くべきである」という答えを伝えていたといえる。以上が、明らかになったことである。

ここで、これらの明らかになったことをもとにして、問いの①②について、答えを導き出してみよう。まず、①「少女小説はどのような点が批判されたのだろうか」について。戦前の少女小説が、批判された理由は、それが「男女交際禁止」という規範を描いたものであると捉えられていたからである。その規範を支えていたものの一つは、もちろん、男女別学・別カリキュラムを原則とする、戦前の学校教育制度である。その意味では、戦前の少女小説にたいする批判は、戦前の学校教育制度にたいする批判とともに、おこなわれていたのである。

そして、②「ジュニア小説はどのような点が称揚されたのだろうか」について。一方、戦後のジュニア小説が称揚された理由は、それが「自由な男女交際」という規範を描いたものとして、捉えられていたからである。そして、その規範を支えていたものの一つは、男女共学・同カリキュラムを原則とする、戦後の学校教育制度である。その意味では、戦後のジュニア小説の称揚は、戦後の学校教育制度を褒め称えるものであったのである。

この捉え方によると、少女小説と、ジュニア小説は、まったく異なるものとして捉えられていたことになる。すなわち、少女小説は、男女の恋愛を扱わない小説として把握されていたのである。一方、ジュニア小説は、男女の恋愛を扱う小説とされていたのである。しかし、これは、おかしな捉え方である。というのも、戦後の少女小説は、『女学生の友』の少女小説が先導する形で、男女の恋愛を導入したからである。よって、少女小説は、男女の恋愛を扱わない小説である、とはいえないのである。そうであるとすると、戦後、少女小説に男女の恋愛が導入されるようになるにつれて、それはしだいに、少女小説とは異なるものとして捉えられるようになったのではないかと、考えることができる。すなわち、男女の恋愛が導入された少女小説は、しだいにジュニア小説として、捉えられるようになったと、把握することができるのである。つまるところ、男女の恋愛を扱わない小説を、少女小説として捉え、男女の恋愛を扱う小説を、ジュニア小説として捉える見方が、定着していったと考えることができるのである。

そうであるとしたら、どうして、少女向け小説の世界において、少女小説は、ジュニア小説に取って代わられたのだろうか。いいかえると、どうして、少女小説が、すっかりジュニア小説というものに、変貌してしまったのだろうか。その問いの答えは、今まで明らかにしてきたことによって、導き出すことができる。すなわち、ジュニア小説が支持を拡大した理由は、その巧みな戦略にあるといえる。ジュニア小説は、戦後の学校教育制度を熱烈に支持していた。ひいていうと、ジュニア小説は、戦後の学校教育制度を作りだした戦後の社会のあり方を、賛美していた。これこそ、ジュニア小説のとっていた巧みな戦略なのである。そうであるがゆえ、ジュニア小説は、多数の人びとに支持され、戦後の社会に受け入れられたのである。なぜなら、そのジュニア小説の戦略は、けっして戦後の学校教育制度を破壊するものではなかったし、けっして戦後の社会のあり方を根底から覆すようなものではなかったからである。

注

(1)「エス」とは、「Sister」の「S」をあらわしている。エスとは、少女同士の親密な関係のことである

（今田　二〇〇七）。当時の少女小説においては、エスは、上級生と下級生が、「お姉さま」「妹」と互いを呼びあい、友愛とも恋愛ともつかない、親密な関係を築くこととして描写されたり、同級生同士が、愛の告白をしあってカップルになり、同じく友愛とも恋愛ともつかない親密な関係を築くこととして、描写されたりしている（今田　二〇〇七）。

（2）今田（二〇一一）では、『少女の友』は、エス（少女同士の親密な関係）を排除し、男女交際を導入しようとしていたことがわかった。その論理は、少女小説をエスと結びつけ、センチメンタルなものと結びつけて批判し、一方、少女マンガを男女交際と結びつけ、明朗であることと結びつけて、称賛するというものであった（今田　二〇一一）。しかし、その改革が、充分に実施されたわけではなかったため、『少女の友』は、一九五五年六月号をもって、休刊となった（今田　二〇一一）。

（3）藤本（二〇〇五、二〇〇六）、今田（二〇一四）では、『女学生の友』は、一九五六年から小説に男女の恋愛を導入することが明らかにされた。さらに、今田（二〇一四）では、『女学生の友』は、一九五九年から特集記事・座談会記事に、男女の恋愛を導入するようになったことが、明らかにされた。『女学生の友』は、このような改革によって、発行部数を拡大させることに成功した（藤本　二〇〇五、二〇〇六、今田　二〇一四）。

（4）今田（二〇一五）は、中原淳一の『ひまわり』と、『ジュニアそれいゆ』を比較し、『ひまわり』から『ジュニアそれいゆ』へ、雑誌が移行することに伴い、そのテーマが、少女同士の関係の称賛から、少年少女の関係の称賛へ、移行することを明らかにした。すなわち、そのテーマが、①歌劇界の女スターから、映画界の男女のスターへ、②「少女」から、「ジュニア」（少年少女）へ、③エスから、男女交際へ、④「憧れの君」（少女同士の関係）から、「ボーイフレンド」（少年少女の関係）へ、移行するのである（今田　二〇一五）。

（5）この理由は不明である。しかし、集英社は、もともと小学館から分離独立した出版社である。よって、両社の間に協力関係が存在したのではないかと考えることができる。

（6）この方向転換については、今田（二〇一七）で明らかにした。今田（二〇一七）においては、『ジュニア文芸』に載っているすべてについて、一九六八年七月号から一九七〇年十二月号まで、分析した。そして、この方向転換を解き明かした。

（7）同年同月号を比較することが妥当であるが、入手することができなかった。

（8）一九六七年八月八日に刊行された『別冊ジュニア文芸』は、「富島健夫作品集」というサブタイトルがつけられている。そして、富島健夫の作品ばかりが掲載されている。さらに、一九六八年四月一日に刊行された『別冊ジュニア文芸』は、「佐伯千秋作品集」というサブタイトルがつけられている。そして、佐伯千秋の作品ばかりが掲載されている。

（9）他に、「小説を読む年齢に限界はないと思います。事実、本誌への投書も中学生から社会人、そして母親にまで広がりを見せています。幅広い年齢層に幅広い編集を、と心がけている次第です」（「編集室プロムナード」『ジュニア文芸』一九七〇年二月号）など。

（10）他に、「すべての恋愛が、これらの小説のようにうまくいきません。いや、中学、高校の頃は、〝片思い〟が多いのではないでしょうか。だのに、小説はあまりにもできすぎています。苦しい恋愛、サッサッとラブレターなど出さない現実にも目をむけた小説がほしいと思います」（「JN広場」『ジュニア文芸』一九六九年二月号）など。

（11）他に、「でも最近、残念なことに、読んでいてギクッとするような小説にぶつかることがあります。たしかに、私たちの成長の過程には、男女の友情など、とてもたいせつなことだと思います。けれども、それらの小説は、男女の友情をこえて、おとなの人のような恋愛を描いています。ただの好奇心だけでなく、私たちが身近に感じ、真剣に考えられる小説をお願いします」(「JN広場」『ジュニア文芸』一九六七年十一月号)など。

(12) 他に、「でも、このごろ内容が、男女問題・友情問題といったものにかたよっているような気がします。政治にも、全学連にも、戦争にも興味をもたずにはいられない私たちです。少し欲ばりな考えかもしれませんが、こうした問題もとりいれてほしいと思います」(「JN広場」『ジュニア文芸』一九六九年四月号)など。

## 参考文献

藤本純子「戦後「少女小説」における恋愛表象の登場――『女学生の友』(一九五〇~一九六六)掲載読切小説のテーマ分析をもとに」(日本マンガ学会『マンガ研究』八、二〇〇五、二〇~二五頁)
藤本純子「戦後期少女メディアにみる読者観の変容――少女小説における「男女交際」テーマの登場を手がかりに」(日本出版学会『出版研究』三六、二〇〇六、七五~九三頁)
実業之日本社社史編纂委員会編『実業之日本社百年史』実業之日本社、一九九七
金田淳子「教育の客体から参加の主体へ――一九八〇年代の少女向け小説ジャンルにおける少女読者」(日本女性学会『女性学』九、二〇〇二、二五~四六頁)
小谷野敦『恋愛の昭和史』文芸春秋、二〇〇五
久米依子「七〇年代からゼロ年代へ」岩淵宏子他編『少女小説事典』東京堂出版、二〇一五、一四~一五頁

今田絵里香『「少女」の社会史』勁草書房、二〇〇七
今田絵里香「戦後日本の『少女の友』『女学生の友』における異性愛文化の導入とその論理――小説と読者通信欄の分析」（財団法人大阪国際児童文学館『国際児童文学館紀要』二四、二〇一一、一～一四頁
今田絵里香「異性愛文化としての少女雑誌文化の誕生」小山静子・赤枝香奈子・今田絵里香編『セクシュアリティの戦後史』京都大学学術出版会、二〇一四、五七～七七頁
今田絵里香「スター――どのようなスター像が作られてきたのか　メディア研究アプローチ」（成蹊大学文学部学会編『データで読む日本文化――高校生からの文学・社会学・メディア研究入門』風間書房、二〇一五、六七～九三頁）
今田絵里香「ジュニア小説における性愛という問題」（成蹊大学文学部学会『成蹊大学文学部紀要』五二、二〇一七、二三～四六頁）
白川紺子『下鴨アンティーク　アリスと紫式部』集英社、二〇一五a
白川紺子『下鴨アンティーク　回転木馬とレモンパイ』集英社、二〇一五b
白川紺子『下鴨アンティーク　祖母の恋文』集英社、二〇一五c
白川紺子『下鴨アンティーク　神無月のマイ・フェア・レディ』集英社、二〇一六a
白川紺子『下鴨アンティーク　雪花の約束』集英社、二〇一六b
小学館総務局社史編纂室編『小学館の八〇年』小学館、二〇〇四

## 表４　『ジュニア文芸』（1967年１月〜1970年12月号）の巻頭長編小説

| 年 | 月 | 巻 | 号 | 作者 | タイトル | 雑誌によるカテゴリー | 主要キャラクター | 導入→結末 | 愛情を示す行為、性的な行為 |
|---|---|---|---|---|---|---|---|---|---|
| 1967 | 1 | 1 | 1 | 佐伯千秋 | 芽ばえ | 長編純愛小説 | 高校二年生の松代桂子、工員の岸田朝生 | チンピラにからまれた桂子は朝生に助けられる。→朝生が桂子の両親を説得し、交際の許可を得る。 | 文通。手をつなぐ。 |
| 1967 | 2 | 1 | 2 | 富島健夫 | 心に王冠を完結編 | 長編青春小説 | 高校三年生の熊谷三吉、同じく朝井虹子 | 三吉はラーメン屋で住み込みの労働をしながら高校に通う。虹子は三吉の洗濯を担当する。→高校卒業前、三吉は虹子と写真館で写真を撮る。三吉はラーメン屋の主人の負担で大学に進学することになる。 | 洗濯する。 |
| 1967 | 3・4 | 1 | 3 | 佐伯千秋 | 初めての抱擁 | 長編純愛小説 | 高校二年生の松代桂子、工員の岸田朝生 | — | — |
| 1967 | 5 | 1 | 4 | 佐伯千秋 | かぎりない愛への船出 | 長編青春小説 | 高校一年生の西村千津、高校二年生の宮坂杉夫 | — | — |
| 1967 | 6 | 1 | 5 | 富島健夫 | 朝雲の序曲 | 長編青春小説 | 大学一年生の石堂剛、高校二年生の北上えり子 | — | — |
| 1967 | 7 | 1 | 6 | 川上宗薫 | 水色の愛の挽歌 | 長編純愛小説 | 高校三年生の高山栄子、大学三年生の室町大四郎、高校教師の野添美佐子 | 美佐子の紹介で大四郎が栄子の家庭教師になる。栄子は大四郎を好きになる。→栄子は、大四郎と美佐子の恋愛関係を継続させるため、大四郎を解雇する。そして大四郎と異なる大学を目ざしはじめる。 | 手をつなぐ（栄子と大四郎）。額にキス（同）。キス（美佐子と大四郎）。 |

| | | | | | | | | | |
|---|---|---|---|---|---|---|---|---|---|
| 1967 | 8 | 1 | 7 | 富島健夫 | 花と黒潮と | 長編純愛小説 | 大学一年生の石堂剛、高校二年生の北上えり子 | — | — |
| 1967 | 8 | 1 | 別冊 | 富島健夫 | 故郷は遠きにありて | 長編青春小説 | 大学三年生の石川雄一郎、高校二年生の佐藤明子 | — | — |
| 1967 | 9 | 1 | 8 | 泉健太郎 | 寒い夏のラプソディー | 長編純愛小説 | 高校三年生の吉原悦子、高校三年生の角川一郎、悦子の姉の吉原美穂 | 悦子は別の高校に通う一郎と毎日自転車でともに下校する。→悦子は一郎が美穂にキスをしたことを知って動揺し、一郎に別れを告げる。 | 自転車で下校する（悦子と一郎)。文通(同)。キス（美穂と一郎)。 |
| 1967 | 10 | 1 | 9 | 佐伯千秋 | 非行少女A子の死 | 長編純愛小説 | 高校一年生の森下美樹、高校三年生の早田恭 | — | — |
| 1967 | 11 | 1 | 10 | 諸星澄子 | 愛の痛みの日記 | 長編純愛小説 | 高校二年生の江見京子、同じく萩原梨沙、大学二年生の野崎東吾 | 東吾と京子は許婚同士であるが、東吾は京子の親友の梨沙を好きになる。→京子は病気になる。梨沙は自殺する。東吾は京子のもとから去ることを決める。 | 抱擁（京子と東吾)。キス（梨沙と東吾)。 |
| 1967 | 12 | 1 | 11 | 桐村杏子 | ぼくでもいいかい | 長編純愛明朗小説 | 高校二年生の園田美加、同じく朝倉樹夫、同じく紺野由紀、高校教師の野村正人 | 美加と樹夫は幼なじみで、美加は高校教師、樹夫は由紀を好きになる。→美加と樹夫は同時期に失恋し、それを報告しあい、ともに下校する。 | 抱擁（由紀と樹夫)。両手を握る（同)。肩を抱く(同)。 |
| 1968 | 1 | 2 | 1 | 富島健夫 | かりそめの恋 | 長編純愛小説 | 高校三年生の荒木静生、同じく早宮雪枝、同じく上田容子 | 雪枝は静生を誘惑しようとするが、静生は容子のことを考えて拒絶する。→静生は容子とデートをする。 | 抱擁（静生と容子)。 |

| | | | | | | | | | |
|---|---|---|---|---|---|---|---|---|---|
| 1968 | 2 | 2 | 2 | 佐伯千秋 | 早春を行く者たち | 長編青春小説 | 高校一年生の久村明代、同じく竹川照子、同じく矢代みちる、同じく上屋君子、同じく川島治夫、同じく浜崎信吉、同じく大友弘行、同じく橋本幸一 | 八人が信吉の家で出会う。→明代と治夫、照子と信吉、みちると弘行、君子と幸一がそれぞれ友情を築き、八人でハイキングに行く。 | 握手（明代と治夫）。手を重ねる（みちると弘行）。 |
| 1968 | 3 | 2 | 3 | 三島正 | 星空のバラード | 長編純愛小説 | 高校一年生の木村しおり、大学二年生の矢数晋平 | しおりは晋平とアルバイト先で出会うが、しおりの兄がボクシングの試合で晋平に怪我を負わされる。→晋平はボクシングで稼いだ賞金をしおりの兄に医療費として捧げる。兄妹は晋平を許す。 | 兄の医療費を負担する。 |
| 1968 | 4 | 2 | 4 | 富島健夫 | 異郷の風雪 | 青春自伝小説 | ぼく（富島健夫） | — | — |
| 1968 | 4 | 2 | 別冊 | 佐伯千秋 | 燃えよ黄の花 | 小学館文学賞受賞作品 | 女学生の杉田三千代、中学生の瀬木弘（戦時下） | — | — |
| 1968 | 5 | 2 | 5 | 桐村杏子 | プレイボーイにご用心 | 長編明朗青春小説 | 高校一年生の上田久仁（女）、同じく田中麻美、高校三年生の熊倉剛、同じく高村美幸（男） | 久仁は麻美と親友になり、麻美と美幸の交際を応援する。→久仁と麻美は共謀してプレイボーイの美幸をこらしめる。 | 腕時計を贈る（麻美と美幸）。 |
| 1968 | 6 | 2 | 6 | 佐伯千秋 | さらばわが愛 | 長編純愛小説 | 高校二年生の小松雪子、同じく永池協 | — | — |
| 1968 | 7 | 2 | 7 | 富島健夫 | かなしみの時 | 青春自伝小説 | ぼく（富島健夫） | — | — |
| 1968 | 8 | 2 | 8 | — | — | — | — | — | — |
| 1968 | 9 | 2 | 9 | 富島健夫 | これが男の子だ | 巻頭長編純愛小説 | 高校三年生の関根聖吾、同じく深見奈津子 | — | — |

| | | | | | | | | | |
|---|---|---|---|---|---|---|---|---|---|
| 1968 | 10 | 2 | 10 | 佐伯千秋 | 遠い初恋 | 巻頭長編純愛小説 | 高校一年生の市川美知子、同じく西野正文、高校二年生の竹田弘樹 | — | — |
| 1968 | 11 | 2 | 11 | 三島正 | あの空の果てに | 巻頭長編純愛小説 | 高校二年生の戸倉美佐江、店員の柳田謙介 | — | — |
| 1968 | 12 | 2 | 12 | 諸星澄子 | 幸福に散った人 | 巻頭長編純愛小説 | 高校一年生の浜口真、家事手伝いの咲子、高校一年生の稲村美知子、同じく東珠江 | 真は知的障害のある咲子の世話で疲弊している。美知子は真を気遣い、珠江は真に交際を迫る。→咲子が自殺する。真と美知子は咲子の一周忌に墓参りをする。 | キス（真と珠江）。 |
| 1969 | 1 | 3 | 1 | 富島健夫 | 不良少年の恋 | 巻頭長編純愛小説 | 高校一年生の河原五郎、同じく三原令子、同じく大鶴良雄 | 五郎は令子が好きであるが、令子は良雄と交際をしている。→令子は良雄に純潔を奪われ、ふられ、自殺する。五郎は良雄に暴行を加え、警察に逮捕される。 | 頬にキス（五郎と令子）。キス（良雄と令子）。性交（同）。 |
| 1969 | 2 | 3 | 2 | 三島正 | 愛は惜しみなく | 巻頭長編青春感動小説 | 大学一年生の間瀬雄太、高校二年生の矢数リリ子、リリ子の父 | リリ子の父は医師免許を持っていることを隠して、スラムでボランティアの医療行為を行っている。雄太も兄が大病院の院長であることを隠している。→リリ子と雄太は交際し、リリ子の父は新しくできた総合病院の院長になる。 | 抱擁。 |
| 1969 | 3 | 3 | 3 | 森一歩 | わが愛は春雪のかなたへ | 巻頭長編純愛小説 | 高校二年生の志賀康子、高校教師の矢野清、高校二年生の辻信明 | 康子は芸者であった母親を軽蔑している。信明は実の父母に捨てられた過去に苦しんでいる。→康子は清の助けにより、信明が実の兄であることをつきとめる。 | 抱擁（康子と清）。キス（同）。 |

| | | | | | | | | | |
|---|---|---|---|---|---|---|---|---|---|
| | | | | | | | | 康子は清と結婚の約束をする。 | |
| 1969 | 4 | 3 | 4 | 佐伯千秋 | 燃えた海 | 巻頭長編青春小説 | 高校三年生の川津友里、同じく中坂竹樹、同じく野々村汐美 | 竹樹は友里と交際する。しかし、汐美が竹樹に交際を迫る。→竹樹は汐美を拒絶して怪我をする。友里は上京する竹樹の乗った列車を見送る。 | 抱擁（竹樹と友里）。抱擁（竹樹と汐美）。キス（同）。 |
| 1969 | 5 | 3 | 5 | 富島健夫 | きみが心は | 巻頭長編青春小説 | 高校三年生の池田章生、同じく北原小雪、同じく吉川泰子 | — | — |
| 1969 | 6 | 3 | 6 | 諸星澄子 | 忘れじの面影 | 巻頭長編純愛小説 | 高校三年生の桜井正之、高校二年生の三谷夕子 | 正之は修学旅行で夕子と出会い、一年後に大学進学で上京するため、再会を約束する。→正之は、交通事故で義足となった夕子と再会し、ともに生きることを誓う。 | 手を取る。抱擁。 |
| 1969 | 7 | 3 | 7 | 森一歩 | さすらいの17歳 | 巻頭長編純愛小説 | 高校二年生の津島佐知子、大学一年生の氷川直樹 | — | — |
| 1969 | 8 | 3 | 8 | 吉田とし | ヴィナスの海 | 巻頭長編問題小説 | 高校二年生の加納千絵、高校教師の志野徹也、大学二年生の加納竜治 | 千絵は竜治に純潔を奪われ、ふさぎ込んでいる。徹也は心配する。→徹也は千絵の過去を知るが、「きみは不潔じゃない！」と言う。 | 額にキス（千絵と竜治）。腕を組む（同）。キス（同）。性交（同）。抱擁（千絵と徹也） |
| 1969 | 9 | 3 | 9 | 富島健夫 | 好きなひと | 巻頭長編青春小説 | 定時制高校二年生の宮原淳也、高校二年生の西野美津子 | — | — |
| 1969 | 10 | 3 | 10 | 佐伯千秋 | 山頂にバラあり | 巻頭長編純愛小説 | 高校二年生の草川良子、同じく西本椿、同じく杉原新太 | — | — |

| | | | | | | | | | |
|---|---|---|---|---|---|---|---|---|---|
| 1969 | 11 | 3 | 11 | 諸星澄子 | あの空の虹のように | 巻頭長編純愛小説 | 高校一年生の寺本幸子、同じく石川真弓、大学生の小野田啓一 | — | — |
| 1969 | 12 | 3 | 12 | 吉田とし | ヴィナスの城 | 巻頭長編問題小説 | 高校二年生の加納千絵、美術教師の志野徹也、大学二年生の加納竜治 | — | — |
| 1970 | 1 | 4 | 1 | 富島健夫 | 吹雪のなかの少年 | 巻頭長編青春小説 | 高校二年生の峰一秋、高校一年生の小川晴代 | 一秋は大学進学費用を得るために道路工事現場でアルバイトをする。→一秋は晴代に結婚を申し込み、快諾される。一秋の上京後、晴代が一秋の下宿を訪ねてくる。 | 抱擁。キス。上半身に触れる。下半身に触れる。 |
| 1970 | 2 | 4 | 2 | 粉川宏 | 朝子の青春相談ノート | 長編問題小説 | 高校二年生の城山朝子、高校三年生の中田悠一 | 朝子は両親の経営する薬局で悠一と知り合う。→悠一は受験に失敗し、受験勉強をしながら性欲と闘っていたことを朝子に告白し、行方不明になる。二人は話し合い、今後も二人で問題を乗り越えていくことを誓い合う。 | 抱擁。唇をなでる。キス。上半身を触る。 |
| 1970 | 3 | 4 | 3 | 諸星澄子 | 今はむなし彩子に花束を | 巻頭長編問題小説 | 高校一年生の矢吹由利、同じく本多彩子、同じく島岡節 | 由利のクラスに彩子が転入してくる。→彩子は、節の両親によって節と引き離され、裸にされて旅館の室内に放置される。その後、彩子は自殺する。 | キス（彩子と節）。ホテルに行く（同）。旅館に行く（同）。 |
| 1970 | 4 | 4 | 4 | 富島健夫 | 青春前夜 | 巻頭長編問題小説 | 高校三年生の岡田士郎、同じく村上静子 | — | — |

| | | | | | | | | | |
|---|---|---|---|---|---|---|---|---|---|
| 1970 | 5 | 4 | 5 | 佐伯千秋 | 愛あるとき | 巻頭長編友愛小説 | 高校一年生の京田咲子、夜間中学校三年生の小原幸子、同じく高田信男 | 咲子は幸子とその妹に出会う。→幸子は、旅館で住み込みの労働をはじめるが、客に強姦され、辞める。その後、幸子は工場で住み込みの労働をはじめる。 | 手を握りあう（幸子と信男）。抱擁（同）。強姦（幸子）。 |
| 1970 | 6 | 4 | 6 | 吉田とし | 誰かいませんか | 巻頭長編純愛小説 | 高校三年生の河津典生、同じく山岸謙治、同じく尾形通子 | 典生は教室で、謙治と通子がキスをしているところを目撃する。典生は二人の結婚を応援する。→二人は高校三年生の４月に結婚する。三人は箱根旅行に行く。 | キス（謙治と通子）。同棲（同）。結婚（謙治と通子）。 |
| 1970 | 7 | 4 | 7 | 森一歩 | 砂の花嫁衣装 | 巻頭長編純愛小説 | 高校二年生の八代美津子、高校三年生の若林真一 | 美津子の両親が経営する居酒屋に、真一がやってくる。→美津子は真一との交際を両親に妨害され、真一とともに東京に逃げ、アパートで結婚生活をはじめるが、生活が困窮したため、二人で自殺をはかることにする。しかし、美津子が妊娠していることがわかり、踏みとどまる。 | 握手。手を取る。抱擁。キス。結婚。 |
| 1970 | 8 | 4 | 8 | 富島健夫 | 美しきライバル | 巻頭長編青春小説 | 高校一年生の藤井昭一、同じく坂田孝之、同じく小西雅子 | — | — |
| 1970 | 9 | 4 | 9 | 桐村杏子 | 天使はどこにいる | 巻頭長編純愛小説 | 高校二年生の野口夕花、大学一年生の高桑健彦、高校三年生の池谷まゆみ、大学生の浅井純介 | 夕花は交通事故に遭った健彦を介抱するが、まゆみの名を名乗り、その場を去る。→まゆみは純介の子どもを妊娠するが、純介に捨てられ、純介をナイフで刺す。健彦は、自分を介抱したのが夕花だったことを知 | キス（まゆみと純介）。性交（同）。 |

| | | | | | | | | | |
|---|---|---|---|---|---|---|---|---|---|
| | | | | | | | | り、夕花に愛の告白をする。 | |
| 1970 | 10 | 4 | 10 | 三木澄子 | 風浪の岸 | 青春問題長編（「自伝的名編」） | 高校一年生の加能純子、高校三年生の湯浅徹夫 | 純子は詩人のグループに参加し、徹夫に出会う。→純子は、徹夫の姉の夫に強姦され、上京していた徹夫のもとに向かう。しかし、徹夫は純子が強姦されたことを知って自暴自棄になり、女子大学生と同棲していたため、純子は一人で地元に戻る。 | 文通（純子と徹夫）。キス（同）。強姦（純子）。同棲（徹夫と女子大学生）。 |
| 1970 | 11 | 4 | 11 | 柴田成人 | 京子ちゃん、心配しないで | 異色問題長編小説 | 高校一年生の椎名、同じく和島、同じく岡田、同じく田村京子、同じく相川サナエ | 椎名、和島、岡田の三人は「フラレタリア同盟」を結成し、恋愛抜きで「女といちゃつく」ことを目ざす。→和島はサナエと結婚することを決める。岡田は京子に片想いをしているが、相思相愛の椎名と京子のため、二人を応援する。椎名と京子は交際する。 | キス（椎名と京子）。肩にもたれかかる（和島とサナエ）。性交（同）。 |
| 1970 | 12 | 4 | 12 | — | — | — | — | — | — |

注）1968年８月号、1970年12月号は欠号。

# ロラン・バルトとレオナルド・ダ・ヴィンチ、あるいは想像界というクローゼットの精神分析

遠藤不比人

ソクラテスがこう言っている。「そこでわたしは、美しい青年のところへ出かけられるように美しくなろうと、身を飾るのだった。」わたしは愛する人に似ていなければならないのだ。あの人とわたしの本質が合致するのを想像する(わたしには楽しいことである)。イメージに、模倣に…わたしは精一杯あの人と同じことをする。あの人でありたいと思う。あの人がわたしであってほしいと思う。まるで、わたしたち二人がひとつに結ばれ、同じひとつの肌袋に閉じこめられるかのように。服とは、恋愛の「想像界」を作り上げているこの融合体にとっての、なめらかな包皮にほかならないのだ。

——ロラン・バルト『恋愛のディスクール・断章』(一九三頁)

## 1　想像界/クローゼット

ロラン・バルトの『恋愛のディスクール・断章』(一九七七)をひたすらバルト風のエクリチュールのいささか衒学的なエレガンスに身を任せて耽読する幸福をあえて禁欲的に断念し、野暮を覚悟でそれを精神分析とくにフロイトの言語と併置してみること、それが本論の試みである。そ

うはいいながら、バルトとフロイトというそれ自体なかなかに魅惑的な主題をめぐりなにか新たなことを語ってみたいという野心をことさらに隠すものではないが、それ以上にこの読解を促すのはより単純かつ素朴な疑問である。バルトのこのテクストは「恋愛」を駆動する欲望ないしは欲動あるいは構造について語る数多のテクストからの引用を特徴とし、たとえば、近代的な恋愛といえば誰もが思い起こすはずのゲーテの『若きウェルテルの悩み』を筆頭に、直近のフランス文学でいえば、バタイユ、ボードレール、シャトブリアン、サド、プルーストなどから、さらに同程度に頻繁にフロイト、ラカン、クライン、ウィニコットなどの精神分析からの引用がこのテクストの大半を紡ぎ出すことになる。フロイトに限っていえば、参照、引用されるテクストは、たとえば、『精神分析学入門』『夢解釈』などであるが、バルトの言語を味読し理解するうえで決定的な意味を帯びるフロイトの或るテクストがその文献表から抜け落ちている、それはなにゆえか？というのがその疑問である。あるいはもはや引用ないしは参照といった水準を超えて彼の言語に咀嚼、体内化されているのか、ともかくバルトの恋愛をめぐる言説がまさに同一化をしながら反復をしたとしか思えぬフロイトのテクストが、むしろそれゆえなのか、文献表に存在しない。その文献とは「レオナルド・ダ・ヴィンチの幼年期の想い出」（一九一〇）である。

フロイトのテクストから触れるのならば、このダ・ヴィンチ論は、エディプス的な抑圧（去勢）なき母子関係（ラカンであれば「想像界」と呼ぶリビドー空間）の強度と、そこにおける反復の欲動に胚胎する男性同性愛の始原的な構造（それは同一化を根幹とする）の析出であった。つまりは、そこにおける鍵語として、去勢という否定性の欠如、想像界的な享楽、母子関係、同一化の反復などを列挙することができる。『恋愛のディスクール』を読んだ者ならば誰もが同意するだろうが、これらの概念はそのままバルトが執着する問題系と重なるばかりか、用語それ自体としても重複し頻出もする。むろんバルトの vita sexualis とも呼ぶべきこのテクストが自己言及に満ちたものであることは明白であるが、そうであるならばバルトは、フロイトのダ・ヴィンチ論を引用するどころか、それにまさに同一化ないしは体内化することで、つまりはコンスタティヴかつメタ的な水準ではないパフォーマティヴな次元において、自身の（ホモ）セクシュアリティの起源への遡行を実践すべくフロイトの理論（同一化）と同じ身振りを反復したのだろうか？そのような仮説をここで示しておく。それは引用、参照というメタ性を帯びない同一化、つまりはそれ自体が想像界的な欲望に貫かれているかのようだ。

実際に、バルトは冒頭から語っている、「恋愛」をめぐるディスクールは、社会的諸制度（象徴界）から顧慮されない、あるいは切断された、あたかも想像界というクローゼットのようであると。

このような書物が必要とされるについては、恋愛にかかわるディスクール（言述）が今日、極度の孤立状態におかれているという考察があった。このディスクールは、おそらくは幾千幾万の人びとによって語られているだろう（本当のところは知りようもないが）。しかし、これを公然と宣揚する者はひとりとしていない。恋愛のディスクールは、これをとりまくもろもろの言語活動から完全に見捨てられている。無視され、軽んじられ、嘲弄されて、権力はおろかその諸機制（科学、知、芸術）からも遮断されてしまっている。このように、一個のディスクールが、その本性ゆえに、現実ばなれしたものとしての漂流状態に陥り、集団性の埒外へと運び出されるとき、かかるディスクールに残されているのは、もはや、ひとつの確認の場（いかに狭小なものであれ）となることでしかない。要するに、そうした確認のことが、ここに始まる書物の主題なのである。（三頁、傍点原文）

そう、この「恋愛」をめぐるテクストは、社会（象徴界）に「場」をもたぬ「想像界＝クローゼット」の「確認」の書ではないのか。たしかに「おそらくは幾千幾万の人びとによって語られているだろう（本当のところは知りようもないが）」けれども「これを公然と宣揚する者はひとりとしていない」ディスクールとは、たとえば、一九世紀末のイングランドの男性同性愛をめぐる言説と実践、オスカー・ワイルドの unspeakable love を私たちに連想させないか。

構造的にいえば、フロイトの前エディプスあるいはラカンの前象徴界としての想像界は、象徴的去勢という否定性の介入によって「成長」あるいは「発達」とも呼ばれる弁証法に導かれる運命にある。しかし、バルトは明言する「恋愛のディス・クルスは弁証法的ではない。まるで永久歴のように、情愛的教養の百科事典のように、次々とめぐりつづけるのである」（一一頁）。その運動は、むしろ象徴的なメタ性（いわば垂直に想像界に突き刺さる象徴的ファルスとはメタ的否定性の介入にほかならない）に辿り着くことのない「文」をのみ組織する「恋する者はいくつもの文の束を用いて語るが、そうした文をより上位のレヴェルへ、すなわち作品へと統合することはしない」（一一頁）。このテクストが「断章」と称される構造を有する所以がそこにある。精神分析にあってエディプスというメタ性の介入は、別言すれば、ブルジョワ的主体における異性愛の／という「意味」の起源であるが、バルトの「恋愛」をめぐる「文」にあっては「整理されぬこと、順位もなければ筋道もなく、なにかの目的（制度）に向けて力を合わせることもない」。つまりは「ひとつの恋愛物語（あるいは、ある愛の物語）ではないことをわかってもらうため、意味の誘惑を挫くため、絶対的に無意味な順序を選ぶこと」が「原理」となる（一二頁、傍点原文）。それゆえに、バルト的「恋愛」をめぐる「ゼロ座標」（三二頁）とは、「素晴らしい（adorable）」という語の否定性なき弁証法なき過剰な反復が意味論的な零度に逢着するかのごとき、以下のようなディスクールを指す。

素晴らしいとは、ひとつの疲労、言語活動の疲労が残した無益な痕跡である。わたしは、語から語へと自分の「イメージ」の同一性を言いかえてゆくことに疲れ、自分の欲望の的確さを不的確にしか表現できないことに疲れ果てるのだ。この旅の果てに至るとき、わたしの最後の悟りは、同語反復を認めること、そして実践すること、でしかありえない。素晴らしいものは素晴らしい。あるいはまた、あなたが素晴らしいからわたしはあなたをあがめる。あなたを愛しているから愛する。そのようにして恋愛の言語活動を終結せしめるものは、これを開始したもの、すなわち幻惑である。というのも、幻惑を記述するとは、とどのつまりが、「わたしは幻惑されている」という言表を越えることのありえぬものだからだ。言語活動の果てに至れば、言語はその最後の語を、まるで傷ついたレコードのようにくりかえすほかない。私は言語の肯定に陶酔する。同語反復とは、あらゆる価値がもつれあい、論理操作の栄光にみちた終末と、愚行のみだらさと、そしてニーチェの然りの爆発とが見いだされるあの途方もない状態を言うのではないか。（三四〜三五頁、傍点原文）

ニーチェ流の「然り」は、ここでフロイト的去勢という否定性を否定する肯定性として再文脈化されている。これが「意味の誘惑を挫くため」の「絶対的に無意味な」ディスクールのありようである。意味へと展開すべき弁証法（エディプス）的否定性の介入以前の世界（想像界）は、肯定の同語反復が非意味を生産する言語空間である。この想像界的な反復（強迫）の強度たる「言語の肯定」は、非常に特異な形式において、バルトにおけるテクストの意味論的「零度」への執着、還元すればテクストの意味論的な「死」への妄執、彼における性的リビドーがテクスト的なネクロフィリア（死体愛好）へと備給されることの証左となっていないか(1)（後述のように彼はテクスト的死を欲望する）。バルトの『零度のエクリチュール』は、思えば、ブルジョワ的な諸エクリチユールへの彼独特の実存的介入の試みであったが（あるいはそれらの零度を露出する実践であったが）、ここで私たちが目撃する意味の零度とは、あるいは「恋愛」をめぐる意味論的零度とは、ブルジョワ的異性愛へと弁証法的に帰結するエディプス的かつ弁証法的否定性（去勢）の排除、その意味での「意味＝言説」の零度ではないか。ブルジョワ的エクリチュールの零度としての男性同性愛（恋愛）のディスクール。そして定義上、去勢の排除は狂気を意味する。つまり絶対的な肯定としての狂気ということ。

繰り返せば、バルトにおける「恋愛」は、象徴的メタ（父）性の介入の不在、あるいはそれ以前の母子的な想像的同一化の「場」であるが、それはエディプス的な主体の消滅＝享楽の空間でもある。

> ときにはそれは激しい歓喜であり、わたしはあの人のイメージとひとつになる。切り離せるか、溶け去るか、いずれにしてもこのわたしが迎えられるところはどこにもない。眼前に、わたしもなく、あなたもなく、死もなく、もはや語りかけるべき相手はない。
> （奇妙なことに、恋愛の「想像界」における終局的行為——イメージから放逐されるかそれとひとつになるかして、わたしが消滅する——において、当の想像界の崩壊が果たされるのである〔後略〕。）（一九頁、傍点原文）

人称のレヴェルでいえば、象徴的メタ性とはHeなる三人称である。この三人称が想像的同一化（あるいはバルトが「恋愛」と呼ぶクローゼット）を垂直に切断するのであり、そこで遡及的かつ事後的に一人称（わたしI）と二人称（あなたYou）が成立する。この去勢という介入がないところでは、つまり三人称Heの不在の場所にあっては、語る主体I、語られる対象Youも存在しない。ここでバルトが語る逆説は、想像界という「恋愛」の始原的かつ最終的な（そう、恋愛には「順番」がない！）人称空間が、恋愛の根源的不可能性（「あなたを愛するわたし」という人称的かつ言語的関係性の不在）を同時に含意してしまう、ことを指す。バルトが「恋愛」の「破局」をめぐりつぶやくつぎの言葉は、したがって二重の意味において理解すべきである「小児期――自分は「母親」に見捨てられたと思う――が、突然に性器期へと移るのだ」（七五頁）。恋愛＝想像界の終局とは、むろん、象徴的な介入（去勢）を意味する（それは性器期への移行である）。それと同時に、ここで強調すべきは、想像界＝恋愛の可能性こそがその不可能性と等価であるという根源的パラドクスである。バルト的「恋愛」はその不可能性においてこそ可能である。いわば去勢なき非人称（性器）的な欲望の不可能性（「わたしはあなたを愛する」という文構造の不在）において可能である。なぜなら、語る主体が語られる主体へと「溶け去る」かのごとき「激しい歓喜（享楽）」がそこにあり、その溶解において「わたしはあなたを愛する」という恋愛の言語的、認識論的かつ存在論的構造が無化してしまうからである。この無化＝享楽は恋愛の最大値であると同時に零度でもある。

想像界の究極（最大値）が想像界の崩壊（零度）と正確に同期するバルト的な「恋愛」の逆説構造は、フロイトの「死の欲動」の定義と合致するものである。ほかの機会に詳述したので、詳細はそちらを参照されたいが(2)、「快感原則の彼岸」（一九二〇）において死の欲動は、その前半においては「外傷」という刺激量の最大値が「反復強迫」することを意味したが、後半にあってはかかる刺激量の零度こそがその定義となっていた。かくして「快感原則の彼岸」というテクストそれ自体が、鏡像空間とも呼ぶべき「想像界」をなしていないか。前半の定義と後半の定義が正確に反転する交差対句法的な鏡像空間たるテクストは、死の定義に取り憑かれながらも死の定義だけを回避しているのではないか。むしろ定義の過剰こそが定義の不在を意味するというパラドクス（ここにも最大値と零度の同期という死の欲動それ自体の不可能な定義の反復がある！）このメタ心理学的な想像界には、まことに皮肉なことに、しかし定義上正しくメタ性はない。メタ性を欠如したメタ心理学！

死をめぐる定義のかかる反転は、まさにバルトの「恋愛」の非論理性を想起させる。実際に彼はこう語っているではないか。

> 死を恋している？「心地良き死になかば恋して」（キーツ）とは、なかば言いすぎというもの。それは、死を免れた死なのだ。そのときわたしは空想している、この肉体のいずこから流れ出たのでもない心地良き出血を。この身が消滅前に苦痛から解き放たれるよう計算ずみ

の、ほぼ即座の消滅を。つかのま、わたしはいつわりの（変造された合鍵のようにいつわりの）死の想念に身を落ち着ける。死をはずれたところで死を思う。思考されようのない論理に従って死を思い、死と生を対立せしめつつ結ぶあの宿命的結合の外へと漂流するのだ。

（二〇頁、傍点原文）

死を思考するためは「死の欲動」というメタなきメタ心理学の外（メタ）に立たないといけない。フロイトのいう「快感原則」とは刺激量が一定量であること、可能ならばそれが限りなく零度に近づくことを意味した。すべての有機体の「生」がそれを志向するとするならば（フロイトはそう主張する）、「快感原則の彼岸」の後半の「死の欲動」の定義に照らすならば、すべての有機体の「生＝性」は「死の欲動」を免れることはできない。フロイトはこのテクストの最終章で実際にこう論じている「快感原則は実際には、死の欲動に奉仕しているものと思われるのである」（一九九頁）。フロイトはこう結論する「要するに、死の欲動という仮定を放棄しないためには、最初から生の欲動とともにあると考えなければならない」（一八九〜一九〇頁）。「快感原則の彼岸」というテクストそれ自体が、かくして、メタ性のない鏡像的な想像空間と化している。バルトがいう「死と生を対立せしめつつ結ぶあの宿命的結合」とは、合わせ鏡のように「死」と「生」が反転するこの「快感原則の彼岸」という想像界的な非論理と等価である。ロマン派的な死の美学化とは、このメタなき鏡像空間から「はずれた」ところで「ほぼ」という時間的かつ空間的な留保とずれを確保したところでのみ可能な形而上学である。あるいは、エロス（生の欲動）とはリビドーの横溢によって駆動されるのであれば、テクスト前半でしめされるリビドー量の過剰を不快とする「快感原則」の「彼岸」たる死の欲動にこそ生＝性は位置付けられる。その「彼岸」とは死の欲動の領野であるのだから、そこにあって、ふたたび生と死は交差対句法的に相互の像を映し出すことになる。フロイト的な「彼岸」とは、それゆえ、彼岸＝メタ性の不在の構造のことである（彼岸なき彼岸！）。バルト＝フロイト的な「死」とは、その根源においてこのパラドクスをはずれることによって、かろうじて「死を免れた死」として夢想することができる。死は死（の欲動）でないかぎりにおいて死となる。この同語反復的なパラドクスにはむろん「彼岸＝メタ性」は不在である。つまり死の欲動とは死の不可能性をめぐる理論なのだ。

もう一度いえば、このメタなき鏡像空間たる恋愛＝想像界は、一個の不可能な構造として「クローゼット」の機能を果たしている。バルトは「誰もがその所を得て」という断章の冒頭で「所を得る」をこう定義する。

恋愛主体には、自分のまわりの人がすべて「所を得ている」と見える。誰もがみな、さまざまな契約関係からなる実用的で情動的な小体系をそなえていて、自分だけがそこからしめだされていると感じるのだ。そのことで彼は、羨望とあざけりのないまぜになった感情を抱く。（七〇頁）

この「契約関係からなる実用的で情動的な小体系」とはブルジョワ的な両性愛の空間、つまりは婚姻を契約とする「家庭」を含意するだろう。これに比し、バルト的クローゼットたる「想像界」は一個の「構造」である。

> わたしが望み、欲求しているのは、ただひとつの構造であるにすぎない（かつてこの語は、歯のうくような不快な響きを立てたものだった。抽象の極みとみなされていたからだ）。たしかに構造のよろこびなどというものはない。しかし、あらゆる構造は居住可能なのである。おそらくこれが、構造についての最良の定義であろう。（七一頁、傍点原文）

ロラン・バルトにとって、フロイトのダ・ヴィンチに関する言語は、引用可能なメタ言語ではなく、それと同一化することで「居住可能」となる「構造＝クローゼット」であった、という仮説の検討に入ろう。そのためには、フロイトのテクストに赴く必要がある。

## 2　鏡像空間での同一化

すでに見たようにバルトの「恋愛」とは徹底してエディプス的メタ性（父性）という否定性＝去勢を欠いた構造であったが、さらに後述するように、そこにおいては定義上母親はほとんど特権的な存在でもあったが、フロイトのダ・ヴィンチに関する記述にもそれが如実である。

レオナルドが人生において決定的な意味を持つ生涯の最初の数年間を父や継母のもとでなく、捨てられた貧しい実母のもとで過ごし、そのために父がいなくて寂しい思いをした時期があったことを示唆する。（四〇頁）

人生の最初の三、四年のうちに心に刻まれた印象は固着し、外界に対する反応の仕方に軌道が引かれると、その意義は後の体験によってもはや奪い去ることはできないのだ。（四一頁）

ひとりの人間の不可解な幼年期の想い出とそれに基づく空想が、常にその人の心の発展の中の最も重要なものを際立たせているというのが正しいとすれば、ハゲワシ空想によって確実となった、レオナルドが生涯の最初の幾年かを母と二人で過ごしたという事実は、彼の内面生活の形成に最も決定的な影響を与えたにちがいない。（四一頁）

われわれが診た同性愛の男性は皆、本人自身が後年、忘れてしまった幼年期の最初期に、ひとりの女性との強烈な性愛的な結びつきがあったのである。通常、それは母親であり、この結びつきは母親自身が子供に過度の情愛を注ぐことによって呼び覚まされるか促進されるかし、また父親の影が薄いことで助長された。（四九頁）

引用箇所にある「ハゲワシ空想」についてはすぐに触れる。さて、このようにレオナルドの幼年期は「おそらく五歳のころまで父親から影響をうけることはなく、彼を唯一の慰めとする母親の情愛に満ちた誘惑に委ねられ」（八九〜九〇頁）それゆえ「幼年期の最初の時期に父親による威圧を受けず」（七九頁）にいたものであり、それを分析するフロイトはこう断言じみたことをいう「われわれは、幼年期のうちに以後の人生では二度と手に入らない最高の性愛的至福を味わった人は、なかなか自分の幼年期から脱却しえないことを知るのである」（八七頁）。いうまでもなく、フロイトが示唆しているのは、レオナルドの性愛あるいは「恋愛」を論じるに際して、バルトにおいてすでに見たエディプス的な去勢を逃れた「想像界」（アナクロニスティックにラカンの用語を使用すれば）が決定的な意味を帯びるということである。

このレオナルドの想像界はバルトのそれと同様の鏡像的な同一化の空間である。つまりレオナルドの恋愛＝同性愛を構造化するこの空間において、主体と対象との二重、三重の同一化が同時に行われる。幼年期に父親不在の密室において母親の情愛を過剰に受けたレオナルドは、その母子関係を「構造」＝同一化として、長じるに至って反復することになる。フロイトのダ・ヴィンチ論の白眉ともいえる箇所を引用してみよう。

男児〔レオナルド〕は、母の位置に自分自身を置き、自分を母と同一化し、自分という人間を模範とし、その模範に似たものの中で新たな愛の対象を選択する。そうすることによって、母への愛を抑圧するのである。彼はこうして同性愛になったのだが、本当のところは、もといた自体性愛へと滑るように戻ったと言うべきであろう。というのも青年となった彼が愛している男児は、子供であったころの自分という人物の代替にして更新であり、彼は母親が子供のころの自分を愛してくれたのと同じように、少年を愛するからである。（五〇頁）

レオナルドのクローゼットたる想像界での鏡像関係は、かくして、二重あるいは三重の同一化となる。まずは、成長後における彼と美少年の関係性は、正確に彼の幼年期の母子関係の反復＝鏡像である。それを構造化する鏡像関係は、まずレオナルドがかつて自分を愛した母と同一化することであり、さらに同時に、その自分が同一化する母が愛する美少年にも同一化することで成立する。レオナルドは、つまり、愛する主体（母＝成人の自分）となるのと同時に、愛される対象（幼年期の自分＝美少年）にもなる。フロイトが正しく洞察するように、これは「もといた自体性愛へと滑るように戻った」ことを意味し、かつそれがレオナルドの「恋愛＝同性愛」の起源（の反復）ともなっている次第がここで判然とする。したがって、レオナルド的な主体とは、愛する母親と愛される自分の同時性を体現する。つまり母親になりつつそれが愛する対象にもなる。ここにおいて恋愛の基本構造たる「愛する主体」と「愛される対象」あるいは「愛される主体」と「愛する対象」の差異は無化する（冒頭のエピグラフにおけるソクラテスの「恋愛」を想起しよう）。すべてはレオナルドという男性同性愛的な主体に還元可能であるからだ。フロイトが引用箇所の直後で「何よりも自分の鏡像に惚れ込み」それゆえに「自分と同じ名を持つ美しい花に姿を変えられる若者」（五〇頁）すなわちナルキッソスに言及するのも、かくのごとき愛する主体と対象の鏡像的同一化、つまりは自体性愛ないしはナルシシズムにおける「恋愛の不／可能性」を問題としているからである。

ここで私たちはある既視感に眩惑をされないだろうか。そう、ここで想起してしまうのは、バルトのあの恋愛空間の鏡像性である。ふたたび引用しよう。

ときにはそれは激しい歓喜であり、わたしはあの人のイメージとひとつになる。切り離せるか、溶け去るか、いずれにしてもこのわたしが迎えられるところはどこにもない。眼前に、わたしもなく、あなたもなく、死もなく、もはや語りかけるべき相手はない。

恋愛の起源でありその終局とは（そう、恋愛には論理的順序はない！）愛する主体と愛される対象の溶解という歓喜＝享楽であり、その享楽の十全たる享受とは死にも近接する（ナルキッソスの運命に言及するのも野暮だが）。ということは、私たちの幼年期の起源には、すでにつねに「死」が構造として刻まれており、もしもフロイトがいう「もといた自体性愛へと滑るように戻」ることが男性同性愛のリビドー構造であるのならば、それは起源に刻印された「死」への回帰、つまり反復強迫としての死の欲動を示しているのだろうか。そして、バルトがすでに喝破しているように、私たちが享受できる「死」とは「死を免れた死」であった。ここでふたたび引用しよう。

> 死の想念に身を落ち着ける。死をはずれたところで死を思う。思考されようのない論理に従って死を思い、死と生を対立せしめつつ結ぶあの宿命的結合の外へと漂流するのだ。

これこそが引用文中の「死もなく」の含意であろう。それは死をはずれた死であるのだから。すでにこれも見たように、フロイトの「快感原則の彼岸」というメタ性なきメタ心理学という鏡像（想像）空間においても、死の欲動の定義それ自体が反転し合っており、互いが互いを左右逆転した交差対句法的様相をなしていたし、死と生の定義それ自体もまったくそれと同様の意味論的な反転を呈していた。バルト＝レオナルド的「恋愛＝同性愛」とは、起源＝終局にある死の不可能性において可能であり、「死をはずれたところで死を思う」ことなのではないか。これはふたたびバルトに戻って再考すべき主題である。

この脈絡においてさきほど触れた「ハゲワシ空想」について論じなければならない。そこでも私たちの関心を惹くのは、鏡像的な交差対句法構造であり、すでに濃密に示唆されているように、それはめくるめくクイア空間でもある。フロイトが引用するダ・ヴィンチの記述を孫引きしよう。

私がハゲワシにこんなにも深くたずさわるようになるのは、ずっと以前からすでに決まっていたことであるように思われる。というのも、人生のごく初期に属する思い出としてこんな光景が脳裏に浮かぶのだ。私はまだ幼くて揺りかごの中にいる。すると一羽のハゲワシが私のところに降りてきて尾でもって私の口を開け、何度も自分の尾で私の唇をつつくのだ。（二九頁）

この空想は、フロイトがレオナルドの同性愛の構造を分析するうえで、「過去が代理表象されている」という意味で特権的な素材となっているのだが、その理由は「自分自身にも理解できない想い出―残滓の背後には、自分の心の発展の最も意味深い特徴を知るための計り知れない重要な証拠が隠されている」からであり、「精神分析の技術の中にはこの隠されたものを明らかにする優れた方法があるのだから、われわれはレオナルドの幼年期の空想を分析することによって、彼の伝記にある間隙を埋めようと」（三二頁）いう試みがここでなされる。フロイトの読解はここでも冴え渡っている。まずは「尾」が原語のイタリア語でもほかのヨーロッパ諸語においても「男根の最もよく知られた象徴、代替記号のひとつ」（三四頁）であることを確認した後、当然つぎのような解釈がなされる。

したがって、ハゲワシが子供の口を開き、尾でしきりにその中をまさぐった、という空想に含まれる状況は、フェラチオ、すなわち使役される人間の口の中に男根が差し込まれる性行為の表象に対応するものである。実に奇妙なことだが、この空想は一貫して受動的な特徴をそなえている。この空想は、女性や受動的な同性愛（性交渉において女性の役割を演じる側）に見られるある種の夢や空想にも似ている。（三四頁）

フロイトの命題は、「母親あるいは乳母の乳首を吸うためにそれを口内に含み込んだ」幼年期の印象が「なぜレオナルドという男によって受動的な同性愛空想へと改作されたのか」（三五頁）となる。つまり母による授乳という体験が男性同性者による受動的なフェラチオという性行為に書き換えられているという前提から、フロイトの考察が開始される。彼の博学は、ハゲワシの神話学的な知識を披瀝しつつ、ハゲワシが母と連想される文脈を複数提示するのだが、それによってもこの命題に十分な解答を与えられない。そこでフロイトの関心は神話学から精神分析へと移行する。結論から先にいえば、フロイトは母親にペニスがないことを否認することの背後にある幼児の去勢不安をここで問題とし、母親の不在のペニスの代用をペニスと見なすフェティシズムとレオナルドの同性愛の起源を接続しようと試みる。

〔前略〕女性のペニスというかつて切望した対象への固着は、幼児的な性の研究の中でも例の部分に特別の思いをもって没頭した子供の心の生活に消しがたい痕跡を残す。女性の足や靴に対するフェティシズム的崇拝は、足を、かつて崇拝しながら、ある時からそれがないことに気がついた女性の陰茎に対する代用象徴としてしか見ていないようである〔後略〕。（四六頁）

いうまでもなくレオナルドの空想空間においては、ハゲワシの「尾」が彼のフェティシズムの対象となり、母の不在のペニスの「代用象徴」となる「ここに来てわれわれは、レオナルドの空想の中でハゲワシの尾が特に強調されていることを、『そのころ、私は情愛に満ちた好奇の目を母に向け、まだ母には私自身のものと同じような性器があるものと考えていた』と翻訳することができる」（四八頁）。つまりペニス＝尾＝乳房という空想の等式がここで成立する。つまり去勢の否認（排除）と同性愛とフェティシズムがここで連動していることになる。

このフロイトの解釈は、さきほど触れたレオナルドの鏡像的な同一化の構造へと接続される。それを踏まえれば、つぎのような眩惑的なクイア空間を記述することが許されるだろうか。母に同一化し自分自身の口に男根を挿入する男性同性愛的な主体（というか主体と対象の無化にこそこのリビドー空間がある）が、男性化した母と同一化するのと同時に自身を女性化するとき、この構造は、女を貫く男／男に貫かれる女を、まったく同時に実践する男性同性者という、めくるめくクイア的、鏡像的かつ交差対句法的な享楽によって可能となっている。まさに、男性／女性という二項は、この「恋愛」の想像界という鏡像空間において幻覚的に乱反射しながらクイア化している。

## 3　ふたたびバルトのクローゼットへ

フロイトのめくるめくクイア空間を経た後でバルトの言語を再読するとき、たとえば「不在の人」と題された断章における「不在」の定義が俄然その意義をいや増していく「恋愛対象の不在——その原因と期間を問わず——を舞台にのぼせ、これを孤独の試練に変えようとする言語的挿話」（二二ページ）。想像界というクローゼットにおける「恋愛」とは、主体が対象へと溶解し去る、あるいは対象が主体へと溶解し去る享楽のことであるとすれば、定義上「あなた」の不在こそが鏡像的な恋愛の根源的な条件となるはずだ（あなたはわたしである限りにおいて、つまり不在である限り、このクローゼットの恋愛が成立する）。バルトのつぎの陳述をたとえば演歌の歌詞のレヴエルで読むことは文学的な犯罪であろう「たえず現前するわたしというのは、たえず不在であるあなたの前でしか成立しない」（二三頁、傍点原文）。これが示唆するのは、他者はすでにつねに主体であるがゆえに不在であるということであり、この不在の他者を定義上愛することはできない。あるいはもっと端的に、他者はいない、と言い換えることもできる。この想像界のクローゼットにおいては、すべて自体愛的なリビドーが横溢する。バルトはこうも語っていた。

ひとつの閃光の中で、あの人の姿がまるで剥製かなにかのように不動のオブジェと見えてくる。たちまちわたしは、わたしの欲望を、無力になったこの対象から私の欲望そのものへと向けてしまうだろう。わたしが欲しているのはわたしの欲望であり、恋愛対象というのはそのだしになってきたにすぎないのだった。（五〇頁）

ここで、レオナルドの同性愛を構造化する空想を想起してみよう。そこにおいて他者と化した主体（レオナルドが同一化した母親）が他者と化した主体（レオナルドが同一化した美少年）を愛するという形式でリビドーが自体愛的に二重に循環しているのであり、いみじくもフロイトが洞察するように、これは「もといた自体性愛へと滑るように戻った」ことを意味する。そう読むならば、つまり男性同性愛者とは母親になる（女性化する）ことによって「恋愛」の主体になるのだとすれば、バルトのつぎの陳述は文面以上の含蓄を帯びる。

そこで、女ではなく男が他者の不在を語ることになると、そこには必ず女性的なところがあらわれることになる。待ちつづけ、そのことで苦しんでいる男は、驚くほど女性的になるのだ。男が女性的になるのは、性的倒錯者だからでなく、恋をしているからである。（一三頁、傍点原文）

男性同性愛者は、女性（母親）化することで「恋愛」の主体となるが、そうすることによって

「母親」は不在となる（待っても来ない）。そのような含意をここでも読むことができるかもしれない「しかし対象が現前していようといなかろうと、欲望に変わりはないのではないか。対象とは常に不在のものではないか」（二三頁、傍点原文）。あるいは「欲求の対象は現にそこにあるのだが、想像的にはあいかわらず欠けたものでありつづけるのだ」（二七頁）。そして「あの人は、指示対象としては不在でありながら、発話の受け手としては現前しているのだ」（二六頁）。レオナルド＝バルト的な同性愛者になるということは、母と同一化（女性化）することによって、その母が自身を愛したような強度で、幼年期の自身の複製である美少年を愛することを意味したが、その「恋愛」の構造はほかならぬ「母」の対象としての喪失をともなう。あるいは、母は自身の中に体内化される。あたかも女性化しつつ対象の不在を嘆くバルト的主体は、レオナルド的恋愛構造（体内化）を体内化しているのではないか（これ自体がメタ性の欠如である）。母を喪失することにより＝母になることにより自身（の複製）を愛することで「恋愛」の不可能性（対象の根源的な不在）を生きる主体としてのレオナルド＝バルト的な男性同性愛者、という視点がここで浮上してくる。ここでは二重の意味での対象の喪失が指摘できる。母の喪失、自己の複製を愛することによる他者としての対象の喪失、がそれである。

バルト＝レオナルド的な「恋愛」において母親とは不在の原因ではないか。そう問い直してみたい。それは同一化＝体内化＝無化されることで対象として消滅し、しかしそのことによって男性同性愛的主体を可能にする。つまりそれはフロイトのいう「メランコリー」的な体内化ではないか。「喪とメランコリー」においてメランコリーの一症例をフロイトはこう記述する。

自我はこの対象と一体化したがり、しかもリビード発展の口唇的ないし食人的な段階に相即して、喰うという仕方によって一体化したがる。メランコリーの状態が重篤な症状を形成するに至った場合に表明される食事の拒否を、アブラハムはこの脈絡に沿って生じるものとみなしているが、おそらくそれは当を得た解釈だろう。（二八二頁）

バルト風にいえばこうなる。

それは歓喜の合体、愛の歓喜 fruition なのだ（この語は衒学的だろうか。最初に来る摩擦音と鋭い母音の流出が、この語の言うよろこびを発声の官能で増大させている。この語を発するとき、わたしは、音と意味とのこの合体を口内で享楽することになるのだ）。（三三七〜三三八頁、傍点原文）

フロイトのメランコリーさながらに、バルトにおいても対象との一体化はメランコリックな口唇欲動によって駆動されてそれを「喰う」ことである。対象＝母親は「口内で享楽」されることにより主体の内部に溶解し、かくして、バルト的かつレオナルド的な男性同性愛のメランコリーが成立する。しかしその段階で母親は、繰り返すが、不在の原因と化す。バルトにおける「恋愛」のメランコリーはこうも記述される。

無益なおしゃべりをしているこの短い瞬間に、わたしは死に瀕しているに等しい。愛する人が、夢の中にあらわれて一言も口をきかぬあの陰気な人物のようになってしまうからだ。そして、夢の中の沈黙とは、まさしく死のことであるからだ。あるいはまた、これがやさしき「母親」であれば、このわたしに鏡を、つまり「イメージ」を、差し出してくれるだろう。そしてわたしに語りかけてくれるだろう、「これがおまえだよ」と。しかし、この口きかぬ「母親」は、わたしが何者であるかを言ってくれない。わたしにはもはや確たる場は与えられず、実在の保証のないまま、苦痛にみちてただようほかないのである。（二五四頁）

あるいはバルトはこう嘆く「その中に自分の母親の亡霊がいるのだった。わたしもそのようにしてあの人を「母親」を、呼びだし、呼び寄せようとする。しかし、やって来るのはひとつの影でしかない」（一七〇頁）。フロイトを参照したことが示される上記のブロック・クオテーションの箇所（二五四頁）で、バルト的なメランコリー患者は原理的に不可能な問いを問うているのではないか。この想像界の空間にあって母親を「喰う」ことによって恋愛の主体となった者が、その主体性の中にメランコリックに消失した母親に対して「わたしは誰か?」と問いかけているわけである。あたかも自身が抑圧した欲望が構成する自身の無意識に対して、わたしは何を欲望するのか?と問うのと同じレヴェルの愚問、というか構造上かつ定義上解答を拒否された問いであろう。バルトはこう言う「わたしは締め出されている。あたかも原初光景から締め出されるようにして」(二〇〇頁)。バルト的かつレオナルド的な「原初光景(primal scene)」とは母を喰ったその場面であろう。この光景は、非エディプス的に抑圧され、メランコリックな男性同性愛的主体が超越論的に可能になる。つまり、男性同性愛的空間=経験を不在の原因として構造化しながら、それ自体はその経験の対象とは原理上なり得ない存在としての(喰われた)母親。この前エディプス期の非去勢的な母の抑圧は、メラニー・クラインの前エディプス的なエディプスを想起させるものである。クラインはその心的過程を「妄想—分裂ポジション(paranoid-schizoid position)」あるいは「抑鬱ポジション(depressive position)」と呼ぶ。(3)

フロイト的な意味でのエディプス的否定(去勢)以前のこの想像界において、あるいは無意識がほとんど存在しない(あるいはすべてが無意識のような)この「恋愛」空間において、すべてが肯定される世界にあって、「愛しています」という発話(Je-t-aime)の享楽とは、バルトが正しく「聴く」ように、「フランス語がその素晴らしい分析力を否認して」この発話を「膠着語」とすることと関わる。

この表現を分解してみるとおかしくなる。なんと、一方には「わたし」があり、もう一方には「あなた」があって、その間に合理的な（語彙的な）情念の接ぎ木があるかのようだ。このような分解は、いかに言語学の理論と適合するにもせよ、本来が一気に投げ出されたもののことを、すっかり歪曲してしまう。それに気づかぬ者はなかろう。愛するは不定形で存在することのないものだ（メタ言語による人為的操作による以外には）。それは発語されるときには、主語と目的語が同時にやって来る。したがって、「わたしは・あなたを・愛していますJe-t-aime」は、たとえばハンガリー語のszeretlekのように、ただの一語として聴きとられる（ここでは読みとられる）べきなのだ。（二二二〜二二三頁）

まさしく「問題はまさしく膠着現象なのである」（二二三頁）。バルトにおけるJe-t-aimeとは「想像界」の「肯定」の言語であり、メランコリー的な膠着の情動的強度を体現する。

Je-t-aime は他所をもたない。二元論（母親と恋愛）の語である。その内部では、いかなる距離も畸形も記号を引き裂くことがない。それはなんの暗喩でもないのだ。

Je-t-aimeは文ではない。意味を伝達するのではなく、ある極限状態に、「主体が他者との鏡像関係内で宙吊りになっている状態」に、とりついて離れぬものである。それは「一語文」的なのだ。（二二四頁）

そしてそれはクローゼットの中の膠着語である「それはまた、エロティックで、ポルノグラフィックな語でもあるだろう。要するに、社会的には居所が定まらぬ語なのである」(二二四頁)。この膠着状態とは、究極的には、そして起源においても、フロイトが喝破するように自体性愛に回帰することではないか。

百年このかた、狂気(文学における)とは、「わたしが他者である」につきるとされてきた。つまり、狂気とは脱人格の体験というのである。しかし、恋愛主体であるわたしにとって、ことはその逆である。わたしを狂気にするのは、自分が主体となること、そうならざるをえないことなのだ。わたしは他者ではない。わたしが恐怖とともに確認しているのはそういうことなのだ。(一八三頁、傍点原文)

わたしは永遠にわたし自身であり、だからこそわたしは狂気になるのだ。わたしが狂気なのは、このわたしが存続するからである。(一八三頁、傍点原文)

すべてはわたしである、という存在論は去勢の否認あるいは排除のことであるから、それは定義上まったき肯定という狂気となる。この文脈でバルトが「いかなる権力にも汚されていない者は狂気である」(一八三頁)と断言する所以はもはや明らかであるだろう。三人称というエディプス的去勢〔否定〕のない想像界という「恋愛」のクローゼットにあって、「わたしはあなたを愛する」という恋愛の根源的な〔文〕構造は不可能であり、それは膠着語として「あなた」をメランコリックに内包した「わたし」、三人称なき、二人称なき一人称！まさに狂気と称すべき不可能な人称としての「わたし」が自体愛的な夜郎自大をもってこの空間を満たしつくす。まさに「恋愛のディスクールとは、いわば、すべての『出口』が閉ざされたようなものである」（二一六頁）。

　しかし、この狂気の「わたし」のまったき充満＝充溢は、三人称〔去勢〕なき二人称〔対象＝母親〕なき「わたし」は、同時にまったき空虚な存在ではないか。バルトはこの点についても明敏極まりない。

> いずれもみな、なにも言っていないか言いすぎているかのどちらかで、調整が不能である。〔中略〕エクリチュールにとってこのわたしは、あまりにも大きすぎるか、あまりにも弱すぎるかなのだ。わたしはエクリチュールからはずれたところにいる。（一四八頁、傍点原文）

> 愛について書こうと望むのは、言語のぬかるみ、言語が過剰にして過小であるところ、過度に豊かで〔自我の無限の拡大と情動の氾濫のせいで〕過度に貧しい〔愛が言語を矮小化し平板化している諸コードのせいで〕あの狂乱の地帯に、立ち向かうことなのだ。（一五〇頁、傍点原文）

それはすべて、三人称（父）二人称（母）なき「狂気」の「わたし」ゆえである「しかし、恋愛関係はこのわたしを、アトピックな、分割されざる主体にしてしまった。わたしは自分の子供である。父にして母（わたし自身の、あの人の）なのである」（一五〇頁）。ここで想起しよう、あのレオナルド的な恋愛主体を。母であると同時に子であり、母を所有（喰う）という意味では父ですらあるあのメランコリックな主体を。

バルトは「恋愛＝同一化」を「構造」と呼ぶ「同一化は心理的なものでなく、純粋に構造的な操作である。わたしとは、わたしと同じ場を占めるものであるのだ」（一九五頁）。バルトはレオナルドであると、私たちはここで断言したくなる。殊につぎのよう陳述に出会うとき「Xに対する私の関係は、Zに対するYの関係に等しいことを確認するのである。〔中略〕わたしは、いわば鏡に捕われている。この鏡はたえず移動しており、双数関係のあるところならどこでもわたしを捕捉するのだ」（一九六頁）。

## 4　恋愛的、テクスト的ネクロフィリア

バルトにおけるテクストの「零度」への執着は、テクストの意味論的な「死」を愛でるものであり、その欲望を駆動する「構造」はフロイト的な死の欲動のパラドクスであったことはすでに触れた。そしてバルトにおいてテクストはつねに身体あるいは「肌」を含意する「言語とは肌なのだ。わたしはおのれの言語をあの人にすりつける。指のかわりに語をもつというか、語の先に

指をもつというか。わたしの言語は欲望に打ち震えている」（一〇九頁）。そう、テクストの死への嗜好は、死んだ身体への愛好へと鏡像的かつ交差対句法的に（指／語、語／指）反転をする。

> わたしはあの人の身体を探る。内部にあるものを見きわめようとするかのように。わたしの欲望の無意識的原因が相手の肉体の中にあるとでもいうかのように（時間が何であろうと知ろうとして目覚し時計を分解するようなものだ）。この操作は、冷静で、しかも驚きにみちたやり方でおこなわれる。突然にもうこわくなくなった不思議な昆虫でも前にしているかのように、わたしは冷静で、かつ注意深い。肉体には、こうした観察にとくに適した部位がある。睫毛、爪、髪のはえぎわなど、ごく部分的な対象である。そのときわたしは、あきらかに死体をフェティッシュにしようとしているのだ。（一〇七頁、傍点原文）

バルト的恋愛という鏡像空間にあって「あの人」とは、「わたし」を映し出すナルキッソスの水面のごときものであるとすれば、その内部に（水面下）にあるもの（「わたしの欲望の無意識的原因」）を「探る」のだとすれば、水面は波立ち、鏡面はひび割れ、「あの人」の「肌」は部分的な対象へと分解されてしまうのではないか（あたかも「文」が解体し「語」が非意味として散乱するように）。想像界の壁面には亀裂が走り「わたしはもはや『想像界』の内にすらいないのである。あらゆるものが凍りつき、石化し、変化しない。代替不能になっている。『想像界』は失権した

（一時的に）のだ」（一三六頁、傍点原文）。この合わせ鏡の世界で「あの人」が解体（もの）化するということは、「わたし」も正確に同時に同じ運命を甘受しなければならないことを意味する「理解するとは、イメージを引き裂くこと、尊大な誤解の器官たるわたしを解体すること、ではないか」（九〇頁、傍点原文）。テクスト（言語）と「あの人」の死とは、繰り返せば、その鏡像たる「わたし」の死を意味し、それはフロイトがいうような「非有機体（もの）」への回帰である。それが「快感原則の彼岸」後半における「死の欲動」の定義であったことはいうまでもない。バルトの「想像界」にあって（「快感原則の彼岸」も一個の想像界であった）、「あの人」の「もの」化した身体を享受することは、「わたし」の死を享楽することと同義である。ここにおいて、ネクロフィリア、フェティシズム、死の欲動が同期することになる。

　しかしすでに触れたようにバルト的な「恋愛」は、それとの「ずれ」において可能な空間であった。ふたたび引用しよう。

> 死を恋している？「心地良き死になかば恋して」（キーツ）とは、なかば言いすぎというもの。それは、死を免れた死なのだ。そのときわたしは空想している、この肉体のいずこから流れ出たのでもない心地良き出血を。この身が消滅前に苦痛から解き放たれるよう計算ずみの、ほぼ即座の消滅を。つかのま、わたしはいつわりの（変造された合鍵のようにいつわりの）死の想念に身を落ち着ける。死をはずれたところで死を思う。思考されようのない論理

> に従って死を思い、死と生を対立せしめつつ結ぶあの宿命的結合の外へと漂流するのだ。

バルト的「恋愛」とは、かかる「死を逃れた死」、想像界のクローゼットの中でのリビドー空間でもある。それはバルトがいう「仮死の世界」(一三二頁)である。

> その証拠に、吟味の対象にしていた肉体が不活性な状態を脱しはじめると、つまり何かをしいはじめると、わたしの欲望に変化が生じる。たとえば、あの人が何かを考えている様子が見えてくると、わたしの欲望はもはや倒錯的なものでなくなり、再び想像的なものとなるのだ。わたしは「イメージ」へ、ひとつの「全体」へと立ち戻る。再びわたしは恋しているのである。(二〇七頁、傍点原文)

　自己を映し出す鏡像たる「あの人」を探り「肉体の中」に入ることは、自身の無意識を「知る」ことは、二重の意味でエディプス的な営為ではないのか。男根(性器)的な意味という意味において。それゆえ、バルト的な「恋情」は非性器(男根)的なものである「恋情のまま語るとは、見通しもなく危機もなく、ひたすらに消耗してゆくことである。オルガスムスのない関係を実践することである」(一一〇頁)。さらにいえば、バルトの恋愛はたしかに非(アンチ)エディプス的である。この鏡の世界の壁面を貫き、真理へと到達する刹那、視覚が支配的な空間たる想像界は雲散霧消し、そこには定義上まったき「盲目」という死が訪れるという意味において（明察の最大値がその零度たる盲目であるという意味でこれも死の欲動のパラドクスの反復である）。この意味においてもバルト的な恋愛の主体は「女性的」でなければならない。この根源的に非エディプス的な環境にあっては「イメージは謎をもたぬもの」であり「イメージは断固として決定的であり」それゆえ「いかなる認識をもってしても、イメージに反駁したり、これを修正したり、検索したりすることはできない」（二〇〇頁）。それだから「あの人の不透明さは秘密を隠すスクリーンではないのだ。それは一種の明証性であり、そのまえでは、外見と本質のたわむれが廃絶されてしまう」（二〇五頁）。

## 5　ふたたびレオナルド

これはレオナルドのリビドー経済学を想起させる。「真実を愛し知への衝迫に駆られる人」（八八頁）でありながら「あれこれと思い悩んでは物事を先延ばしにする傾向」（九一頁）ゆえに「自らの作品を完成させないまま放置する」（七八頁）ばかりか「弟子らへの彼の情愛にみちた関係が性的な行為にまで至ることがなかった」（十八頁）レオナルドに関して、フロイトは「幼年期のうちに以後の人生で二度と手に入らない最高の性愛的至福を味わった人は、なかなか自分の幼年期を脱却できない」（八七頁）と結論していた。バルトがいう「恋愛のディスクール」は、やはりレオナルドのそれを体内化しているのか「整理されぬこと、順位もなければ筋道もなく、なにかの目的（制度）に向けて力を合わせることもないというのが、このディスクール（ならびにそれを表すテクスト）の原理にほかならない」（一二頁）。

かくして、それ自体が鏡像的な想像的空間たるレオナルド的「幼年期」を、正確に同型のバルトのそれが「口内で享楽」するがごとく咀嚼し体内化したのであれば（むしろ同一化したからこそそのような「想像界」が出来したのだとすれば）、その乱反射する鏡面の背後に「真実」を探ることは定義上「死」をも恐れぬ狂気の沙汰との誹りを免れぬだろう。なぜならば、バルトにあってレオナルドをめぐるフロイトの言語は、体内に咀嚼された不在の原因、それは彼のメランコリックな言語を構造化しながらも、それを経由しては経験することができない領野であるのだから。

注

（1）Brill/Rodopiから近刊予定のロラン・バルトの『テクストの快楽』をめぐる英語論集に寄稿した拙稿“Genealogy of Textual Necrophilia: Barthes, Freud, De Man, and Mehlman”においてこの議論は展開されている。またこの主題を、ポーを読むラカンを読むデリダを読むバーバラ・ジョンソン（を読む遠藤）という視点から展開した拙稿は、「ポー、精神分析、脱構築、textual necrophilia——不気味な反転をめぐる断章」『ポー研究』第8号（二〇一六年）：四五〜五二頁である。

（2）死の欲動をめぐるこのパラドクスを英国モダニズム文学という文脈で歴史化した議論としては、拙著『死の欲動とモダニズム——イギリス戦間期の文学と精神分析』慶應義塾大学出版会、二〇一二年、とくに序章「破綻あるいは失敗の美学——イギリス・モダニズム文学と精神分析」を参照されたい。

（3）メラニー・クラインにおける前エディプス的エディプスという問題系に関しては、上記拙著におけるエピローグ「ラディカル・クライン」を参照されたい。

## 引用文献

ロラン・バルト『恋愛のディスクール・断章』三好郁朗訳、みすず書房、一九九〇年。

ジークムント・フロイト「レオナルド・ダ・ヴィンチの幼年期の想い出」甲田純生・高田珠樹訳『フロイト全集 十一』岩波書店、二〇〇九年。

——「喪とメランコリー」伊藤正博訳『フロイト全集 十四』岩波書店、二〇一〇年。

——「快感原則の彼岸」『自我論集』中山元訳、ちくま学芸文庫、一九九六年。

# 象徴交換と死
## ――『南太平洋』（一九四九）における恋愛の不可能性――

日比野　啓

### はじめに

『南太平洋』*South Pacific* は、作曲家リチャード・ロジャース（Richard Rogers, 1902–1979）と作詞家オスカー・ハマースタイン二世（Oscar Hammerstein II, 1895–1960）のコンビによるアメリカン・ミュージカルで、一九四九年四月にブロードウェイ・シアターで初演された。のちマジェスティック・シアターに移され、一九五四年一月に閉幕したときの総上演回数は一九二五回に上った。

原作はジェイムズ・ミッチェナー（James A. Michener, 1907–1997）によって書かれた『南太平洋物語』*Tales of the South Pacific* で、大手出版社マクミランの編集者だったミッチェナーが自らの従軍経験にもとづいて一九四六年にいくつかの雑誌や新聞に断続的に発表し、一九四七年にマクミランから出版したこの連作短編集はミュージカル制作中にピュリッツァー賞を受賞した。

『南太平洋物語』は、一九四二年五月八日の珊瑚海海戦直前から一九四四年初頭にかけて、現在はバヌアツとして独立しているニューヘブリディーズ諸島（一九八〇年まで英仏共同統治）の最大の島・エスピリトゥサントを主たる舞台としている。作品ごとに登場人物たちは異なるものの、島々に展開している合衆国の軍人、フランス人をはじめとする現地在住の白人、メラネシア人、ポリネシア人そしてトンキン人（仏領インドシナのうち、中国に国境を接する地方はトンキンと呼ばれた）たちによる、悲喜こもごもの逸話が語られる。

ミュージカル『南太平洋』では、十九の短編のうち「我らがヒロイン」（"Our Heroine"）および「四ドル」（"Fo' Dolla'"）という二作品を軸にして、多岐にわたる小説の登場人物のうち、とくに二組のカップルの恋の行方を描く。フランス人農園主のエミール・ド・ベック（Emile De Becque）と、アーカンサス州出身の看護士官、ネリー・フォーブッシュ合衆国海軍少尉（Ensign Nellie Forbush, USN）。ジョゼフ・ケーブル合衆国海兵隊中尉（Lt. Joseph Cable, USMC）とトンキン人の17歳の少女リアット（Liat）。いずれも異民族同士のカップルであり、彼らの恋愛の進展を遅延させる阻害因子となるのは、伝統的な喜劇《コメディ》によくありがちな恋のライバルの存在や親族の反対などではなく、アメリカ人二人の内なる人種差別意識だ。

第二幕第二場でケーブル中尉は、リアットの母親のブラディ・メリー（Bloody Mary）から娘との結婚を迫られるとできないと返事をし、その後、第二幕第四場で、恋人との関係がどうなったかを尋ねるネリーに「僕はあの人を愛していたけれど、結婚できないと自分が言うのを耳にした。僕はどうしちゃったんだ」(1)(137–138)と答える。ネリーもまた、エミールに死に別れたポリネシア人の前妻がおり、二人の子供をもうけていることを知ったことから、同じ第二幕第四場でエミールに結婚できないと告げ、「自分でもどうしようもできないの。ちゃんとした理由があげられないみたい。ううん、理由なんてないの。感情的なもの、持って生まれたものなの」(139)と述べる。逃げるように立ち去るネリーを見送ったエミールが、「なぜ君達二人はこんな感情を持つんだ？　君たちがそんな感情を持って生まれついたとは信じられない」とケーブル中尉に噛みつくと、「生まれつきのものじゃない！　それは生まれたあとに生じるものだ」(140)と答えて「注意深く教えられなければならない」("You've Got to Be Carefully Taught")のナンバーを歌う。

You've got to be taught to hate and fear,
You've got to be taught from year to year,
It's got to be drummed in your dear little ear —
You've got to be carefully taught!
(憎しみと恐れを教えられなければならない
毎年教えられなければならない
幼い耳に叩き込まれなければならない
注意深く教えられなければならない)

You've got to be taught to be afraid
Of people whose eyes are oddly made,
And people whose skin is a different shade —
You've got to be carefully taught.
（怖がることを教えられなければならない
奇妙な形の目をしている人々や
肌の色がわずかに異なる人々のことを
注意深く教えられなければならない）
You've got to be taught before it's too late,
Before you are six or seven or eight,
To hate all the people your relatives hate —
You've got to be carefully taught!
You've got to be carefully taught!
（手遅れになる前に教えられなければならない
六歳か七歳か八歳になる前に
自分と血の繋がった人たちが憎む人々を憎むことを
注意深く教えられなければならない

注意深く教えられなければならない）（140–141：日本語訳は著者による）

異人種に対する嫌悪感は生得的なものでなく、教育によって植えつけられるものだ、ということのナンバーの主張は、ともにリベラルな中産階級のユダヤ人家庭に生まれ育ったロジャースとハマースタインにとって、この作品の中核をなすものだった。単独ではじめて作詞を担当した一九二七年初演の『ショウ・ボート』以来、ハマースタインが二十年以上にわたって合衆国の人種差別を根絶しようと演劇界内外で様々な努力を行ってきたことをクリスティーナ・クラインは指摘している（Klein 180–186）。合衆国民の人種的不寛容の告発という、ミュージカルにしては「お堅い」主題を守り抜くために、ハマースタインがこのナンバーを含む箇所を何度も書き直してトーンを和らげたことを、ジム・ローヴェンスハイマーはその著書の一章を費やして検証している（Lovensheimer 82–107）。

したがって、「『南太平洋』はドラマの活力の大半を費やしてアメリカの人種差別主義を否定し、それを根絶させることができる唯一の力として愛を描く」（Klein 162）という評価は至極妥当のように思える。なるほど、ミッチェナーの原作小説が持っていた戦記物としての魅力は『南太平洋』ではほぼ感じられないが、ミュージカルにおいて何よりも重要な愛の成就が人種差別意識の克服とともに語られるのだから、大変結構な作品ではないか。

けれどもこの作品の結末はやや奇妙である。というのも、二組のカップルのうち、最終的にエミールとネリーは結ばれるものの、ケーブルとリアットはそうではないからだ。

先ほど紹介したように、エミールはネリーに求婚を拒絶された後、マリー・ルイーズ島へ上陸して同島を占領する敵軍の偵察を行いたいケーブルに対して、案内役として付き添うことを承諾する。日本軍に発見されれば命の保証はない危険な任務ゆえに、一度は断っていたエミールだったが、ケーブルが「もう失うものはそんなにないだろう」(143)と言って再考するように促すことがそのきっかけだった。マリー・ルイーズ島に潜入後、暗号無線で日本軍の動向を逐一報告していたエミールだが、第二幕第八場で、ケーブルが負傷のせいで死んだことを知らせてくる(157)。軍務に従事するため不意に姿を消したエミールの行方を尋ねるため、ネリーはたまたまその時司令部に押しかけていた。彼女はその声を聞いて安心するとともに、ケーブルの死を知って涙にくれる。ネリーはかつての自分の考えを改め、第二幕第十場で「大切なのはあなたと私が一緒にいることだけ」「それをあなたに告げるまで死なないで」(161)と独白する。第二幕最終場となる第十二場、主人の不在のエミールの家のテラスでネリーがエミールの二人の子供、ンガナ(Ngana)とジェローム(Jerome)とともに「ねえ教えて」("Dites-moi")を歌っていると、エミールが帰還し、それに唱和する。ネリーは驚きのあまり一瞬気を失うが、やがて意識を取り戻し、二人が手を取り合うところで幕が下りる。

異なる民族同士のカップルといっても、エミールとネリーは同じ白人だが、ケーブルとリアットは人種も肌の色も異なる。ロジャース&ハマースタインが『南太平洋』の次に手がけた『王様と私』*King and I*（一九五一）では、家庭教師アンナとシャム王モンクットが関係を深めていくにも関わらず、史実より早くモンクットを死なせることで、異人種間結婚（miscegenation）という合衆国社会の最大のタブーを冒すことなく作品を終わらせることになった。『南太平洋』でも同様に、ケーブルが死ぬことで異人種間結婚という結末は避けられる。合衆国民の人種的偏見を打破することがこの作品の目的だったとするなら、なぜこのような中途半端な結末を採用したのだろうか。そもそも、原作の短編「四ドル」ではケーブルは戦死しない。北部に転戦するためリアットに別れを告げるとき、ケーブルは心痛のため何も言えなくなり（“Cable’s exhausted heart allowed him to say nothing.”[2] [224]）、リアットも泣くが、二人の身にそれ以上悲劇的なことは何も起こらない。原作の結末を大きく変えてケーブルを死なせるようにしたのは、反人種差別だけに止まらず一般に進歩的な思想の持ち主だった二人のユダヤ系の作り手たちですら、商業演劇ゆえの限界に抗しきれなかったからなのだろうか。

　本稿はそうではないと主張し、以下でその理由を説明する。なるほど、恋愛の成就としての結婚をその結末におく喜劇の構造がこの作品の根底にあると考えると、ケーブルの死はいかにも不適切で、異人種間結婚というタブーに触れないためのとってつけた結末である、と言える。だが、これから見ていくように、『南太平洋』における二組の男女の恋愛が最初から交換の比喩で語られていることに注目すれば、この作品でもっとも重要な「結末」とは、終わりなき象徴交換の連鎖が、ケーブルの死によって（いったん）終焉を迎えることだとわかる。よく知られているように、ボードリヤールは『象徴交換と死』において、貨幣経済における売買という交換形式が発明されるはるか前から、交換される「もの」に託された意味をやり取りする象徴交換が社会を組織していく原理として存在していたことをモース『贈与論』ら文化人類学の知見をもとに明らかにした。『南太平洋』においては、貨幣経済における等価交換の原則が破綻し、より「原始的」な、互酬性にもとづく象徴交換の世界へと退行していくことがまず描かれる。この象徴交換の原理に従い、リアットの純潔という金銭に換算することができない贈与に対する返礼として、ケーブルは自らの命を差し出しているのだ。

## 1 「交換」の失敗

ケーブルとリアットのカップルはその出会いから奇妙なものだった。第一幕第三場、ケーブルがこの島にやってきた時から「あんたとってもセクシーな男だね」("You damn saxy man!" [42]) と気に入っていたブラディ・メリーが、第二幕第二場、バリ・ハイ島に上陸したケーブルを案内して娘に引き合わせることで二人は出会う。ブラディ・メアリーが欲しているのは無論金ではない。彼女はその場では自分の意図を明らかにしないが、のちに「リアットと結婚しなさい、ここでいい暮らしができる」(126) とケーブルに懇願する。ケーブルとリアットは利害や打算づくの関係ではなく惹かれ合うが、ブラディ・メアリーにとって二人の結婚は恋愛の成就という以上に、彼女の商売である土産物の販売と同様、一種の取引である。だから彼女は「いいかい中尉さん、私はお金持ちだ」と戦争のおかげで六二〇〇ドルを貯めたことを告白し「このお金とリアットと全部あなたにあげる」(126)と持ちかけるのだ。

だがこの取引は最終的にケーブルが苦悶の表情を浮かべながら「メアリー、リアットと…結婚は…できない」(128)と答えることによって失敗する。ケーブルにとってもリアットとの交際は取引ないしは交換行為だった。それはケーブルが拒絶の返事をする前にリアットに祖父の形見の金時計を与えることから明らかだ。ケーブルによれば、それは父も第一次世界大戦時に肌身離さず身につけていた「幸運のお守り」(kind of lucky piece)である。それを聞いてリアットの目は「誇りで輝く」のだが、ケーブルが結婚できないと答えるのを聞いたメアリーはリアットの手から無理やり金時計を奪うと地面に叩きつけて粉々にしてしまう。一族に代々伝わる由緒ある品を渡すことは結婚の承諾を示す象徴的行為のようにリアットには思えたが、メアリーはそれが交際の代償のつもりで差し出されたと考えて怒る。もっと正確にいえば、リアットの汚された純潔の対価としてケーブルは金時計で十分だと考え、メアリーは結婚に値すると考えた結果、両者の取引は成立しないのだ。

二つの異なる価値体系に属するもの同士を交換するにあたって、釣り合いが取れないと(少なくとも)一方が考えることで交渉が決裂する。自分たちとは異なる共同体との接触において、致命的ともなりかねない失敗――殺傷や戦争に容易に導かれる過ち――と、それに対する恐怖が『南太平洋』という作品の根底を形作っている。陽光きらめく砂浜、視界いっぱいに広がる海、地平線にかかる月という南国の楽園は、そこにふさわしい原始共同体を模した社会で「素朴な」アメリカ人たちの恋愛を描いているような錯覚を与えるが、その設定はむしろ、原始共同体が直面していた他者との交通における諸問題を引き出すことになっている。『南太平洋』は冷戦下における合衆国の膨張主義を体現した作品であり、クラインが正しく主張するように、フランス人エミールと「アジア人」の二人の子供を受け入れるアメリカ人ネリーという幕切れの構図はそのまま第二次世界大戦後の世界における合衆国の立ち位置を示しているが（Klein 168）、同時にその膨張主義によって引き起こされた数々の衝突という負の記憶を抱えている。そのことをもう少し詳しく見ていこう。

第一幕第一場、この作品最初のナンバーは作品の最後でも歌われるンガナとジェロームによる「ねえ教えて」だが、子供が話すような単純な内容とはいえ、全編フランス語で歌われるナンバーが冒頭で用いられ、その後の使用人アンリ（Henry）との会話もフランス語でなされることで、たんに異国情緒を醸し出す以上の効果が生まれる。アメリカ人観客はいきなり異なる共同体の言語を耳にして相互の意思疎通の不可能さを、すなわち広義の交換の失敗という事態を自ら体験するのだ。三人が退場した後、エミールとネリーが現れて今度は英語で話し出すが、フランス人であるエミールの英語は当然訛りがあり、またネリーの出身地であるアーカンソー州リトル・ロックのことを「スモール・ロック」（11）と言い間違えたりするので、ここでも意思交換の失敗の可能性は常に見え隠れしているといってよいだろう。

その後二人は打ち解けてそれぞれの思いを語るようになるが、まだ距離はある。二人は「魅惑の宵」（"Some Enchanted Evening"）を交互に歌うが、その歌い出しの内容はどちらも自分が相手に釣り合わない、というものだ。ネリーは「私たちは似ていない。私は多分あの人を退屈させてしまう。あの人は教養あるフランス人だけれど、私はたんなる田舎者」と歌い、エミールは「自分より若い男たち、将校や医者が彼女を狙うだろう。彼女は好きなように選べるだろう」(14)と二人の年の差を嘆く。最終的にはこのナンバーはエミールのソロになり、「魅惑の宵に愛せる人を見つけ、人いきれのする部屋の向こうから彼女が自分を呼んだような気がするのなら、彼女のそばに飛んでいき、彼女を自分のものにするのだ、でなければ一生夢を見て一人で過ごすことになる」(18)と交換の成功に賭けて交渉を継続することを高らかに宣言するのだが、自分が交換の対象として相手にふさわしくないために、交換が成立しないかもしれない、という不安が消えているわけではない。歌い終わってエミールは「私は君より年上だ。二人の間に子供ができたとしても、私が死ぬときに子供はまだ大きくなっていないだろう。君が望めば、その子たちをアメリカに連れて帰ることもできる。考えてみてくれ」(18)と懇願するが、ネリーは返事をしない。ネリーが軍務に戻るためにジープが待っているとアンリが知らせるので、慌てて帰り支度をし始めるからだ。そんなネリーを見て自分の交換条件を全て明らかにしなければフェアではないというかのように、エミールは過去に自分が殺人の罪を犯し、それゆえにフランスからこの島に逃げてきたことを告白する。

続く第二場は緞帳前芝居で、カーテンを下ろして第三場の舞台装置を準備している間に合衆国建設工兵隊（Construction Battalion, Seabee）をはじめとする軍人たちが「ブラディ・メアリー」（"Bloody Mary"）を歌い出すと、メアリー本人が登場し、通行人に現地の土産物として腰ミノを売りつけようとして逃げられる場面が演じられる。メアリーの商売を紹介しつつ、舞台転換の時間を稼ぐためだけの場面のようにも思えるここでは、しかし、あるものと別のものが交換可能であることをほのめかすものの、結局はその交換が成り立たないことを示す、という筋立てが三度繰り返される。まず、「メアリーの肌はディマジオのグローブの革と同じぐらい柔らかい」（"Her skin is tender as DiMaggio's glove"）という歌詞の、（文法的には崩れているとはいえ）原級比較が前提とするのは、人間の肌とグローブの革という本来比較の対象にすらならないものが、同等のものとして交換され得るという見立てである。だが言うまでもなく、この皮肉法が効果を発揮するのは、いくらメアリーの肌が硬くてもグローブの革と交換できるほどではない、という「現実」が同時に示されているからだ。その後、地の台詞のやり取りにおいてメアリーが四ドルで腰ミノを買わせることに失敗したのを経て、再び男たちが「ブラディ・メアリーはビンロウの実を噛んでいる」「[歯磨き粉のブランドである]ペプソデントを使わない」と歌うのは、歯磨きとしてビンロウの実とペプソデントは交換可能であるが、メアリー自身の意志によってその交換はなされないことを示す。

なるほど、ブラディ・メアリーは商人なので、日常的に交換に携わっている。しかも、彼女がケーブルに自分が貯めた六二〇〇ドルを差し出すことからわかるように、メアリーは過去数え切れぬほど取引に成功してきた交換の名手だ。にもかかわらず舞台において観客が目にするのは、メアリーがこうして交換に幾度も失敗する姿である。続く第三場でも、メアリーは五十ドルで縮み首を海兵隊員に売りつけようとするが、それが本当の人間の首を干したものだと知ると彼は足早に立ち去る。これが三度目の「交換の失敗」である。

ところが次に観客が目撃する、建設工兵隊員のルーサー・ビルス（Luther Billis）との交渉は異なる。ビルスはメアリーに自分たちが作った腰ミノを総額八十ドルで買い取ることを提案するが、メアリーの付け値は十ドルで、それが不足なら買わないと強気の態度をとる。ビルスはなおも交渉を続けようとするが、途中でメアリーの持っているイノシシの牙から作った腕輪に魅せられてしまい、百ドルという法外な言い値にもかかわらずそれを買おうとする。土産物漁りに情熱を燃やすビルスの様子を見たメアリーは「腰ミノ全部とイノシシの牙の腕輪を交換してやろう」(31)と甘言を弄し、結局腰ミノだけでなく百ドルもビルスから巻き上げてしまう。

このようにメアリーはまんまとビルスを出し抜く、つまり交換を成功させるわけだが、観客はこの交換が不当だと感じる。すなわちビルスとの取引においても、交換されるものの価値は釣り合っていないのだ。交換が結果として成功するにせよ失敗するにせよ、この作品では不等価なものが交換されようとしている、という不愉快な印象を観客は持つことになる。

逆に、不等価な交換を早々に断念する態度は好感を持たれる。次に演じられる、ビルスや建設工兵隊員、水兵や海兵隊員たちのナンバー「お姐ちゃんほどいいものはない」("There is Nothing Like a Dame")では、「砂浜に照りつける日光もある／海を照らす月光もある／マンゴーもバナナもある」と自分たちが享受するものを羅列した後に「俺たちには何がないか」「俺たちが必要なのは掛け替えのないものだ」とビルスが歌うと、全員で

There is nothin' like a dame—
Nothin' in the world!
There is nothin' you can name
That is anythin' like a dame.
(お姐ちゃんほどいいものはない
世界のどこにもない
お姐ちゃんほどいい、
名前を挙げられるものはない)(36：日本語訳は著者による)

と女のいない不自由さを合唱する。彼らにとって女は「掛け替えのないもの」("what there ain't no substitute for")すなわち他のどんなものとも交換できないものである。だからこそ、たんなるコミック・ソングにすぎないように思えるこのナンバーは観客の心を掴む。「無理な」交換をす

るべきではないという観客の常識的判断は、異人種であるメアリーに対する漠然とした反感によって強化されていたが、白人のビルス（初演のマイロン・マコーミック［Myron McCormick］や映画版のレイ・ウォルストン［Ray Walston］は白人だった）を始めとするアメリカ人同胞たちが、女の代わりに何か他のもので我慢することはできないと歌うと、観客は交換を敢えてしなかった彼らに拍手を送るのだ。

続く場面でケーブル中尉が登場すると再び交換の失敗が二回描かれる。まず、ケーブル中尉に一目惚れしたメアリーが、先ほど五十ドルで売りつけようとした縮み首を「故郷シカゴのセクシーな恋人に送ってやりなさい」「私がタダであげるのが気にいるかい」と差し出すが、「いらない」とケーブルは断る。横で聞いていたビルスは「あんたは俺に何もタダでくれなかった」と文句をこぼし、メアリーによる交換の不当さを観客に再度印象付けるが、「あんたは中尉と違ってセクシーじゃない」といなされる（44）。次に、ビルスの同僚で、大学を出たという理由で「教授」と呼ばれている男が、名門プリンストン大学出身であることを渋々認めるケーブル中尉に向かってラテン語の単語をでたらめに並べてみせる。ケーブルは自分より階級がはるかに下の男に対してとくに気を利かせてわかるふりをするようなことはなく、「何を言っているかちっともわからないな」（50）という。このようにケーブルは交換を二回断ることによって、人種や組織上「格上」の人間は、不当な交換には容易に応じない、というこの作品の交換に関わる原則を打ち立てる。

この島で不等価交換に手を染めるのは、ブラディ・メアリーやビルスのような「身分の低い」人間たちであり、高位の人間はそれを取り締まる側に回る。そのことを如実に示すのが、次に登場する司令官のブラケット（Brackett）海軍大佐と副司令官ハービソン（Harbison）海軍中佐である。フランス人農園主たちから苦情が出たらしく、彼らはメアリーのところにやってきて次のように宣言する。

お前はこの島に経済革命を引き起こしつつある。フランス人農園主たちはココナツの実を集めるにも牛の乳搾りをするにも原住民を一人たりとも見つけることができないでいる。なぜならお前が十倍もの金を支払って馬鹿げた腰ミノ生産に従事させているからだ。(51)

ここでいう経済革命（"an economic revolution"）とは、原住民の時間あたりの労働単価という交換の比率を大きく変えたことであり、ブラケットたちはこのことを好ましからざることだと考えている。メアリーは司令官たちの権威を物ともせず「フランス人農園主たちはケチのろくでなしだ！」(51) と反発するので彼らはたじろぐものの、最終的には基地内での彼女の商売を禁じ、商品を並べていたキオスクを撤去させることで決着をつける。

軍務における規律を守るという建前のもと、自由主義経済下における価格競争であるメアリーの商行為までが禁ぜられる。この場面で表現されているのは、不等価なもの同士が交換されることに対する嫌悪というよりむしろ、ものの交換価値が変動してしまうことで、「本来」ならば釣り合わないものが交渉の過程で釣り合うものとして交換されてしまうことへの危機意識だ。ミッチェナーによる原作では、メアリーの活動はフランクリン・D・ローズヴェルト政権の産業復興庁（National Recovery Administration）にたとえられており、「四ドル」の登場人物で、ミュージカルではビリスの役割に統合されてしまっている薬剤師アタブリン・ベニー（Atabrine Benny）は「ローズヴェルトは偉大な人間だ……だが確かにあの男は我が国の経済をめちゃくちゃにした（screwed up the economy of our country）ことは認めなくちゃいけない」（169）と語る。産業復興庁は破壊的な価格競争を排除して価格を統制しようとしたのだから、メアリーの経済活動とは正反対なのだが、原作小説でもミュージカルでも、交換比率を変えることで混乱を招くことが非難されていることがわかる。

けれどもこの作品では交換行為自体が忌避されているわけではない。身分の低い者たちの不当な取引を取り締まる一方で、将校たちは熱心に交換活動に取り組む。ケーブルはメアリーや「教授」との取引を断った後、ブラケットたちに自分の任務が「現地情報」（"first-hand intelligence"）（54）を手に入れることだと語り、エミール・ド・ベックを案内役としてマリー・ルイーズ島に潜入し、海岸から日本海軍の動向を探ることを提案する。ブラケットの「大した任務だな」（"You've got quite an assignment, son"）（55）という台詞が示すのは、それが危険な任務であり、命を落とす危険性があることだ。ここでケーブルは自分の生命と引き換えに敵の情報を手に入れようとしている。主人公であるにもかかわらず、ジョーというファーストネームで呼ばれず、ケーブルという苗字で呼ばれるのは——男性軍人はビルスも含めみな苗字で呼ばれるとはいえ——交信・交流の比喩としての電話回線という意味を担わせたいからかもしれない。

司令官のブラケットもまた、「交換」への意欲を明らかにする。第一幕第五場で、ネリーがエミールに恋をしているとハービソンがケーブルに告げると、彼は「信じられません、中年の男だそうじゃないですか」と答える。それを聞いたブラケットは憤然と立ち上がり、「ケーブル！君のような年齢と体力の若造が成熟した大人の男を過小評価するのはよくある間違いだ」「君には奇妙に思えるかもしれんが、若い女性はしばしば大人の男を魅力的に思うのだ。私自身五十歳を超えて独身だが、自分が終わったなんて思ってもないぞ」と言い放つ。なるほど、すぐ後の「ハービソンは笑いをこらえている」(67)というト書きが示すように、このやり取りは男として「終わった」と思いたくない中年男の滑稽な言動を示すだけのようにも思えるが、恋愛という交換活動にブラケットが関心を持っていること、そしてネリーとエミールの結婚は若いケーブルが考えるほど不等価な交換ではないことをもまた表している。第五場の最後でハービソンは庶務係下士官に既婚女性(Mrs. Amelia Fortuna)の名前と住所を表に書いた箱を用意させ、彼が出て行った後に荷を開けて、明るい黄色の腰ミノが入っていることを確認する。こうして、ハービソンが「口だけ」ではなく実際に既婚女性と関係を持っていることが示されるわけだ。

このように交換・交易には乗り気だが、それが不等価・不均衡なものになるのではないかという不安を抱いて警戒する。この作品のほぼ前半にあたる部分に漂う「雰囲気」を言葉にすれば、そのようなものになる。先ほど引用したクラインが読み解くごとく、太平洋地域の軍事的安定という戦後の合衆国が担うことになる重責をこの作品が体現しているとすれば、世界のリーダーとして、各国・各民族と積極的に交渉をしていく必要を認識しつつ、自らが不利にならないようにしなければならないという合衆国国民が当時感じていた重圧はそのまま作品の雰囲気になっている、と言えそうだ。だがこれから見ていくように、作品後半ではこの雰囲気は変質し、交換そのものが別の意味を持つようになってくる。

## 2　象徴交換の結果としての死

すでに述べたように、『南太平洋』では二組のカップルの間に育まれる愛もまた、自分と相手とが釣り合っているか、「交換」として適切かどうか、という見地から語られる。古代ギリシア喜劇以来の伝統に従って、大半のアメリカン・ミュージカルでは、恋愛の成就は結婚を意味するから、この作品では結婚が交換の一形態とみなされている、と言い換えてよさそうだ。結婚が個人間の情熱のやり取りの結果としてではなく、広く通用している交換規則にもとづき行われる社会的儀式として描かれている点で、『南太平洋』の世界は前近代社会である。近代社会に生きる個人が前近代的結婚観に縛られていても――たとえば当初エミールとネリーはお見合いで言うところの「釣書」にこだわっていたと言えるだろう――観客が不自然に思わないのは、もちろん、この作品の舞台が南太平洋の島々だからである。原住民の存在が言及されることはあっても舞台に姿を表すことはないこの作品において、ブラディ・メアリーやリアットも含め登場人物は皆文明社会からやってきた近代人なのだが、太古の自然環境がそのまま残されている（と観客に思わせる）南太平洋の島々では、レヴィ＝ストロースが『親族の基本構造』で説いたような、結婚を異なった親族集団間での女性の交換行為と捉える見方のほうがふさわしいように思えてしまう。

文化人類学者たちは、このような交換で交換されるのは、金銭的価値に還元されるようなものではなく、「威信」や「恭順」「信頼」のような、ものが象徴的に表す意味である、と説く。つまり、象徴交換で交換されるものは「カネにはかえられない」からこそ価値がある、というわけだ。これまで見てきた、この作品における交換価値体系は、あくまでも金銭に換算するから揺いでいるように見えるのであって、この作品での交換が徐々に象徴交換的な性格を深めていく、と考えればそうではない。

交換価値が大きく変動することで近代的な貨幣経済そのものへの信頼が失われ、かわって前近代的な象徴交換が大きな意味を持つようになる。『南太平洋』におけるこの変化をよく表しているのは、第二幕第六場で語られるルーサー・ビルスが救助されるエピソードだ。退屈していたビルスは、ケーブルとエミールをマリー・ルイーズ島に届ける飛行機の貨物室にこっそりもぐりこむが、途中で日本軍の対空砲火を受けて胴体に穴が空いた飛行機から気圧のせいで吸い出され、パラシュートを使って着水する。救命用ゴムボートは落としたものの、本来の任務を遂行するためにビルスを救助できないケーブルとエミールを乗せた飛行艇に代わって、アメリカ海軍航空隊の総勢六十二機はビルスの乗ったボートの上空を旋回し、敵の注意を惹きつける。そのために要した費用は、ハービソンによれば約六十万ドルなのだが、それを聞いたビルスは恐縮するどころか顔を輝かせる。ブラケットになぜ喜ぶのだと聞かれてビルスは「俺の叔父貴が昔よく親父に言ってました。こいつは一文の価値もない奴（never be worth a dime）だとね」（151）と答える。

その一方で、パイロットのアダムスは飛行機が蝟集してビルスの回りを飛び回っているさまは「九千万ドルの巡洋艦を護衛しているようだった」（150–151）と報告しており、ビルスと飛行隊は一種の陽動作戦をやっていたのだ、なぜならそのせいで飛行艇はエミールとケーブルをこっそり岩陰に置いていくことができたからだ、と主張する。怒るに怒れないブラケットは「こいつに青銅星章をやればいいのか」（152）と叫び、結局ビルスは無罪放免となる。

言うまでもなく、人間の生命は何にも代えがたい。建設工兵隊のビルスといえども、「一文の価値もない」と叔父に言われるような人間だといっても、いったんその生命が危機に晒されたら、六十万ドルをかけてでも救出しなければならない。しかも、経済的見地からは「釣り合わない」交換だと思われたビルスの救出は、最終的にこの戦域における米軍の勝利という金銭には代えられないような価値をもたらす。明らかにここで、貨幣経済における交換活動は意義を失い、かわって呪術的ともいえる象徴交換の効力が前面に打ち出されるようになってくる。ルーサー・ビルスの救出にどれだけの費用がかかり、どれだけの金銭的は自らの生命を賭して、アメリカ軍の、ひいては合衆国が体現する自由と民主主義の価値を救ったのだ。
リアットもまた最初から貨幣経済を超越した存在だ。彼女が最初に登場するのは第一幕第十場で、中盤に差し掛かってのことだが、ケーブルは彼女を見た途端に心を奪われる。二人が肉体関係を持ったことを示唆する暗転が終わると船のベルが遠くで聞こえ、帰らないでくれと目で懇願するリアットに向かってケーブルは「春よりも若く」（"Younger Than Springtime"）を歌う。

Younger than springtime are you,
Softer than starlight are you;
Warmer than winds of the June are the gentle lips you gave me.
Gayer than laughter are you,
Sweeter than music are you;
Angel and lover, heaven and earth, are you to me.
（君は春よりも若く
星の煌めきより柔らかい
君のやさしい口づけは六月の風より暖かい
君は笑いより楽しく
音楽より甘い

君は僕にとって天使で恋人で、天国で地上だ）（100：日本語訳は著者による）

「ブラディ・メアリー」やこのナンバーなど、『南太平洋』には比較表現を用いた歌詞が多く、交換またはその不可能性を観客は常に意識することになるが、ここではとくにリアットが「春よりも若く」「星の煌めきより柔らかい」「笑いより楽しく」「音楽より甘い」と歌われることで、人間と比較対象に本来ならないはずの抽象概念とリアットとが比較され、彼女が象徴交換の対象であることがはっきり示される。現代において原始生活を営む部族を調査した人類学者たちが発見したように、『南太平洋』で若い女性は贈答品なのだ。その価値を単純に金銭に換算することはできないが、女性が担う象徴的意味はつねに別の意味と交換されることになる。女性自身が個人としての意思を持っているかどうかはこの象徴交換において重要ではない。自らの意思で行動しているネリーもまた、第一幕第七場のナンバー「素敵な人」（"A Wonderful Guy"）において、比較表現を用いることによって自分の交換価値について――さらに自分の価値とは不釣り合いな交換がなされそうであることについて――言及している。

I'm as corny as Kansas in August
I'm as normal as blueberry pie.
No more a smart

Little girl with no heart,
I have found me a wonderful guy.
（私は八月のカンサスと同じぐらい無骨で
ブルーベリー・パイと同じぐらい平凡で
頭はよいが勇気のない小さな女の子と変わらないけれど
素敵な人を見つけた）（88：日本語訳は著者による）

このように考えてくると、先ほど紹介した、ケーブルがリアットに与えようとした祖父の形見の金時計をメアリーが叩き壊してしまう、という第二幕第二場での交換行為の失敗もたんに不等価なもの同士が交換されようとしたからではないことに気づく。リアットの純潔はケーブルの金時計の貨幣的価値に見合うものではないとメアリーが判断したゆえにこの交換は中止されるわけだが、ケーブルの金時計は「ただの」金時計ではなく、ケーブルの祖父や父を戦死から守ってくれた護符だった。金時計が壊れて、そこに込められた象徴的意義は失われてしまい、もはや護符としての働きをなさなくなる、という呪術的信仰が有効であることを示すかのように、ケーブルはこの後戦死する。

リアットは純潔を差し出す、というかたちで贈与を行なった。ケーブルは贈られたものが金銭に換算することができないことを、あるいは金時計の持つ「霊力」と交換できるものではないことをメアリーが金時計を叩きつけて壊す、という行為で知った。ケーブルは一度は結婚できないと口にするが、第二幕第四場で「注意深く教えられなければならない」を歌った後、「ベック、君の考えは正しい。島（an island）に生きる。そうだ、僕は生きて帰ってきたとしても、あそこ（there）には戻らない。ここ（here）に来る。僕が関心を持つのはただここだけだ。他のことはどうでもいい」（141）と宣言する。したがってケーブルは死のうと思って任務に就くわけではなく、リアットと結婚しようと思い直したように見える。

だがどうしてここでケーブルはこのように漠然とした物言いをするのだろうか。「島」は不定冠詞を伴っているので、エスピリトゥサントやマリー・ルイーズなどの特定の島を指しているわけではなさそうだし、「ここ」「あそこ」という表現も曖昧だ。そして何よりも彼はリアットとの結婚に言及しない。

「ここ」という表現は「バリ・ハイ」（"Bali Ha'i"）というナンバーで用いられていた。ケーブルはこの島でリアットと出会ったのだが、そのきっかけはバリ・ハイ島で行われるイノシシを屠る儀式に参加して、イノシシの牙から作る腕輪を手に入れたいビルスが、将校の帯同がないとバリ・ハイ島まで行くボートが出せないからと言って、ケーブルを説き伏せたからだった。バリ・ハイ島にはフランス人入植者の子女がたくさんいるから、アメリカ軍兵士は上陸が禁じられている、だが将校は別だ、とさりげなく性的接触の可能性を匂わせるビルスの要請をケーブルは二度断る。だがエミールがマリー・ルイーズ島への同道を断ったことで待機せざるを得なくなったケーブルは、ハービソンが「二、三日休暇をとってくつろげ」（"take a couple of days off and unwind" (93)）と言ったのを機に考えを変えてバリ・ハイ島に行くことにする。

　イノシシの牙を抜く原住民の儀式やフランス人植民者の子女など、バリ・ハイ島は異国情緒をもっとも感じさせる島となっている。その神秘性をいっそう強調するのが「バリ・ハイ」だ。

Bali Ha'i
Will whisper
On de wind of de sea,
"Here am I,
Your Special Island!
Come to me, come to me!"
（バリ・ハイは囁く
海風に乗せて
「ここよ私は、あなたの特別な島は！
私のところに来て、来て」）（46：日本語訳は著者による）

バリ・ハイは「女性」であり、男性に向かって呼びかけている。この歌詞をメアリーが口にするのは第二幕第三場の、ケーブルがこの島にやって来た後であり、ケーブル自身、このナンバーをこの後二度口ずさむから、リアットとの甘美な記憶と島の神秘的雰囲気がケーブルのなかで結びついてバリ・ハイが彼の「特別な島」となっていることは観客に伝わっている。

バリ・ハイはまた現実とは別の夢すなわち幻想である。メアリーによるこのナンバーの歌い出しは以下のようなものだ。

Mos' people live on a lonely island,
Lost in de middle of a foggy sea.
Mos' people long for anudder island
One where dey know dey would lak to be
(多くの人たちは孤独な島に住んでいる
霧の多い海の真ん中で途方に暮れて
多くの人たちは別の島を望んでいる
そこは自分が望む姿でいられるとわかっている場所)(45：日本語訳は著者による)

もしケーブルが口にする「ここ」が、バリ・ハイ島のことだとしたら、「あそこ」とは人種差別を幼い頃から教え込まれるアメリカ社会のことではなく、「現実」のことではないのか。彼が関心のある「ここ」とは夢や幻想であり、リアットと結婚して南太平洋の島に住む、という現実的な選択のことではないのではないか。

ケーブルは死ぬことを選んだわけではないが、現実社会に戻ることを拒否した。あるいは、生命を賭した任務に就くことによって彼は象徴交換の世界を選んだ、と言ってもいいだろう。リアットからの贈与を受けてケーブルは死を返礼としたのだ。

象徴交換の結果としての死。貨幣経済社会において交換が（理論上）無限に続いていくのとは対照的に、象徴交換における死は交換の連鎖を（少なくともいったんは）終わらせる。人間の生命は何にも代えがたいものであるという厳粛な事実が私たちに交換の無益さ・無意味さを教えるからだ。したがってケーブルの死は一方ではアジア人少女の純潔（さらにいえば無垢）を奪った代償として支払われているのだが、他方ではアジア人との交渉を終わらせることを示唆している。アジア人との交渉（とりわけ経済的取引）をこれから長期にわたって続けていかなければならないという現実と、もうこれ以上不等価な取引にならないかと心を煩わせないためにも交渉を終わらせたいという幻想とに引き裂かれた当時のアメリカ人の心性を『南太平洋』はよく表している。

注

（1）*South Pacific* の台本は一九四九年にランダムハウス社から刊行されて以来、いくつかの版がある。最近では *The Library of America* が二〇一四年に発行した二巻本の *American Musicals: The Complete*

*Books and Lyrics of 16 Broadway Classics, 1927-1969* にも収録された。それぞれの版で大きな異同はないが、本稿の引用はもっとも新しい以下の Applause 版を用いてページ数のみを括弧書きで示した。
Hammerstein II, Oscar, Joshua Logan and Oscar Hammerstein. *South Pacific: The Complete Book and Lyrics of the Broadway Musical*. Applause Theatre & Cinema, 2014.

（2）連作短編集 *Tales of the South Pacific* も一九四七年のマクミラン社版以降なんども版を重ねてきている。本稿で引用したのは以下の版で、ページ数のみを括弧書きで示した。
Michener, James. A.. *Tales of the South Pacific*. New York: Random House, 1984.

## 引用文献

Klein, Christina. *Cold War Orientalism: Asia in the Middlebrow Imagination, 1945-1961*. Berkeley: University of California Press, 2003.

Lovensheimer, Jim. *South Pacific: Paradise Rewritten*, New York: Oxford University Press, 2010.

# 情熱とイデオロギーの相克
## ――アイルハルト版「トリスタン物語」における「死に至る恋愛」の特質――

田中一嘉

「彼らの人生と彼らの死は、私たちの生きる糧である。」
ゴットフリート・フォン・シュトラースブルク
『トリスタン』二三七行

## 1 「トリスタン物語」の起源と伝承の多様性

あやまって「媚薬《びやく》」を飲んでしまったことによって禁断の恋に陥ったトリスタンとイゾルデの恋物語は、中世以降、ヨーロッパ世界に広く流布していた。なかでも十九世紀ロマン派を代表する劇作家ヴァーグナーの楽劇『トリスタンとイゾルデ』は有名である。そのヴァーグナーが着想を得たのが、中世の詩人ゴットフリート・フォン・シュトラースブルクの『トリスタン』であった。

ゴットフリートが『トリスタン』を執筆したのは一二〇〇年初頭のことであるが、この頃「トリスタンもの」は、フランス語、ドイツ語、英語、北欧語と様々な言語で書かれていた。

ブリタニアのトマ（仏、一一七〇年代か、断片）
ベルール（仏、十二世紀後半、断片）
アイルハルト・フォン・オーベルク『トリストラント』（独、一一七〇年頃）
ゴットフリート・フォン・シュトラースブルク（独、一二一〇年頃、未完）
ウルリヒ・フォン・チュールハイム（独、十三世紀前半）
ハインリヒ・フォン・フライベルク（独、十三世紀後半）
『トリスタン佯狂（ベルン本）』（十二世紀末）
『トリスタン佯狂（オックスフォード本）』（十二世紀末）
『サー・トリストラム』（英、一三〇〇年頃）
僧ロベール『トリスタンサガ』（ノルウェー、十三世紀前半）
『散文トリストラント』（独、十五世紀）

また、この他にもフランス生まれでイギリスにわたった女流詩人マリー・ド・フランス（十二世紀後半—十三世紀初頭）は短詩《レー》「すいかずら」でトリスタン物語を題材にとり、トルバドゥール（南仏の抒情詩人）のベルナルト・デ・ヴェンタドルン（十二世紀中頃—後半）は「私の心は喜びでいっぱい」第四節[1]でトリスタンの名を引き合いに出してもいる。中世「トリスタンもの」が書かれた当初からこのような様々な語りのバリエーションが存在していたが、その中でも本稿ではアイルハルトの『トリストラント』を中心に論考を進めていく。アイルハルト版の文学史上の意義と本稿での着眼点については、中世「トリスタン物語」の全体像を概観しながら確認していきたいと思う。

右に挙げた諸作品の多くが世紀転換点を挟んでおよそ半世紀の間に集中的に成立したことも、当時「トリスタンもの」がいかに広くかつ多様に受容と再生産されていたかを容易に想像させる。例えば、ゴットフリートはトマ版を参照したと作中で言明しているし（一三一一―一一六五行）、トマにしても現存してはいないがブレリという先人の作に拠ったと語っている（ドゥース写本断片八四一―八五一行）。同様のことはアイルハルトやベルールにも当てはまり、彼らも詩作にあたっては「典拠」があったことを述べているものの、今日その典拠がどのようなものだったかを知ることはできない。

また、ウルリヒ・フォン・チュールハイムとハインリヒ・フォン・フライベルクは、ゴットフリートの未完部分を補完する形で詩作したが、[2] 作品全体を構成する上ではゴットフリート版を典拠としていたわけではなかったと考えられている。さらに、アイルハルト版『トリストラント』は、中世後期において人気を博した『散文トリストラント』の直接的な典拠となっており、文学史上重要な作品に位置付けられる。

十八世紀後半のいわゆる「中世の再発見」以降、このような「失われた原典」の探求や、諸作品間の影響関係は、トリスタン研究における主要な関心事の一つであった。その諸説をここで詳述する余裕はないが、トリスタン物語の起源について簡単に触れたいと思う。[3] 二十世紀後半以降のケルト文化研究の成果を踏まえると、中世のトリスタン物語は、ケルト由来の「駆け落ち譚」『グラーイネとディアミッド』（おそらく十世紀頃までに成立）と『デアドラとウスナの子たちの死』（『グラーイネ』同様、十二世紀の写本『リーンスターの書』でこの物語の存在が言及されている）に端を発するとする説が有力であるように思われる。また、「トリスタン」という人物名はスコットランド地方のピクト族に類似の名前が見られ、この「駆け落ち譚」を元にウェールズ地方でトリスタンの名を冠した物語が形成されたと考えられている。

そして、島嶼部の「トリスタンの駆け落ち譚」がドーヴァー海峡を渡り大陸に伝播したのだが、この伝播の時期や過程についてはほとんどわかっておらず、推測の域を出ない。実のところ、十二世紀後半に書かれた現存する作品の中で、この物語の全体像をうかがい知ることのできる作品はアイルハルトの『トリストラント』のみである。[4] 次いで重要なのがゴットフリート版であるが、ゴットフリート版は白い手のイゾルデと結婚する場面で中断されてしまっている。未完部分の展開の仕方はトマ版の断片（あるいはウルリヒ版やハインリヒ版）によって推測するしかないのだが、それが作品解釈に大きな影を落としている。

この時期の作品を見比べてみると、個々のエピソードの描写にかなり大きな違いを見せているものもあるが、アイルハルト版を軸にして諸作品に共通する要素を抽出すると、おおよそトリスタン物語の概要は以下のようになる（人物名・地名の表記はアイルハルト版に従った。本論考においてアイルハルト版について言及する際はアイルハルト版の表記に従い、「トリスタン物語」一般およびゴットフリート版に関するものに関してはゴットフリート版〔石川訳〕の表記を用いている。なお、本稿末にゴットフリート版およびフランス語版との対応表を付しておいたので参照されたい）。

ローノイスの領主リファリンは、クルヴェルシュ王マルクの妹ブランチェフルールと結ばれ、男児トリストラントを儲ける。成長したトリストラントは、伯父マルク王の座するティンタヨールの宮廷へと赴く。当時マルク王はアイルランド大公モルホルトから不当な搾取を受けており、その状況を見かねたトリストラントがモルホルトと決闘し、これを斃すも、彼もまた致命傷を負ってしまう。その傷を治せるのはモルホルトの姪イザルデのみ(5)。傷に苦しむトリストラントは名前と身分を偽りアイルランドに上陸し、傷の治癒に成功、無事ティンタヨールに帰還する。

マルク王はトリストラントを後継者とすることを宣言し、自らは結婚することを放棄する。トリストラントの成功を妬む廷臣たちは、マルク王の婚姻を画策し、あわよくばトリストラントを亡き者にしようと企む。そのような中でトリストラントはイザルデ姫をマルク王の妻として迎えるための使者となる。

再び素性を隠しアイルランドに上陸したトリストラントは、その地の民を苦しめていた竜を退治する。アイルランド王は竜退治をした者にイザルデ姫と結婚する権利を認めていた。臆病者で傲慢な内膳頭は、斃れた竜を発見し、自分の手柄だと吹聴し、王にイザルデ姫を要求する。そんな折、竜との戦いで傷つき気を失っていたトリストラントを発見したイザルデ姫は、彼を介抱するが、その時トリストラントがモルホルトの下手人であることを突き止める。怒りに震えるイザルデ姫はトリストラントに復讐しようとするが、竜退治の甲斐もあり、内膳頭の欺瞞を暴くことを条件に和解が成立。ここでトリストラントはイザルデ姫をマルク王の妃に迎えるためやってきたという本来の使命を明かし、マルク王との婚姻が成立する。

イザルデを伴ってトリストラント一行がクルヴェルシュに向けて出立する際、母后は、娘イザルデとマルク王が睦まじくあるようにと願い、侍女ブランゲーネに「媚薬」を持たせる。航海の途上、二人は誤ってその「媚薬」を飲んでしまい、理性（分別）を失い、激しい熱情に囚われる。

クルヴェルシュに到着後、結婚式が催されるが、初夜ではブランゲーネを身代わりにたてる。イザルデは真相が明るみに出るのを恐れ、ブランゲーネを殺そうと企むが、依頼を受けた狩人たちの温情によりブランゲーネは助かる。イザルデとブランゲーネの和解。

トリストラントとイザルデはその後もマルク王とその家臣団の目を盗んでは逢瀬を重ねて

いく。しかし、マルク王に逢引の現場を押さえられ、二人は裁判にかけられる。処刑は免れない状況の中、彼らは窮地を脱し逃亡する。(6)

逃亡した先は森の中（ベルール版では「モロワの森」、ゴットフリート版では「愛の洞窟」(7)）。森での生活を続ける中、彼らは眠る際に二人の間に抜き身の剣を置くという習慣を始める。(8)ある時、猟師が二人の所在を見つけマルク王に衷心する。そこでマルク王はその場を訪れ、二人が寝ているところを目にするが、抜き身の剣が置かれているのを見て、二人の潔白を確信する。(9)その後（アイルハルト・ベルール版ではここで媚薬の効果が切れ、隠者ウグリムの仲介によって）イザルデはマルク王の宮廷に復帰し、トリストラントはアーサー王の宮廷に赴く（ゴットフリート版ではアーサー王のエピソードは描かれていない）。アーサー王は、マルク王の領地で狩りをすることを提案し、マルク王の居城に宿泊する。その夜、トリストラントはイザルデとの密会に成功する。

アーサー王の許を辞したトリストラントは、次いでカルケスの国に辿り着く。そこで名声を高めたトリストラントに、ケーヘニスの妹〔白い手の〕イザルデとの結婚話が持ち上がる（ゴットフリート版はここまで）。トリストラントはこれを承諾するが、一年の間、イザルデには指一本触れなかった。そのことをケーヘニスに問い質され、トリストラントは金髪のイザルデへの愛情ゆえであると申し開きをする。トリストラントは、その後も折を見つけては金髪のイザルデとの密会を続けていた。

ある時トリストラントは、毒槍によって瀕死の重傷を負い、床に臥せってしまう。彼は、傷を治癒するわずかな希望のため、そして何よりも最期に金髪のイザルデに一目逢いたいとの思いから、彼女の許へ遣いを出す。この知らせを受け取った金髪のイザルデはすぐさま彼の許へ向かう。遣いの船が帰還する際、金髪のイザルデを伴っていれば白い帆を、そうでなければ黒い帆をかかげる手はずになっていた。そのやりとりを盗み聞きしていた白い手のイザルデは、使者の船が白い帆をかかげて帰還するのを見るにつけ、トリストラントに黒い帆が見える、と嘘をつく。これを聞いたトリストラントは絶望のあまり息絶える。

船から降りた金髪のイザルデは、トリストラントの屍に重なり、彼女もまたそのまま絶命する。二人の死の知らせと二人の恋の真相（媚薬による恋）を知ったマルク王は、二人の亡骸をクルヴェルシュへ引き揚げて、一つの墓に埋葬した。その際、妃の亡骸には薔薇を、トリストラントの亡骸には葡萄の樹を植えさせたという。薔薇と葡萄の樹はともに絡みつくように生い茂り、二度と分かつことができなかった。「これぞ媚薬の力なりき。[10]」

この物語の核となるコンセプトは、「媚薬によってはじまり、死によって終わる恋愛」である。アイルハルト版の最後の描写のように、媚薬によって生じた恋愛は、死に至るまで、死してもなお二人を結びつける宿命的なものであったと言えよう。このような恋愛観は、後述するように当時の文学作品に描かれた恋愛観としては特異なものであるが、ここでまず着目したいのは、媚薬の扱われ方がゴットフリート・トマ版とアイルハルト・ベルール版とでは大きく異なる点である。すなわち、ゴットフリート・トマ版では媚薬の効用に期限が設けられてない一方で、アイルハルト版では四年、ベルール版では三年という期限が設けられているのである。今日のトリスタン研究においては、この媚薬の期限の有無をひとつの指標として、中世「トリスタンもの」は大きく二つの「系統」、「風雅体本系統（version courtoise）」（ゴットフリート・トマ版）と「流布本系統（version commune）」（アイルハルト・ベルール版および『散文トリストラント』）に分類されている。

また、この区分のもう一つの指標として物語の「語り方」が挙げられる。「流布本系」の詩人たちが個々の出来事を淡々とつないでいくことによって物語の筋を動かしていくのに対し、「風雅体本系」の作者たちは、そこに人物たちの克明な心理描写や詩人独自の見解を挿入しながら物語を進めている。したがって、流布本系のアイルハルト版がおよそ一万行弱の作品となっているのに対し、（ゴットフリート版にトマ版を追加した）風雅体本のそれは倍以上のボリュームになっている。もちろん、この区分と指標の設定は研究者によってなされたものではあるが、当時の詩人たちが「トリスタン物語」を詩作する際、独自の「語り方」を意識していた節がある。トマやゴットフリートは、彼らの主たる典拠以外にも「トリスタンもの」が多くの詩人たちによって多様に語られていた（正しく伝えられていない）ことについて言及しており――とりわけゴットフリートの場合、自身の詩作が他の作品（群）とは一線を画しているという（芸術家としての）自負心さえも見られることから――、彼らが物語の「語り方」を意識していたのは間違いないだろう。
そして媚薬の期限と語りの手法の違いは、両系統それぞれにおける恋愛観の違いとも関連している。このことはトリスタン研究においてしばしば言及されていることだが、両者の違いはおおよそ以下のとおりである。風雅体本の詩人は、媚薬に期限を設けず、恋愛における恋人たちの自主性（意志）の描写を克明にすることで、トリスタンとイゾルデの恋愛を当時文学界で一大潮流となっていた「宮廷風恋愛（amour courtois; höfische Liebe）」の概念に近づけようとしていると見做される一方、流布本系統の詩人たちはより原初的（自然的）な恋愛の情熱を重視していると見做されている。両系統の詩人たちが異なる恋愛観を前提として詩作していたかどうかの是非については本稿では深く立ち入らないが、「トリスタン物語」の恋愛観の特質を読み解いていくために、西欧中世的な恋愛観・恋愛様式がどのようなものであったかを概観しておく必要があろう。

## 2　中世文学の恋愛様式

中世文学に描かれた恋愛観は、ふたつの恋愛様式に大別することができる。ひとつは「宮廷風恋愛」であり、もうひとつはもっぱら叙事詩における「結婚に至る恋愛」である。

「宮廷風恋愛」は、南仏の抒情詩人トルバドゥールたちが謡った恋愛様式で、その始祖としてしばしばアキテーヌ公ギヨーム九世（一〇七一―一一二六年）の名が挙げられる。この恋愛観は十二・十三世紀を通じて、トルバドゥール、北仏のトルヴェール、そしてドイツのミンネゼンガーひいてはイタリアの詩人らにも影響を与えた。

宮廷風恋愛の主題は、とくに抒情詩の領域で好んで用いられたが、クレチアン・ド・トロワの『ランスロ、或いは荷車の騎士』（一一八〇年頃）やウルリヒ・フォン・リヒテンシュタインの『婦人奉仕』（一二五五年頃）といった叙事詩にも見られるし、ギヨーム・ド・ロリス（一二三〇年頃）／ジャン・ド・マン（一二七〇年頃）の『薔薇物語』では、この恋愛観にアレゴリー的解釈が施された。

また、この恋愛観を一種の理論書・教科書としてまとめ上げたのが、クレチアンと同時代同地域に生きた宮廷付教会司祭アンドレアス・カペルラヌスの『宮廷風恋愛について〔原題：*De amore*〔愛について〕〕』（一一七〇年代後半）である。これらの作品から引き出せる定義は以下のようになる。

①基本的に求愛される女性は既婚者で、求愛する側の男性よりも社会的身分が高い。恋愛と結婚は別種のものとして扱われる。[11] つまり、結婚は恋愛の妨げとはならず、婚姻相手とは恋愛は成立しえないのである。求愛する男性も既婚者であって構わない。ただし、ドイツ語圏の抒情詩ミンネザングでは求愛する側・される側の既婚・未婚は問題にされていない。

②男性は女性を「主人」と崇め、彼女に奉仕しなければならない（婦人奉仕）。これは実際の封建的主従関係（主君に騎士が仕える構図）が男女の恋愛関係に置き換えられたものとして理解されている。この婦人奉仕の理念で特徴的なのは、奉仕の対象である婦人のほとんどが「匿名」で

あることだ。というのも、この恋愛観が婚姻外恋愛を前提としているがゆえに、もし恋する者が奉仕している女性の名を明かしてしまえば、彼女の夫の怒りを買うことになることは目に見えているからである。さらに、しばしば男性に対する批判的言説に表れているのが「ほら吹き」や「嘲笑家」である。彼らは誰かが婦人に奉仕していることを聞きつけると、それを誹謗中傷したり、あるいは自分も同じ女性に奉仕していることを我先にと自慢しはじめたりする。これらのことは、宮廷風恋愛の遊戯的側面を映し出していると言える。また、婦人奉仕における抽象性については、時を同じくして盛んになったマリア信仰との関連性も指摘されている。その他にも、この恋愛観の宗教的背景には、新プラトン主義やグノーシス派の思想、アラビアの神秘主義の影響があるとする主張もある。この点については次の③の内容とも関連しており、本稿第5節で再び詳しく触れることとなる。

③基本的にこの恋愛は成就することがない。女性は、求愛者に奉仕の願い出を「許可する」という「希望」を与えはするが、それが一足飛びに彼女自身を手に入れることにはならない。求愛者はまずこの「希望」を得るために奉仕する。しかし、それ以上のものを手に入れることはできない。つまり、宮廷風恋愛とは、男性側から見れば、どこまでいっても自身の望みを満足させることができず、かすかな「希望」にしがみつくしかない絶望的な恋愛観でもあり、しかも「希望」を追い求めることを自身の「喜び」としなければならないという、いわば袋小路に入り込んでしまうようなものである。

④恋愛には効用がある。これはたいていの場合、言外に置かれているものであるが、アンドレアスの著作では、恋愛をすることは、恋する者自身の徳や名声を高めることに他ならないと位置付けられており、[12]「愛は貞潔という徳で人を飾る」（第一巻第四章）とまで言われている。つまり、徳を備えていない、世間から認められていない男性は求愛者としては不適格であり、貴婦人からの寵愛を得るには相応の結果を残し、それを彼女に知らしめなければならないのである。

このような一見すると婚外恋愛（姦通）を称揚するかのような宮廷風恋愛に対して、叙事詩（特にアーサー王関連もの）において主題化される恋愛は、そのほとんどが結婚という帰結を伴う。主人公たる騎士とヒロインは、結婚を経て理想の夫婦像の典型となる。特徴的なのは、恋愛と結婚が騎士的冒険の枠内で語られていることであり、騎士の冒険は概ね二段階を経る。ヒロインはたいてい女王か王女、あるいは領主の未亡人で、望まぬ相手の求愛を断ったことにより、軍隊によって攻め込まれている。そこに冒険を求めて旅の途上にある騎士が立ち寄り、女性側から援助を求められるか、自ら援助を買って出る。騎士は、敵軍勢を撃退し、その報酬として彼女自身（の愛）を得る。しかし、それだけでは騎士はまだ王者としての資格を満たすことができない。そのため、彼はさらなる冒険に出かけ、誠実、慈悲、寛容などの宮廷的美徳を身につけ、世間からの揺るぎない名声・名誉を得て（アーサー王の宮廷での称賛を得て）愛する妻の許に帰還し、王者として君臨する。

そして、このいずれにも該当しない第三の恋愛様式が「トリスタン物語」に見られる「トリスタンの愛」[13]である。ここで「トリスタンの愛」を「第三」と位置付けたが——この恋愛が「結婚に至る恋愛」とは異なることは明らかだが——、実際にはこの恋愛観が宮廷風恋愛とどのような関係にあるかが問題となる。というのも、トリスタンとイゾルデのおかれた「状況」は、まさに宮廷風恋愛のそれに近いものがあるからである。トリスタンは、マルケ王の甥であり王位継承権を有している（王族のひとりではある）ものの、目下マルケ王に家臣として仕えており、彼らの間には封建的主従関係が成立している。なおかつトリスタンは、マルケ王がイゾルデと結婚する場面ではすでに騎士として完成されている。それがために、マルケ王の廷臣たちからの嫉妬の対象ともなるのだが。対するイゾルデの方はというと、彼女はアイルランド王女という肩書をもってマルケ王の妃として迎え入れられることから、トリスタンよりも身分的には高位にあり、彼と彼女の間にも主従関係が存在する。このように彼らの関係性はまさしく宮廷風恋愛における身分上の要件を満たしているのである。

そして、宮廷風恋愛の定義から見れば、婚姻外の恋愛は許容される。むしろ、称賛されるものですらある。このことは、ランスロの場合がそうであるように、トリスタン物語の詩人たちが、「トリスタンの愛」を肯定的にとらえ、それとは対照的にマルケ王の不信を煽る廷臣たちや、それに翻弄されるマルケ王自身の姿を各所で批判している点からもうかがえる。そこには姦通という社会通念上の倫理的問題意識は見られない。むしろ、ここで重要なのは、トリスタンと主君の妻との恋愛関係が、マルケ王との主従関係を損なうもの、つまり封建的権力構造における違反であること、そしてそれによって主君の個人的な怒りを買っていることである。

　このように見てくると、彼らの恋愛は宮廷風恋愛のそれに見えてくる。しかし、ここで着目しなければならないのは、「トリスタンの愛」が宮廷風恋愛と決定的に違う点、すなわち恋愛関係が恋する者たちの死によって締めくくられるという、「トリスタンの愛」にあって宮廷風恋愛にない恋の帰結の仕方である。そして、この「死に至る恋愛」にとって大きな役割を果たしているのが「媚薬」の存在である。

　トリスタンとイゾルデの恋は媚薬を飲んだことによって始まるが、媚薬そのものの意義、そしてアイルハルト・ベルール版においてなぜ媚薬に期限が設けられたのかが問題となる。媚薬そのものの意義について問題となるのは――とりわけ風雅体本系統に言えることだが――、トリスタンとイゾルデの恋心は、彼らの意思とは関係なしに媚薬の力によって強制的に発動させられた、いわば宿命的なものなのか、あるいはそれ以前からすでに彼らは（無意識的、潜在的に）互いに好意を抱いていて、媚薬はその好意を恋心へと転換させるきっかけにしかすぎない、つまり二人の恋心を表面化させるための象徴的機能しか有していないのではないか、という二様の見方ができる点である。前者は、媚薬という超自然的・魔術的性質が示すように、恋愛における当人の自主性・意志が欠如しており、自然的で官能性に支配された欲望でしかないという解釈に結びつく一方で、後者は、自らの意志によって相手を選び、恋をするという自発的行為であり、宮廷風恋愛のコンセプトに近いものだという解釈に結びつく。

このことに加え、流布本系統において、媚薬の効果が切れたことによって彼らは「正気（*sin*）」を取り戻し、逃避先であった森での生活（自然性）を捨て、宮廷（文化的、文明的）社会に復帰しようとする構図がはっきりと見られる。この構図がそのまま「トリスタンの愛」の自然性を強調する流布本系、文化的成熟度を示す風雅体本系という構図に置き換えられているきらいがあるのだが、実はそう単純ではない。というのも、実際には流布本系において、媚薬の効果が切れたにもかかわらず、彼らの愛は消え去ることはなく、逢瀬を重ね続けるからである。

このように見てくると、媚薬の期限の有無と、「自然」か「宮廷風」かという恋愛の特質の違いは、流布本系と風雅体本系を峻別する要素足りえないように思えるのであるが、引き続き媚薬の期限がどのような意味を持っていたのかについて考察を進めていきたいと思う。

## 3 「媚薬」の効用――情熱と苦悩――

ところで、媚薬モチーフはどのようにしてトリスタン物語に組み込まれたのだろうか。ケルトの駆け落ち譚では女王グラーイネが「呪い（呪術的拘束力を持った誓約）」によって恋人ディアミッドの心を篭絡したが、それがトリスタン物語になるといわゆる「惚れ薬」となる。この転換・変容の過程についてははっきりしない。媚薬は、「飲み物」として描かれているが、飲み物の形態をとった不可思議な薬は、同時代の他の文学作品にも見られる。例えば、北欧の伝説『ヴォルスンガ・サガ』に見られる「忘れ薬」がそうであるし、飲み物ではなくとも、軟膏、魔法の指輪など、魔術的力が秘められた道具は数多く登場する。

それらを調合・製作したのは（魔法使いや妖精の血筋である場合も含め）たいてい宮廷に所縁のある人物たちである。森で出会う盗賊や巨人、あるいは龍のような宮廷社会の外縁世界に属する存在とは違うのである。この意味で言えば、トリスタン物語に登場する不思議な（予言的）力を持つ侏儒（ゴットフリート版ではメロート、ベルール版ではフロサンと名づけられている）も同様に宮廷に所縁のある存在である。(14)

トリスタン物語における媚薬を調合したのは、イゾルデの母である。彼女は魔術的な秘術に通じていたとも考えらえるが、アイルハルト版では媚薬を侍女ブランゲーネに託したこと以外に彼女の素性については言及されていない。ゴットフリート版でも彼女は医術に長けていると言われはするものの（*arzâtliche meisterschaft*：六九五〇行）、それが魔術の類であるとは言われていない。散文版になると「魔法の秘薬とも呼ぶべきであろうか」（小竹訳、七九頁）とほのめかされているが。媚薬を調合したイザルデの母は、マルク王がイザルデの望まぬ相手であったならば、この媚薬をイザルデに飲ませるようにと、侍女ブランゲーネに託す。つまり、媚薬には、当初の期待値として、宮廷秩序の維持のためという意図が込められているのであり、宮廷社会内部において生産された魔法のアイテムには、確かに超自然的な力が込められているが、その反面、何らかの文化的効力が期待されるのである。しかし、意図しない二人がこの媚薬を服用してしまうことによって、母の思惑とは異なる結果を生じさせることになる。

さて、肝心の媚薬の効用についてアイルハルトは以下のように語っている。

どんな女性であろうとどんな男性であろうと
この飲み物を飲んだ二人は、
四年の間は
決して離れ離れになることはできないだろう。
（二三八六―八九行）

四年の期限付きではあるものの、媚薬はクピドーの弓矢と同じ力を有しており、当人の意志とは無関係に恋心を抱かせる。ここで重要なのは、この飲み物は（愛し合うことになる）二人が飲んで初めて意味を成す、ということである。この場面からだけでは媚薬を飲んだのがどちらか一方だけの場合では効き目がないのかどうかまでは判別できないが、二人揃って服飲することが前提とされる媚薬による恋愛は、クピドーの弓矢のように矢の刺さった当人（片方）にしか恋心が生じないような恋愛とは異なる。宮廷風恋愛の文脈では、恋人への「憧れ」＝「苦悩」は、結局のところ一方通行的な、ナルシシズム的な恋愛観に還元されていく一方、「トリスタンの愛」において、「憧れ」＝「苦悩」は、男性と女性双方にとって等価のものであり、その意味において「トリスタンの愛」は相互的な交際様式を前提としていると言えよう。

また、その後の物語の展開を見ても、彼らが互いを求め合う欲求の強さは激情と言っても過言ではないほどであり、このすぐ後で詩人は、二人は「すべての感覚でもって愛し合い」（一二三九二行以下）、「一日たりとも離れていることはできなかった」（一二三九六行以下）と述べている。媚薬を飲んだ彼らは、胸の内に生じた恋心に戦慄するが、それは恐怖ではなく畏怖である。媚薬を飲んだ直後のイザルデのモノローグでは、クピドーや愛の女神（ミンネ）への呼びかけを通して、激しい情熱に囚われた心のうちが吐露されている（一一五一一―一一七一六行）。恋する者たちは、常に喜びと苦しみの間を行ったり来たりして心休まるときがない。この喜びは常に苦悩によって更新・増大させられる。苦悩もまた喜びが繰り返されることによって、新たに、より増していく。その意味において、ここでの恋愛観の心理面においては、宮廷風恋愛の根本的原則を踏襲しているとも言えよう。

ところで、仮にイザルデとマルク王が媚薬を服用した場合を想定したとすると、二人は社会的には夫婦関係にあるが、心理面においては恋人のような情熱をまとう。媚薬によってかき立てられる恋心は、夫婦愛のようないわば安定的な心の状態には至らない（変質しない）[15]。また、その必要もない。なぜなら、この両者（夫婦関係と恋人の状態）は両立し得るものであり、これこそイザルデの母が意図していたことなのだから。

以上のことから引き出される媚薬の本質的な効用は、死をもたらす恋愛でも、死によって成就する恋愛を発現させることでもなく、死に至るまで継続する恋心（情熱）を恋人たちの心に植え付けることであると言えよう。媚薬を飲んだ時点で、死ぬまで消えぬ恋の炎が燈されるという運命が決定付けられたのであって、後に媚薬の効用が期限切れとなっても、この運命はもはや変えられないのである。

　では、この期限が最終的な「死」という帰結（宿命）に何ら影響しないとしたら、いったいどのような効用が切れたのだろうか。この点を考察するにあたり、ここでは「苦悩」という点に着目してみたいと思う。

　激しい情熱に囚われた恋人は、どんな些細なことにも心乱され、そこから希望・期待・喜び、あるいは疑念・不信・苦悩を受け取ることになる。会えない時間が、相手に対する疑念や不信を生み、それによって苦悩する。この苦悩は、恋する者の内面において生ずるものであるが、もうひとつ外側から襲いかかってくる苦悩がある。それが「死」の恐怖である。彼らの恋愛は当然のことながら主君マルケ王の不興・怒りを買うものであるが故に、彼らはマルケ王に真相が知られてしまうこと、それに対する報復を恐れる。さらにはマルケ王の存在だけでなく、王に不信を植え付けようとする廷臣たちという障害にも直面する。しかし彼らはその障害をものともしない。どんな大きな障害でも乗り越えるだけの気概と行動力を授けるのが媚薬のもうひとつの力なのである。このことは、死の危険を冒して逢瀬を重ね、処刑されそうな状況から決死の脱出を試み、さらには森での不自由な生活を耐え忍ぶトリストラントとイザルデの姿に現れている。

そして、逃避先である森での生活は数年の長きにわたるが、この間に媚薬の効果が切れる重要な場面転換が起こる。森での生活では木の葉を敷き詰めてベッドのかわりにし、獣を狩って、それを食糧にするという生活をしていた。[16] このような野性的な生活は、「媚薬」に冒されていない従者クルネヴァルには耐えられないと思うようなものであった。つまり、森での生活そのものが彼らの生にとっては「死」と直結した大きな障害なのである。そのような状況においてもその生活を耐え忍び、心のうちで「幸せ」あるいは「喜び」が先行できたのは、媚薬あってこそである。ただし、情熱の炎を最大限にまで高める媚薬の効果には四年の期限が付けられている。この期限が過ぎると、彼らは、恋の情熱を無条件的にピーク状態で維持すること、換言すれば、精神が肉体を凌駕することができなくなる。そうして彼らは森での生活にもはや耐えられなくなる。その場面をアイルハルトは以下のように語る。

そこで彼ら二人は思った、
二人が別れることはできないかと。
そして彼らは苦悩しはじめた、
この森の生活の不快さに。
彼らはもはや一日たりとて
この困窮に耐えられなかった。

（四七三四―三九行）

ここでまず留意しなければならないのは、二人が「別れる」という選択を考えはじめたことである。ただし、ここでの「別れる」は、恋愛関係を終わらすという意味ではない。ここでの「別れる」は、（一旦）「離れ離れに暮らす」ことを意味している。この選択肢の前提にあるのは、イザルデをマルク王の許（宮廷）に送り返すことである。イザルデはマルク王の妻であるから、マルク王さえ赦せば、彼女の宮廷への復帰は可能である。そうなれば、森の中での生活のように四六時中「一緒に」いられるわけではなくなる。ではあるが、あたう限りイザルデの近くにいるため、トリストラントもまた宮廷に復帰できるようマルク王に赦しを請う。トリストラントが、常に目を光らせている廷臣たちの殺意とマルク王の嫉妬の中で生きていくという状況（苦悩）に身を置こうとしたのは、媚薬の最大限の効果が切れたとはいえ、媚薬によってかき立てられた情熱ゆえの選択である。しかし、実際にはマルク王の赦しを得ることは叶わず、領地から追放の身となってしまう。

## 4　宮廷への復帰――ふたつのイデオロギー――

このように彼らは、森での生活という「死」を招く障害を、媚薬の（衝動的な）力によってではなく、自らの（理性的な）力によって乗り越えなければならなくなった時、宮廷の文明的・文化的生活に復帰することを選択する。先に述べたように、宮廷に復帰することで死の脅威・恐怖から完全に逃れられるわけではない。むしろそれは、当面の障害を取り除くために、新たな障害の中に身を置くようなものである。では、わざわざ危険を冒してまで彼らが宮廷で生きなければならない理由はどこにあるのだろうか。ここでひとつ考えねばならぬことは、マルケ王やその廷臣たちの脅威から逃れるという意味において、彼らが「宮廷」という属性を捨てて、森での生活とは言わずとも（より安楽な）農民と同様の生活を送るという選択肢をとらなかったのはなぜか、という疑問である。[17] 恋愛関係を継続させるだけなら、彼らは宮廷以外の生活圏でも生きて行けたはずである。しかし、彼らにはこの選択肢は最初からなかった。そもそも森での生活は、アイルハルト版では処刑される寸前逃げ出した先であり、ゴットフリート版では一種のユートピアではあるものの、そこでの生活は彼らにとっては「強いられた」境遇であり、本来彼らのいるべき場所ではない。それは農村においても同様であろう。つまり、彼らはこの世に生を享けてからこのかた、宮廷というイデオロギーに囚われており、彼らは宮廷に軸足を置かねば生きていけぬ存在なのである。むしろ、無条件的に宮廷生活を全うすることが、彼らの生に義務付けられているかのようである。これはすでに見たように、彼らが理想的な宮廷人として、完成された人格として描かれていることからもうかがえる。彼らのアイデンティティが宮廷社会に根差しているが故に、彼らは宮廷社会に復帰するという選択（決意）をするのである。

ただし、ここでの宮廷への復帰は、例えばゴットフリート版においてマルケ王の赦しだけで実現したように、一足飛びには実現しない。アイルハルト版でも、マルケ王が赦しを与えるというスタンスは同じだが、媚薬の助けを失ったトリストラントとイザルデには、復帰する側の強い意思表明が必要となってくる。それが隠者ウグリムの仲介というかたちをとる。

トリストラントがこの隠者にはじめて会ったのは、マルク王に所在を知られ、森の奥深く逃れているとき、媚薬の効果が切れる以前のことであった。隠者はかつてマルク王の聴罪司祭（*bichtiger*）であった。トリストラントは告解をしようとしたが、隠者は、トリストラントがイザルデをマルク王に返したうえで、その肉体の大きな罪過（*fraislichen grossen sünd*：四九一八行）を放棄しない限り、その願いは受け入れられないと拒絶し、もしこのまま不実な状態を続けるのであれば悪魔の手によって死がもたらされるとも忠告する（四九一九―二二行）。トリストラントにしても、イザルデと離れ離れになることは考えられないとその場を去る。しかし、媚薬の効果が切れた時、森の生活から脱却する方策として、すぐさま二人は再び隠者の許を訪れる。彼らはイザルデをマルク王の許に返すことを約束し、ウグリムは赦免のための書状をしたためる。

ここで注目すべきは、この作品において隠者ウグリムがキリスト教の代表者としての性格を有していることである。隠者を介して宮廷に復帰することは、宮廷のイデオロギーに少なからずキリスト教的イデオロギーが媒介していることの表れであると考えることができる。「キリストの騎士」、「教会との結婚」といった具合に、世俗社会の秩序にキリスト教的意味付けがなされる例は多々ある。その反面、聖職叙任権闘争のように、世俗的な宮廷イデオロギーとキリスト教イデオロギーは対立関係にもあった。その意味において、隠者の仲介は、宮廷イデオロギーに対するキリスト教イデオロギーの優越と見ることもできるし、それとは反対にキリスト教的イデオロギーを貶めていると捉えることも可能である。なぜなら、キリスト教的権威が、世俗権力が処刑しようとした人物たちの宮廷への復帰を後押ししたということは、キリスト教権による世俗側へのあからさまな政治的介入ととらえることができる一方、不義密通の関係を依然放棄したわけはないトリストラントとイザルデを（たとえ隠者が欺かれたという立場であるにせよ）いとも容易く見逃した（より強く言うならば、不貞行為に加担した）[18]ことで、キリスト教の権威を失墜せしめていると理解することができるからである。結論を先に行ってしまうと、アイルハルト版においてキリスト教的な愛概念や思想と「トリスタンの愛」との関連性は非常に希薄であり、むしろ単にキリスト教はご都合主義的に扱われていると言える。というのも、最初に隠者に告解を拒絶された際のトリストラントに信仰上の葛藤が全く見られないだけでなく、トリストラントが処刑される直前に逃げ出すのも聖堂であるし、逢引をする際にも巡礼者に身をやつすことで成功している場面があるからである。

## 5　「トリスタンの愛」の宗教性――正統と異端――

これまでのところ、「トリスタンの愛」が正統的（カトリック的）キリスト教観念を反映していないことは前節でかなりの程度明らかになったと思うが、「トリスタンの愛」にどの程度宗教的要素が含まれているかについてはなお一考の余地がある。というのも、「トリスタンの愛」はキリスト教の異端（新プラトン主義・マニ教の影響を受けた）カタリ派の思想が大きく影響しているという解釈がかつてドニ・ド・ルージュモンによって提起され——この説への批判は数多くあるものの——、ひとつの可能性として未だ説得力のあるものだと言えるからである。[19] カタリ派に影響を与えたマニ教は、善悪二元論を基調とした思想であり、肉体（生）を否定し、死（後の魂の救済）を善と見做しているとされる。カタリ派は「純粋者」とも呼ばれ、この二元論に即した厳格な禁欲主義を敷いていたとされる。カタリ派の教義について正確なところはわかっていないが、正統キリスト教会は明確にカタリ派と対決姿勢をとっていた。そして実際、西欧世界内で起きた十字軍、アルビジョワ十字軍の結果カタリ派は信者も信仰も抹殺された。[20] このことからも、当時の西欧世界においてカタリ派は単なるキリスト教内の亜流にとどまらない存在であったことは確かであろう。

ここで、カタリ派と「トリスタンの愛」の宗教性との関連性を見るために、ド・ルージュモンの論点を整理しておこうと思う。ド・ルージュモンは、カタリ派の神秘主義的思想における愛の形式を「情熱」と見做す。この情熱は愛することを愛する、死を愛するという思想を根本に有しており、（正統）キリスト教に対する「反動」とも理解される（ド・ルージュモン、九六頁以下）。このような恋愛の思想がトルバドゥールの抒情詩を経て、トリスタン物語において結実すると結論付けられている。つまり、ド・ルージュモンの論陣においては、宮廷風恋愛と「トリスタンの愛」は同一のもの（あるいは連続体）であると見做されているのであるが、本稿ではこれまでこの二つの恋愛観は別種のものとして考察を進めてきた。その根拠は、宮廷風恋愛には「死に至る」

という結末が存在していないからである。確かに、トルバドゥールの歌謡には死を主題とした歌謡がまったくないわけではないし、ジョフレ・リュデルの伝説に見られるように、死をもって念願成就される恋愛がなくもない。ジョフレの「遠き愛（*amor de lonh*）」のモチーフはまさしく愛することを愛するというモチーフそのものであるように思われるが、そこに死への憧憬が込められていたかどうかは議論の余地が残るだろう。むしろ、ここで注目すべき点は、情熱恋愛が「反動」として理解されているところにある。今日の中世文学研究において、宮廷風恋愛の婦人奉仕の理念は、当時の家父長的男性優位の社会体制に対する反動として生まれたとする解釈が有力である。これは、当時の宮廷社会における婚姻が政略結婚を常としていたこと、つまり自由な意志による恋愛（恋愛から結婚に至る過程）がほぼ皆無であったという事実とも合致する。また、当時の文芸庇護者たちは、詩人たちに詩作を依頼する際、作品や主題を指定することがままあった。そしてこの庇護者には、男性領主層だけでなくその奥方も含まれていた。これらのことから、庇護者たる女性たちが自身の満たされぬ心（現実）を虚構（理想）によって補おうとしたという見方が成り立つのである。宮廷風恋愛という虚構的な恋愛談義は、いわば彼女たちの宮廷での楽しみ（慰み）というわけである。もちろん、この解釈も実際のところは推測の域を出ないのではあるが。[21]

同様のことが「トリスタンの愛」、媚薬による情熱の宗教性についても言える。正統キリスト教に対する反動として異端的あるいは異教的宗教観念が「トリスタンの愛」の本質を成していると解釈することもできるのである。『トリストラント』において「異端／異教的なるもの」と「カトリック的なるもの」との対立軸が存在しているとすれば、さらに隠者ウグリムを正統キリスト教の代表者と見做すならば、この作品の中でキリスト教の役割がご都合主義的なものとして扱われていること、その上で「トリスタンの愛」の異端／異教的特質がより優位にあるという理解が成り立つであろう。というのも、隠者が最初にトリストラントの告解を拒絶したのは、まさしく反カトリック的な情熱恋愛の拒絶であり（それ故に隠者を異端的なるものの代表者と見做すことはできない）、その一方で、後の宮廷復帰の仲介は、正統教義がうわべだけのものでしかないことを皮肉っていると理解され得るからである。この視点に立てば、異教的な媚薬の力がキリスト教側の道徳的要請に優越しているようにも見える。

そして、『トリストラント』の最終場面における、彼らの長きにわたる苦悩の終着点としての死とその後日談の描写から——この場面を一種の美談として捉えるか、悲劇的結末として捉えるかで作品の全体解釈が自ずと異なってくるだろうが——、死を神聖視するカタリ派的な思想を読み取ろうとすることは可能かもしれない。しかし、もし二人が死を求めているのであれば、死による救済を信じているのであれば、媚薬の効果が切れようとも森での生活を続け、そこで共に息絶えたとしても、誰も彼らの情熱の強さを疑うことはないだろう。禁欲主義的実践として、そのような結末があってもよいのではないだろうか。むしろ、トリストラントとイザルデは死を熱望してはいない。(22) 彼らは生きることを欲しているのである。無論、愛することを愛するという意味においてではない。このことは白い手のイザルデとの結婚の場面でも明らかである。

そして彼《トリストラント》は言った、「私はイザルデを失ったが、
私は再びイザルデを見出した。」（五九一七行以下）

トリストラントのこの独白が意味するところは、対象のいない愛を希求することなどではなく、今は会うことの叶わぬ愛する対象（金髪のイザルデ）を目の前に存在する対象（白い手のイザルデ）を通して観取あるいは想起することであり、金髪のイザルデは依然として存在しているのである。対するイザルデについても、トリストラントの愛犬ウータントがそれにあたる（五一九一―二〇〇行）。実際、この独白以降の場面で、金髪のイザルデとの逢瀬も実現する。これらのことからも、「トリスタンの愛」の特質をすべて宗教的抽象性へ還元することは適わないだろう。そもそも彼らには正統であろうと異端・異教であろうと宗教的な意味での（姦通という）罪に対する葛藤は見られない。もちろん、このことが「トリスタンの愛」の宗教性を完全に排除するものではないが、むしろ恋人たちを苦しめているのは（反動的な関係性にあるのは）、前節まで見たように宮廷のイデオロギーであって、宗教のそれではないということである。

## 6　おわりに

最後にアイルハルト版『トリストラント』における彼らの「死」について考えてみたいと思う。媚薬には恋人たちを死に至らしめる力はない。このことはトリストラントの死の場合に顕著に見られる。トリストラントの死の直接的な原因は、戦いの中で負った傷であり、そのような負傷は彼が宮廷騎士として生きている以上避けられないものである。実際、モルホルトとの決闘、竜退治と幾度となく負傷しては、そのたびに傷の治癒（生きるため）の最後の希望として、金髪のイザルデが呼び出されるのであり、彼女の存在はトリストラントの生への執着心と結びついている。生への執着は、直接愛情の継続にもなる。このように見てくると、トリストラントの情熱は、生を渇望することであり、それはイザルデへの愛情を生かすためのものだと言えよう。

対するイザルデの方はどうか。彼女もまた、生きることを欲している。生きることでしかトリストラントとの愛を確かめることはできないからである。そして、トリストラントの死という最終場面に至ってはじめて、媚薬による情熱のもうひとつの象徴的な意味が表れる。それが二者合一の理念である[23]。彼女の生は、トリストラントの生と結びついている。つまり、トリストラントの死は、彼女の死なのである。トリストラントの後を追うように、息を引き取るイザルデの姿からは、媚薬が彼女に死をもたらしたように見えなくもない。しかし、死をもたらすことが媚薬の本分ではない。むしろ、恋人たちをひとつに結びあわせること、それに必要な情熱を燃え上がらせることが媚薬の本当の力であり、トリストラントとイザルデは（すでに）二人でひとつの存在なのである。(24) トリストラントいう片割れが失われた今、残る片割れのイザルデもまた生き永らえることはできない。そうして媚薬によって呼び醒まされた情熱の力が、最後にイザルデに死をもたらすのである。

以上のように「トリスタンの愛」＝「死に至る恋愛」の本質は、死に至るまで続く情熱（恋人への憧憬、合一の欲求）が燃え上がることである。このような激しい情熱は、誰の胸の内にも潜在している。しかし、（例えば宮廷風恋愛のような）意志の力によって誰でも容易にその炎を燃え上がらせることができるわけではなく、媚薬のような超自然的な力の媒介が必要となる。トリストラントとイザルデは、はからずもこの力に囚われてしまった。

また、当時の宮廷社会における結婚の慣習を鑑みれば、娘イザルデの結婚生活を充実したものにするという媚薬に込められた本来の意図（イザルデの母の思惑）は、姦通を称揚するような宮廷風恋愛に対するアンチテーゼであると同時に、逆説的ではあるが宮廷社会の秩序安定に寄与することで、宮廷イデオロギーに対するアンチテーゼともなっていると言えよう。つまり、媚薬の力は本来の意図とは正反対にあたかも姦通を推奨するかのような恋愛へと、そして宮廷イデオロギーから抜け出せない状況へと恋人たちを追い立てるのである。ただし、媚薬の力自体がトリストラントとイザルデに不運をもたらしたわけではない。もし彼らが、トリストラントがマルク王の使者となる以前に媚薬を飲んでいたとしたら、彼らの恋心には何の障害もなかったであろう（もしあるとしたらクルヴェルシュとアイルランド両王家の確執、ロミオとジュリエットのような関係だろうか)。いずれにせよ、実際、彼らが苦しまなければならなかったのは、彼らが宮廷人として完成された人物であったがゆえ、さらに彼らの恋愛が婚姻外交渉であったがゆえである。すなわち、彼らの恋愛に障害として立ちはだかったのは、宮廷のイデオロギーに組み込まれた封建的主従関係と結婚という社会制度である。彼らは、宮廷人であることを強く自覚しているが故に、宮廷人として生きること自体が彼らの生と恋愛を脅かしているにもかかわらず、そのイデオロギーから脱却することができない。ましてや媚薬によって焚き付けられた情熱を放棄することもなど毛頭思いもしない。それ故に彼らには、愛の喜びを得るために、苦しみの状況に足を踏み入れなければならないという逆説的な生き方しか選択の余地がなかったのである。

注

(1)『フランス中世文学集1』四二七頁(詳細は本稿末の参考文献リストを参照)。

(2)ウルリヒとハインリヒは、ゴットフリートの『トリスタン』が未完で終わっているのは詩人の死によるものだと作品冒頭で嘆いている(以下の引用はウルリヒ版より)。

ああ、なんと嘆かわしいことか!/死が彼〔ゴットフリート〕から彼の人生を/奪い取ったのだ、/それ故に彼はこの書物をすべて語りつくせなかったのだ(十五—十八行)

(出典:Gottfried Weber / Werner Hoffmann: Gottfried von Straßburg. 5., von Werner Hoffmann bearbeitete Auflage. Stuttgart(J. B. Metzler)1981, p. 1. 翻訳は筆者による)

(3) トリスタン物語の起源や原典研究に関するものとしては以下の文献に詳しい。佐藤輝夫『トリスタン伝説』中央公論社、一九八一年。

(4) ただし、アイルハルト版には写本伝承上の問題がある。実際に作品が成立したであろう十二世紀末に由来する現存写本は断片三本のみで、十三世紀に書かれたとされるバージョン（改作版）の写本（十五世紀に成立）によって物語全体の様相をうかがい知ることができる。十二世紀版と十三世紀版との間には少なからぬ差異が認められ、十三世紀版は「オリジナル」からかなりの程度かけ離れてしまっているかもしれないという可能性を否定できない。とはいえ、トリスタン物語の全体像を知る上で最も重要な作品であることにかわりはない。

(5) ゴットフリート版では、モーロルトの妹である王妃イゾルデ（金髪のイゾルデ姫の母）がトリスタンの治癒を行い、その後トリスタンはイゾルデ姫の家庭教師として一年間アイルランドに滞在する。

(6) アイルハルト版では、刑が執行される当日に二人は逃亡するが、ゴットフリート版では、神明裁判によってイゾルデの潔白が証明されるものの、マルケ王は二人に宮廷からの追放を言い渡す。

(7) ゴットフリート版では、森の生活は、「愛の洞窟」というユートピア的空間において展開される。そこでは食事をせずとも二人の愛情だけで生き永らえることができ、野草と（焼いただけの）獣肉と魚しか食べれなかったアイルハルト版の難儀な生活状況とは対照的な描かれ方をしている。

(8) ベルール版では、狩りに疲れ果てたトリストラントがぐったりと横たわった際に、たまたま剣が鞘から抜け落ち、さらにたまたまそこに出くわしたマルク王がその様子を見たという、まったくの偶然の出来事として描かれている。

(9) アイルハルト版では、トリストラントが、マルク王が取り替えた剣とイザルデに与えた手袋を見た時、マルク王が自分たちの命を奪うのではないかという恐怖が先行し（四八五九―七四行）、今いた場所を離れる。ゴットフリート版では、彼らは驚きと恐怖に襲われたが、その場を去るわけでもなく、クルヴェナルがマルケ王の遣いとして彼らの許にやってくることで初めて状況が転換する。

(10) アイルハルト版九七一九行：*daß macht deß tranckß krafft so.*

(11) マリー・ド・シャンパーニュの書簡では「夫婦の間には真の愛はその力を及ぼしえない」とされている（『宮廷風恋愛について』九四頁）。

(12) 「愛は粗野でむくつけき者をもあらゆる美徳で飾り、生れ卑しき者は気高き心、高慢なる者は謙虚さで満たしてくれる。愛する者はすべての人に分け隔てなく上品に振る舞うようになる。」（第一巻第四章）（『宮廷風恋愛について』十四頁）

(13) 「トリスタンの愛」という術語は、トリスタン研究においてしばしば Tristanliebe あるいは Tristan-minne（minne は中世ドイツ語で「恋愛・愛」の意）という表記で用いられており、トリスタン物語固有の恋愛観を示している。

(14) 例外としては、ゴットフリート版に登場する玉虫色に輝く毛並みをもつ小犬プッティクリューだろうか。この小犬は妖精の国の仙女から贈られたものとされている。

(15) 『宮廷風恋愛について』では有名な「恋愛法廷」のエピソードにおいて以下のように語られている。「夫婦の愛情と恋人達の純粋な愛は別種のものであり、まったく異なる源泉からほとばしり出るものです。従って、言葉自体の曖昧な性質上、二つの愛を比較することは不可能であり、各々別のものに分類しなければなりません。」（『宮廷風恋愛について』第二巻第七章、一七三頁以下）

(16) ゴットフリート版「ミンネの洞窟」の効果（演出）は、媚薬の超自然的力と類似のものであると考えることができよう。

(17) ゴットフリート版において、もし洞窟が理想郷であるならば、そこを放棄する理由はどこにもない。ゴットフリート版にしても、ミンネの洞窟からあえて宮廷に復帰する理由は明確にはされていない。

(18) ベルール版では、隠者はわざわざ私財をなげうって、宮廷的表象である見事な衣装をイズーに用意した。キリスト教の権威を世俗社会に知らしめるためのものであったのかもしれないが、結局はそれが裏目に出たと言わんばかりでもある。似たような表現はゴットフリート版の神明裁判の場面にも見られる。

> 神の恩寵を信じて、彼女〔イゾルデ〕は鉄をつかみ、やけどすることなにしそれを運んだ。ここに、いと徳操高きキリストがたもとのごとく風のまにまに向きを変えられることが明らかにされ、世のすべての人の前に証拠立てられた。キリストは、うまく頼めば、この上なく従順に礼儀正しく適合し、順応される。あのお方は、誠実のためであれ、虚偽のためであれ、すべての人の思いに逆らおうとはされぬ。まじめなことであれ、戯れであれ、あのお方はいつでも人の望むとおりになられる。このことは如才ない王妃〔イゾルデ〕の場合に、大変はっきりとわかった。彼女は二枚舌と、神に対してなした偽れる誓いのお陰で助かり、……（石川訳、二六七頁）

ゴットフリートが「トリスタンの愛」にキリスト教による権威づけを施そうとしたとも考えられるが、ここでの表現はキリスト教信仰に対してより嘲笑的であると言える。

(19) ドニ・ド・ルージュモン（鈴木健郎・川村克己訳）『愛について——エロスとアガペ——』岩波書店、一九五九年。ド・ルージュモンに対する批判としてはM・C・ダーシー神父が挙げられる。M・C・ダーシー（井筒俊彦・三辺文子訳）『愛のロゴスとパトス』上智大学出版部、一九六六年。

また、ゴットフリート研究においては、「トリスタンの愛」を聖者伝との類比によって独自の「愛の宗教」と見立てている解釈もある。この点に関しては拙論「ミンネと宮廷的名誉―ゴットフリートの『トリスタン』におけるリヴァリンとブランシェフルールの場合について」（成蹊大学文学研究科『成蹊人文研究』第二十号（二〇一二）、一三三―一五一頁、註五および六〔一四八頁以下〕）を参照。

(20) カタリ派はアルビ派の別称を持っていたが、今日カタリ派に関する文献・史料が乏しいのは、カトリック側によってカタリ派の教本などがことごとく闇に葬られたからだとされる。また、アルビジョワ十字軍とは別に、一二一二年にシュトラースブルク〔ストラスブール〕で異端審問裁判が行われ八十名が処刑された記録が残っている。もしゴットフリートがカタリ派信者（のしかもマイスター〔聖職者あるいは学僧〕）であったならば、この異端審問裁判で処刑された可能性も完全には否定できないだろう。

(21) 一目ですら見たこともないトリポリ伯夫人に恋い焦がれ、海を渡り、病に倒れながらも、伯夫人の腕の中で息を引きとることができた。

(22) ゴットフリート版では、死を（追い求める対象として）意識している場面があり、よりカタリ派の影響を肯定しやすいと言えるかもしれない。

トリスタンが言った、「その結果は死であるにせよ、生であるにせよ、わたしは気持ちの良い毒〔媚薬〕を盛られたのだ。本当の死がどんなものかは知らぬが、このような死なら、わたしには快い。このようにして好ましいイゾルデがいつまでもわたしの死であるのなら、わたしは喜んで永遠の死を求めるであろう。」（石川訳、二一〇頁以下）

ただし、死＝苦悩というモチーフを通してゴットフリートがここで問題にしているのは、宗教的な意味での死（肉体の喪失）ではなく、宮廷的「名誉」の喪失であり、キリスト教的な意味での罪の意識などは微塵も触れられず、マルケ王の脅威（結婚式と初夜の儀式）に対する不安が語られているのみである。

(23) この理念は特にゴットフリート版で顕著に見られるものでもある。拙論（註19参照）および石川訳一九六頁以下も参照。

(24) これはアンドロギュノス的な考え方と結びつく。ただし、一足飛びにプラトン的思想の延長線上に媚薬という存在が「創られた」かどうかは、なお議論の余地があろう。この点については稿を改めて考察したいと思う。

## 〈付録〉人物名対応表

| アイルハルト版 | ゴットフリート版 | フランス語版 |
|---|---|---|
| トリストラント | トリスタン | トリスタン |
| イザルデ | イゾルデ | イズー |
| クルヴェルシュ王マルク | コーンウォール王マルケ | コーンウォール王マルク |
| （地名）ティンタヨール | ティンタヨーエル | ティンタジェル |
| ローノイスの領主リファリン | パルメニーエの領主リヴァリーン | ※地名のみ<br>エルメニー（トマ版）<br>ローノア（ベルール版） |
| ブランチェフルール | ブランシェフルール | ―― |
| モルホルト | モーロルト | ル・モロルト（ベルール版） |
| クルネヴァル | クルヴェナル | ゴヴェルナル |
| ブランゲーネ | ブランゲーネ | ブランガン |
| 隠者ウグリム | （登場せず） | オグラン |
| 猟犬ウータント | ヒューダン | ユダン |
| （白い手の）イザルデ | 白い手のイゾルデ | 白い指のイズー |
| ケーヘニス | カーエディーン | カエルダン |
| アルトゥース王 | （登場せず） | アーサー王 |

## テクストおよび参考文献


アイルハルト版『トリストラント』

Eilhart von Oberg: Tristrant und Isalde (nach der Heidelberger Handschrift Cod. Pal. Germ. 346). Hrsg. von Danielle Buchinger. Berlin (Weidler) 2004（引用は本テクストから用いた。翻訳は拙訳による）

Eilhart von Oberg: Tristrant. Synoptischer Druck der ergänzten Fragmente mit der gesamten Parallelüberlieferung. Hrsg. von Hadumod Bußmann. Tübingen (Max Niemeyer) 1969

『散文トリストラント』

小竹澄栄訳『トリストラントとイザルデ』国書刊行会、1988

ゴットフリート版『トリスタン』

Gottfried von Straßburg: Tristan. Nach dem Text von Friedrich Ranke neu hrsg., ins Neuhochdeutsche übersetzt, mit einem Stellenkommentar und einem Nachwort von Rüdiger Krohn. 3 Bände. Stuttgart (Philipp Reclam) 2005（本文中の引用は拙訳による）

ゴットフリート・フォン・シュトラースブルク（石川敬三訳）『トリスタンとイゾルデ』郁文堂、1992（改訂版）

中世フランス語版（トマ、ベルールなど）

新倉俊一、神沢栄三、天沢退二郎訳『フランス中世文学集1　信仰と愛と』白水社、1990

アンドレーアース・カペルラーヌス（瀬谷幸男訳）『宮廷風恋愛について　ヨーロッパ中世の恋愛術指南の

書』南雲堂、1993

Dinzelbacher, Peter, „Über die Entdeckung der Liebe im Hochmittelalter". *Saeculum* 32 (1981), pp. 185-208.

Eggers, Hans, „Der Liebesmonolog in Eilharts Tristrant". *Euphorion*, 45 (1950), pp. 275-304.

Herzmann, Herbert, „Nochmals zum Minnetrank in Gottfrieds *Tristan*. Anmerkungen zum Problem der psychologischen Entwicklung in der mittelhochdeutschen Epik". *Euphorion* 70 (1976), pp. 73-94.

Keck, Anna, *Die Liebeskonzeption der mittelalterlichen Tristanromane. Zur Erzähllogik der Werke Bérouls, Eilharts, Thomas' und Gottfrieds*. München (Wilhelm Fink) 1998

Mertens, Volker, „Bildersaal - Minnegrotte - Liebestrank. Zu Symbol, Allegorie und Mythos im Tristanroman". *PBB* 117 (1995), pp. 40-64.

Oonk, Gerrit J., „Eneas, Tristan, Parzival und die Minne". *ZfdPh* 95 (1976), pp. 19-39.

Schröder, W. J., „Der Liebestrank in Gottfrieds *Tristan und Isolt*". *Euphorion* 61 (1967), pp. 22-35.

Schulz, Armin, *„in dem wilden wald*. Außerhöfische Sonderräume, Liminalität und mythisierendes Erzählen in den Tristan-Dichtungen: Eilhart -- Béroul -- Gottfried". *DVjs* 77 (2003), pp. 515-547.

Strohschneider, Peter, „Herrschaft und Liebe. Strukturprobleme des Tristanromans bei Eilhart von Oberg". *ZfdA* 122 (1993), pp. 36-67.

Wünsch, Marianne, „Allegorie und Sinnstruktur in 'Erec' und 'Tristan'". *DVjs* 46 (1972), pp. 513-538.

# 憧憬としての愛
## ――ゲーテの作品に見る愛の軌跡――

三浦國泰

## はじめに　体験と想像力

君よ知るや、レモンの咲く国を、
暗き葉陰に黄金のオレンジ輝き、
なごやかな風、青空より吹き、
ミルテは静かに、月桂樹は高くそびえる、
君よ知るや、かの国を。
彼方へ、彼方へ！
君と共に行かん、ああ、わがいとしき人よ。
「ミニョン」より

ゲーテは生涯、つねに憧憬の地を心に抱いていた詩人であった。生涯のほとんどを北方のドイツに暮らし、特に二七歳でワイマルに移住してから、八三歳で永眠するまで、ほぼ五〇年以上の歳月にわたって小国ワイマルを定住の地と定めたのである。しかし彼の「狭い枠に閉じ込められない」精神の衝動は、つねに遙か遠くの世界へと突き動かされていた。

実際、人生の半ばには、憧れの南国イタリアへ逃亡した。しかし彼の精神の軌跡は、地理的垣根を越えて、地上の空間を駆け巡るばかりでなく、過去、現在、未来の時空を飛翔する想像力の軌跡でもあった。だが遠くを見つめる彼の詩的精神は、実は身近な体験、現実の「愛の体験」にささえられていたのである。

長き人生にわたり膨大な作品群を世に残したゲーテの生涯から、現実の「愛の体験」にささえられ、そこで悩み、傷つき、孕まれ、生み落とされた精神の証として、ゲーテの愛の軌跡を辿ってみることにしたい。

## 1 『若きヴェルターの悩み』と『ファウスト第一部』

なんと目ざめるばかりに
自然の照りはえていることよ!
おお、おとめよ、おとめよ、
どんなに私はお前を愛していることだろう!

目ざめよ、フリーデリーケ、
鳥たちの穏やかなささやきが
愛らしく呼んでいる、

「五月の歌」より

*

内面の感情の発露ー書簡文学、日記文学という形態を整えた『若きヴェルターの悩み』は、ドイツにおける「疾風怒濤（Strum und Drang）」運動の起爆剤となった作品である。疾風怒濤運動とは、若きゲーテ、シラーを中心にして啓蒙主義的理性万能に抗して、感情の解放、独創的人間（天才）の崇拝を標榜し、文学における旧体制から脱した真の「国民文学」の創造をめざす激動期の文学運動であった。ゲーテは『若きヴェルターの悩み』において、既成の社会秩序のもとに苦悩する青年の姿を描くことにより、当時の青年たちに熱狂的に迎えられ、いわゆる「ヴェルター現象」を惹き起こしたのである。

この作品には、ゲーテの青春時代の恋愛体験が複雑に絡み合っている。一七七〇年二一歳のゲーテは四月、病を癒え、ライプツイヒで中断した法律学を継続するためにシュトラースブルクに向かう。一七七〇年十月、ゲーテはシュトラースブルク近郊の村、ゼーゼンハイムを訪れ、この地の牧師ブリオンの三女、フリーデリーケを知り、素朴な恋に落ちる。七一年五月から六月にかけて二人は愛の絶頂期を迎えるが、八月中旬、最後のゼーゼンハイム訪問の後、ゲーテはフリーデリーケと訣別する。ゲーテはフリーデリーケを棄てたのである。ゼーゼンハイム体験から生まれた抒情詩としては、『逢う瀬と別れ』、『五月の歌』、『野バラ』などがあり、それらはドイツ抒情詩の新生面を開いた傑作となっている。

ゼーゼンハイムでフリーデリーケと別れたあと、弁護士の資格を得たゲーテは、一七七二年五月中旬から九月にかけて、帝国高等法院の実習生としてヴェッツラーに滞在する。そこでゲーテは、同じく高等法院に勤務していた友人ケストナーの婚約者シャルロッテ・ブッフに恋をする。しかし、結局、ゲーテはシャルロッテ・ブッフに失恋する。ゲーテはシャルロッテに別れも告げず、秘かにヴェッツラーを去ることになる。

一七七五年四月、二三歳のゲーテは『若きヴェルターの悩み』を完成し、同年秋に出版する。作品の主人公ヴェルターは、ロッテとの叶わぬ恋に絶望し、ピストル自殺を遂げる。この作品は、すでに婚約者のいたシャルロッテ・ブッフに恋し、失恋した若きゲーテの自伝的な要素が素材となっているのは明白である。しかしこのヴェルターのピストル自殺という結末には、ゲーテと同様に、恋に破れて自殺した友人イェルーザレムの衝撃的な事件が介在していた。小説の悲劇的結末は、決してゲーテの詩的創作ではなく、現実の体験に基づいている。確かに、失恋は自殺に結びつく絶望的な体験である。しかし現実のゲーテはヴェルターやイェルーザレムとは異なり、八三歳で人生を終えるまで、実り豊かな生涯をまっとうした。

それでは、なぜゲーテは自画像としてのヴェルターを自殺させたのだろうか。そこにはゲーテの内面の葛藤が係わっていると思われる。つまりゼーゼンハイムで純朴なフリーデリーケを棄てたという自責の念が影を落としていたのである。ゲーテは幾多の女性に恋をし、また彼自身も苦い恋愛を体験するが、彼は生涯にわたって、自分が一方的に棄てたフリーデリーケに対して罪の意識を抱えていた。フリーデリーケはゼーゼンハイムでゲーテと別れたのちも、生涯を独身で過ごしている。六〇歳になったゲーテは、「自伝のための概要」として『詩と真実』に着手しているが、そのなかでフリーデリーケへの自責の念を、次のように告白している。

> 手紙で告げた別れの言葉にこたへたフリーデリーケの返事は、私の心を寸断した。(…)私は今にしてはじめて彼女の蒙った損失を感じた。しかも、この損失を償うどころか、軽減することとさへ、まったく不可能なのを見た。彼女の姿がまざまざと心に浮かび、彼女を失ったことをたえず心に感じた。それに何よりもわるいことは、私自身の不幸の責めを自分にたいして赦し得なかったことである。(…)今度初めて罪は私にあった。私は最も美しい心の奥ふかく傷つけたのである。こういうわけで、陰鬱な悔恨の時期は、いつも心を、慰めてくれた愛にも恵まれることもなく、この上なく苦痛であり、いな、殆ど堪えがたいものであった。[1](傍点、引用者)

ゲーテの心情としては、シャルロッテ・ブッフとの失恋体験は、つらい体験だっただろう。しかし今、自ら失恋を体験したからこそ、かつてフリーデリーケを傷つけた自分を許せなかったのである。ゲーテは、フリーデリーケに対する罪の意識から、ヴェルターを自殺させることによって、自己自身に罰を下したのである。

ところで、ゲーテのゼーゼンハイムにおけるフリーデリーケ体験は、『若きヴェルターの悩み』だけに影を落としているのではない。その体験は『ファウスト第一部』の「グレートヒェン悲劇」執筆の強い原動力になっている。ゲーテは『若きヴェルターの悩み』を完成させた一七七五年ごろまでには、『初稿ファウスト』(Urfaust) の草稿を書き上げ、この草稿をヴァイマルの宮廷で朗読している。

『ファウスト第一部』は、知識の限界に絶望した老学者が、悪魔メフィストフェレスと契約を結び、魔女の媚薬により若返り、純粋無垢な市井の娘グレートヒェンと恋愛を体験するが、結局は、グレートヒェンを悲劇に陥れるという物語である。ゲーテは『初稿ファウスト』草稿を書き上げてから、長い中断のあと、一八〇六年、五七歳で『ファウスト第一部』を完成している。実に、完成まで、ほぼ三〇年もの歳月が流れていたことになる。そもそもゲーテと「ファウスト伝説」の間には、長い年月の関わりがあった。ゲーテは一七五七年、すでに八歳の頃に、年の市などで人形芝居『ファウスト博士』の上演を見たり、民衆本『ファウスト博士』も読んでいた。またライプツイヒの遊学時代には、アウエルバッハの地下酒場で魔術師ファウストの壁画を見ており、伝説上のファウスト博士に対しては幼少の頃から強い関心を示していた。

一七七一年八月、ゲーテはフリーデリーケのもとを去って、一時、実家のあるフランクフルトへ戻っているが、その年の十月、私生児を産み、嬰児殺しの罪でスザンナ・マルガレーテ・ブラントという未婚の女性が死刑判決をうけ、翌年一月にゲーテの住居近くの広場で公開処刑が行われた。このショッキングな出来事は、フリーデリーケを棄てたばかりのゲーテにとっては社会的事件にとどまらず、ゲーテの内面の傷を抉るような出来事であったに違いない。この事件が『ファウスト第一部』のグレートヒェン悲劇の直接的な引き金となっている。戯曲『ファウスト』のなかで、少女は愛称でグレートヒェンと呼ばれているが、グレートヒェンの正式の名前はマルガレーテであり、罪人スザンナ・マルガレーテは戯曲のグレートヒェンに投影されているばかりでなく、フリーデリーケに対する悔恨の念にかられるゲーテにとって、作品中のグレートヒェンは、つねにフリーデリーケの面影とダブルイメージになっていたに違いない。

晩年の一八二九年二月、八〇歳のゲーテはエッカーマンに対して、『ファウスト』に初めて着手した時の話をしており、その際、『ヴェルター』と『ファウスト』の二つの作品に関して、次のような興味深い話を語っている。


『ファウスト』は、私の『ヴェルター』と一緒に生まれた。その草稿を一七七五年ヴァイマルへ持ってきた。それは、便箋に書いたもので、一行も消した跡がなかった。それほどきれいな原稿だったというのは、私が、一行一行慎重に書いて、まずい句や読みごたえのしない句は一行も書かなかったからさ。

このゲーテの言葉は、『ヴェルター』と『ファウスト』の二つの作品に係わるゲーテの現実体験を読者に連想させることになる。つまり、ゲーテは直接的に言及していないが、先に『詩と真実』から引用した六〇歳のゲーテが告白している「フリーデリーケ体験」の罪の意識が、いかにゲーテ初期の二つの作品に深く尾を引いていたかが読み取れる。

フリーデリーケに対する罪悪感から、『ヴェルター』においては、失恋した分身としてのヴェルターを自殺によって断罪し、『ファウスト第一部』においては、可憐な少女グレートヒェンを誘惑し、結局は救出できなかったファウストに自己のフリーデリーケ体験の「陰鬱な悔恨」を重ね合わせることになったのである。

## 2 『ファウスト第二部』第三幕「ヘレナ劇」——古典主義とロマン主義の融合

——気のせいだろうか、あの愛らしい姿は、
遠いむかしに失った、わたしの若い日のこよない宝ではあるまいか。
心の奥底にひそんでいた青春の日の貴い思いでの数々が湧きあがる。
そうだ、あれはおれのアウロラの恋だ、わけもなく胸をときめかせた初恋だ。

ああ、あのやさしい姿は、美しい心のように高みをさして昇ってゆく。

『ファウスト第二部』「高い山」より

『ファウスト第一部』は単にゲーテの詩的想像作品ではなく、少年時代からのゲーテの実際の体験から生み出されたものである。ところでゲーテは一八〇六年に『ファウスト第一部』が完成する前に、すでに一八〇〇年、五一歳のときに、のちの『ファウスト第二部』第三幕となった「ヘレナ劇」に着手している。しかもこの「ヘレナ劇」は、『ファウスト第二部』が完成する以前の一八二七年に、「ヘレナ劇、古典的＝ロマン的幻影劇、『ファウスト』への幕間狂言」(Helena, klassisch-romantische Phantasmagorie, Zwischenspiel zu "Faust") として、独立した作品として発表されている。ゲーテは「ヘレナ劇」に、特別の思い入れをしている。

周知の通り、三七歳のゲーテは、一七八六年九月、秘かにカールスバートを出発して、一七八八年六月十八日、再びヴァイマルに帰着するまで、一年九ヶ月をイタリアに滞在した。このイタリア旅行の意図について、ゲーテは、自ら「ドイツで私を苦しめ、終には私を不要なものとした肉体的精神的な病を治す」ためと述べているが、一八二八年十月九日、八〇歳の晩年に、感慨深くエッカーマンに次のように語っている。

私はローマでのみ、人間たるものがそもそもなんであるかを感じたと言ってよい。――これほどの感情の高み、また幸福に、私はその後二度と再び達したことはない。ローマにいたころの自分の状態にくらべれば、私は本当はその後二度と楽しくはなかった。(2)

ゲーテのイタリア旅行は、ゲーテに幅広い視野と、豊かな人間性を培ったばかりでなく、ゲーテの文学・芸術観にも多大の影響を及ぼしている。青年期の「疾風怒濤」時代に見られた激情的なロマン的傾向に対して、イタリア旅行以後のゲーテは、ギリシア・ローマ文化の伝統を継承する古典主義へと傾倒してゆくことになる。しかしゲーテの理想の文学は、古典主義とロマン主義を融合することでもあったのである。まさに「ヘレナ劇」は、ゲーテのそうした文学的理想に相応しいものであった。

ところで『ファウスト第一部』から『ファウスト第二部』へと、さらなる冒険の旅に出ようとするファウストにとって、過去の忘却が必要であった。過去の負の記憶を消し去り、過去の傷がトラウマにならないためには、精神の傷を完全に治癒する必要に迫られる。そこにゲーテは〈眠り〉と〈忘却〉の必要性を説くのである。それはあたかもゲーテ自身が精神の傷の治癒を求めて、イタリアへと逃亡した体験と重なるように思われる。『ファウスト第一部』結末のグレートヒェンの暗い牢獄のシーンとは異なり、「第二部」の冒頭は、花の咲き乱れる「優雅な土地」となっている。そこでファウストは身を横たえ、眠りをむさぼっている。花咲く野原に横たわり、疲れきって眠りを求めているファウストに、大気の妖精アーリエルは、エーオルスの竪琴を伴奏にして次のように歌いかける。

まず彼の頭をひやひやとした枕にのせ、
それからレーテの流れの送ってくる露で浴みをさせるがいい。
するとほどなく、引きつっていた手足のこわばりもとれ、
新しい力にみたされて、静かに夜明けを迎えることができよう。
さあ、妖精のいちばん貴い義務を果たすのだ、
この命を神聖な朝の光に返してやれ。

「美しい瞬間」を求めるファウストの飽くなき〈真理〉探究の欲望は、過去の〈忘却〉に支えられている。ここには象徴的な意味が込められている。ギリシア語のア・レテイアは真理を意味しているが、きわめて逆接的ながら、忘却の川レーテ（Λήθη）は、あたかも永劫回帰の流れとなって、ふたたび循環的に真理の世界（ἀ-λήθεια）に流れ込んでいるかのようである。

『ファウスト第二部』は、全五幕で構成されており、その中間部の第三幕に置かれた「ヘレナ劇」は「古典的＝ロマン的幻影劇」として、『ファウスト第二部』において重要な寓意的位置をも占めている。なぜなら、そこにはゲーテの文学観、そしてまた家族像の牧歌的な理想の姿が幻として描かれているからである。

ゲーテのファウスト劇が、民衆本「ファウスト伝説」を素材にしていることは周知のこととして、実は、「ヘレナ劇」の中心的テーマであるファウストとヘレナの結婚も、「ファウスト伝説」から構想を得ており、ゲーテの独創的な着想ではない。ヘレナは絶世の美女として民衆本「ファウスト伝説」にも登場しているが、しかし「ファウスト伝説」におけるヘレナは、ただ単に、魔術師ファウスト博士の欲望の対象として登場するにすぎない。

ここでゲーテの「ヘレナ劇」の芸術的完成度を確認するために、一五八七年に出版された民衆本『ヨーハン・ファウスト博士の物語』（作者不詳）におけるヘレナ登場の場面とゲーテの「ヘレナ劇」とを比較考察してみることにしたい。そもそも民衆本の意図は、良きキリスト者のための教訓譚であり、異教徒の悪魔と交渉を持てば、地獄に落ちるという戒めの物語である。民衆本には「キリスト教徒の読者への序言」として、次のように記されている。(3)

あらゆるキリスト教徒、いやあらゆる理性ある人が、悪魔とその企てを、よりよく知り、それにたいして身を守ることを学ぶように、私は二、三の学ある、思慮ある人々の助言をもって、ヨーハン・ファウスト博士の恐ろしい範例、彼の魔法のわざがいかなる忌わしい結末に至ったかを、目に浮かべるようにしようと思った。

そしてフランクフルト・アム・マインの出版者ヨーハン・シュピースは「ヤコブ書第四章」か

ら、次の言葉を引用している。

なんじら神に従順であれ
悪魔にさからえ
しからば悪魔はなんじらより逃れ去らん

われわれは、ここで「この悪名高き魔術師、妖術師が、いかにして悪魔に一定時を期して身を売ったか、そしてその間にいかなる奇異な出来事を見、みずからそれらを惹き起し、行い、ついに当然の報いを受けたか」、その「恐ろしき実例、忌わしい模範」として、民衆本のなかから、ヘレナ登場の場面を抜粋してみたい。民衆本「第四九話」と「第五九話」には、次のように報告されている。

第四九話「白の日曜日、魔法でよびだされたヘレナの話」

さて酒がはいり、食卓では美しい女のことが話題になった。すると学生のうちの一人が、自分はギリシアの美しいヘレナ以上に見たいものはないと言った。あの女のために美しいトロヤの町がほろびたのだ。彼女はさぞ美しかったに違いない。彼女の夫から奪われ、それにたいし、〈彼女のために〉あんな騒動が起こったのだから、と。ファウスト博士は答えた。

諸君が女王ヘレナ、メネラオスの妻にしてテュンダロスとレダの娘、カストルとボルックスの姉妹の美しい姿（彼女はギリシア第一の美女だったそうだ）をそんなに見たいなら、わしは諸君にその女を見せてあげよう。彼女が生きていたときの姿、形そのままに、諸君みずから彼女の霊を見せてあげよう。（…）

驚くほど美しいので、学生たちは自分が正気だかどうかわからないほどだった。そんなに惑乱し、悩殺されてしまった。このヘレナは高価な黒い紫の衣をまとって現われ、髪を垂らしていた。その髪は美しく壮麗に金色にかがやき、膝まで垂れるほど長かった。美しい漆黒の眼をし、愛らしい顔で、円い小さな顔、唇は桜桃のように紅く、小さな口、首は白い白鳥のように、紅い頰は薔薇のように、この上なく美しく輝く面《おもて》、細っそりした真直ぐな姿だった。要するに一点の非の打ちどころがなかった。

第五九話「ファウスト博士とその最後の年に同棲したギリシアのヘレナの話」

さて哀れなファウストが、彼の肉の欲望に十分活動の余地を与えるように、彼の経過した二三年目に、真夜中目が醒めると、ギリシアのヘレナが心に浮かんだ。それは前に彼が学生たちのために、白の日曜日に呼び起こしたものである。そこで朝になって、彼の霊に、ヘレナを現わすように、自分の妾としたいから、と頼んだ。そしてそのとおりになった。このヘレナは、かれが学生たちのために呼び起こしたのとすっかり同じ姿で愛らしくやさしい眼差《まな》しだった。ファウスト博士がそれを見ると、彼女は彼の心をすっかりとらえ、彼は彼女と情を交わしはじめ、夜伽《と》ぎの妻として手もとにとどめた。彼は彼女を非常に愛し、ほとんど一刻も離れていることはできなかった。ついに最後の年懐妊し、彼に一人の息子を生んだ。（…）のちにファウストが命を落としたとき、彼とともに同時に母と子も消えてしまった。

以上のように、民衆本『ヨーハン・ファウスト博士の物語』は、教訓譚ではあるが、一般大衆に向けられた娯楽本でもあり、読者の興味をそそり、一般大衆うけをねらった素朴な叙述になっている。ゲーテは民衆本のこの箇所から、「ヘレナ劇」の着想を得たのである。しかしゲーテの場合、「ヘレナ登場」のシーンは、きわめて格調の高い、古典ギリシア悲劇の形式を整えている。ゲーテのファウストは戯曲として、しかもすべての詩文は、韻律と脚韻によって形成されており、ヘレナが観客の前にはじめて姿を現すとき、古典ギリシア劇の韻文によって、自らを次のように紹介して舞台に登場する。

多く賞賛され、多く非難もされたヘレナでございます。
Bewundert viel und viel gescholten, Helena.

われわれがこのヘレナの独白を耳にするとき、この凝縮された台詞によって、新たな劇場空間として、われわれの目の前にホメロスの広大な叙事的世界とヘレナにまつわる神話の世界が展開される。つまりこの世で「最も美しく、最も災いに満ちた」女性をめぐる壮絶なトロヤ戦役の記憶がわれわれに蘇る。この「ヘレナ登場」の場面で、われわれ読者は主人公ファウスト同様に、あらかじめ「第一部」の悲劇的結末を忘却していなければならない。そうすることによって、「第二部」の世界は、ファウストの飽くなき〈真理〉探究の世界として新たな展開の可能性が開かれてくる。

しかし、ここでわれわれは、この独立した作品として成立した「第二部」第三幕の「ヘレナ劇」に付けられた「古典的＝ロマン的幻影劇、『ファウスト』への幕間狂言」という副題に注目しなければならない。ゲーテにとって、この「ヘレナ」劇は、当座としては「第一部」と「第二部」をつなぎ合わせる「幕間狂言」（Zwischenspiel）として構想されている。だがここにはもっと重要なゲーテの文学観が意図されている。中期以後のゲーテは、自らの出自であるロマン主義的な文学に否定的であった。それは青年期の傑作『若きヴェルターの悩み』に対するゲーテ自身の言葉が裏打ちしている。ゲーテは一八二四年一月二日、七四歳のときにエッカーマンに次のように語っている。

私自身の心臓の血であれ「ヴェルター」を育てた。あの中には、私自身の胸の内からほとばしり出たものがたくさんつまっているし、感情や思想がいっぱい入っている。だからたぶん、それだけでもあんな小さな小説の十冊分ほどの長編小説にすることもできるだろうな。それはともかく、すでにたびたびいったように、あの本は出版以来たった一回しか読み返していないよ。そしてもう二度と読んだりしないよう用心している。あれは、まったく業火そのものだ！　近づくのが気味悪いね。私は、あれを産み出した病的な状態を追体験するのが恐ろしいのさ。

ゲーテにとって、『ヴェルター』は、やっと克服した「病的な状態」、すなわち過去の傷を思い起こさせるというのである。ヴェルターを自殺させたゲーテは、すでにヴェルター時代のゲーテではなかった。またゲーテは、一八二九年四月二日に、古典主義とロマン主義に関して語っており、エッカーマンは次のように記録している。

クラシックとロマンティクの意味についての話になった。「私は新しい表現を思いついたのだが、」とゲーテはいった、「両者の関係を表わすものとしては悪くはあるまい。私は健全なものをクラシック、病的なものをロマンティクと呼びたい。そうすると、ニーベルンゲンもホメロスもクラシックということになる。なぜなら、二つとも健康で力強いからだ。近代のたいていのものがロマンティクであるというのは、それが新しいからではなく、弱々しくて病的で虚弱だからだ。古代のものがクラシックであるのは、それが古いからではなく、力強く、新鮮で、明るく、健康だからだよ。このような性質をもとにして、古典的なものとロマン的なものとを区別すれば、すぐその実相を明らかにできるだろう。」

以上の、ゲーテの言葉は、古典的なものとロマン的なものの特徴を明らかにしているが、ゲーテ自身は、ここで両者の優劣を説いているわけではない。今、「ヘレナ劇」の文脈で考えれば、ゲーテは「古典主義」と「ロマン主義」の融合を目指しているからである。こうしたゲーテの意図は、一八二九年十二月十六日のエッカーマンに対するゲーテの言葉からも明らかになる。

君は、すでに前の方の幕においても、クラシックなものとロマンティクなものが、たえず鳴り響いたり、語られたりしているのに気づいただろうが、それというのも、坂道をのぼるみたいに、ヘレナのところにまでのぼっていって、そこでこの二つの文学形式がはっきりと現われて、一種の和解に達するようにしたわけだよ。

ゲーテが言及している「前の方の幕」とは、「ヘレナ劇」の前幕、すなわち第二幕「古典的ワルプルギスの夜」の「ペナイオス川の下流」の場面である。ここでファウストは、レーダが水浴しているところへ白鳥たちがやってくる、という美しい夢をみている。「古典的ワルプルギスの夜」はまさにゲルマン精神（ロマン主義）とギリシア精神（古典主義）の融合となっており、三幕のヘレナ登場の伏線となっている。ギリシア神話によれば、レーダとは絶世の美女ヘレナの母であり、レーダを見初めたゼウスは水浴しているレーダに白鳥の姿となって近づき、レーダを孕ませたのである。ファウストは、まさにこのシーンを夢見ているのである。

ファウスト

これは夢じゃないのだな。ああ、この美しいすがたの女たち、
おれの眼がいままぎれもなくここに見ている、
たぐいようもないこの美しいものたちのたたずまいを、誰もさまたげてくれるな。
……
眼は鋭くあちらの木陰にそそがれる。
そのひときわ濃い緑のとばりが、
気高い女王をかくしているのだ。
……
これはどうだ！
白鳥の群れも見える。
……
だが、そのなかにもあの一羽は、なんという見事さだ。

強く胸を張り、果敢の気をみなぎらせて、
見る見る他を抜いて進んでゆく。
……
女王のいるかたへ突進する……

そしてすでに紹介した第三幕の冒頭で、ヘレナが登場する。ヘレナはその後、夫であるスパルタのメネラオス王の宮殿から逃れて、中世・ゴシック風の城の城主となっているゲルマンの武将ファウストに身をゆだねる。そしてファウストとヘレナの間には、愛の結晶オイフォリオンが誕生する。物語は中世のゲルマン世界であるが、古代ギリシアの理想郷アルカディアに似た牧歌的な家族劇の印象をあたえている。まさに古典主義とロマン主義とが融合して「幻影（ファンタスマゴリー）」の空間が展開されるのである。

天衣無縫に育ったオイフォリオンは、父と母であるファウストとヘレナの心配をよそに自由気ままに飛び回る。

オイフォリオン
子供のぼくが歌えば、
お父さまとお母さまの楽しみになりましょう。

拍子をとってぼくが跳ねれば、
お父さまとお母さまの胸もはずみましょう。

しかし自意識を手に入れた早熟のオイフォリオンは、父と母の愛を拒むように、次のような言葉を両親に投げかける。

もうこれ以上
地面に縛りつけられていたくありません。
ぼくの手を、
ぼくの髪を、
ぼくの着物を放してください。
これはみんなぼくのものです。

ヘレナとファウスト
この両親のことを思って、
あまりに活発な、
あまりにはげしい望みを

抑えておくれ、抑えておくれ。
ここで平和な田園にふさわしく、
舞踏の会を賑やかに楽しんでおくれ。

しかしオイフォリオンは、両親の心配をよそに、実際の行動に移り、蝋で翼をつけ太陽に向かって飛翔したイカルスのごとく、英雄的に夭折する。そしてそれはギリシア独立戦争で英雄的な死を遂げたイギリスの詩人バイロンの死を悼むゲーテの「哀悼の歌」にもなっている。しかも、この場面は早熟の天才児たちが激しく燃焼した「シュトゥルム・ウント・ドラング」(疾風怒濤)の文学運動の象徴にもなっている。
結局、オイフォリオンが夭折することで、夫婦の絆は切れる。

ヘレナ(ファウストに)
あの古い言葉は残念ながらわたしの場合にも、その真実が証されました。
幸せと美とは長くは手をつなぎあっていないのですね。
命の緒も愛のきずなも切れました。
これとそれとを嘆きながら、つらいお別れをいたします。
……

そして、このヘレナの台詞のあとに、ト書きには「ファウストを抱擁する。そのからだは消え、衣服とヴェールとがファウストの腕にいだかれて残る」と記されている。ファウストとヘレナの牧歌的、理想的な結婚生活は、息子オイフォリオンの死とともに終焉する。われわれは「ヘレナ劇」において、まさしく「幻影（ファンタスマゴリー）」を見ていたことに気づかされる[4]。

ここでわれわれは、この幻想シーンと現実のゲーテの結婚生活とを比較せざるをえない誘惑にかられる。幻想のスポットライトが強ければ強いほど、その影の部分としての現実生活は、必ずしも理想に近いとは思われないからである。ゲーテはイタリア旅行から帰ってきた一七八八年、三八歳のとき、庶民の娘クリスティアーネ・ヴルピウスと同棲し、翌年、二人の間には長子アウグストが誕生している。しかし後に、私生児アウグストを嫡男として受けいれ、一八〇六年、五七歳でクリスティアーネと正式に結婚し、彼女を正妻にむかえるまで、約二〇年間、ゲーテはクリスティアーネと内縁関係にあった。長く内縁関係にあり、身分不相応の妻を迎えたヴァイマル宮廷内のゲーテに対する眼差しが冷ややかであったことは想像に難くない。当然ながら、未婚で私生児を産んだクリスティアーネに対する世間の目も厳しく、クリスティアーネは『ファウスト第一部』のグレートヒェンの運命を思い起こさせることにもなる。

こうしたゲーテの身辺の決して明るくない現実生活を考えてみれば、ゲーテの「結婚生活」に対する理想の姿は、逆に、詩人の空想の世界で拡大していたのかもしれない。これまで幾多の恋愛を体験してきたゲーテの恋愛観が、単にプラトニックな愛だったのではないか、あるいはゲーテの現実の結婚観が、当時の閉鎖的な社会の道徳観念の枠を越えていたのではないか、といった疑念は、また別の難題であり、いずれにせよ、ゲーテの現実生活と詩的想像力の間には、大きな隔たりがあったことは確かである。

## 3　『西東詩集』（West-östlicher Divan）——西方と東方の融合

詩作が会得したければ
ぜひ、詩の作られる国へゆけ、
詩人の心がわかりたければ
ぜひ、その詩人の国へゆけ
「西東詩集のよりよき理解のために」より

クリスティアーネと正式に結婚し、『ファウスト第一部』、そして『親和力』が完成したとき、ゲーテは自分の作品全体に対するドイツ国民の理解を容易にするために、自伝を書き残す時が来たと考え、『詩と真実』に着手した。六〇歳の詩人は、自分の創作活動を多かれ少なかれ完成してしまったものとみなし、もはや咲き誇る抒情詩は望むべくもないと思ったのである。しかしゲーテの創作欲に一転機をきたすべき幸運が訪れる。それは東方の世界とその精神を代表するペルシアの詩人ハーフィズとの出会いであった。

この頃、ゲーテはハマー＝ブルクシュタルのドイツ語訳によるハーフィズの詩集を読み始めている。これをきっかけに圧倒的な広がりと美しさを持った一つの展望が開かれ、これと比肩し得るのは「イタリア旅行」のみと言っていいほどの喜びと躍動を経験した。それは第二の「イタリア旅行」とも言うべき「新たな岸への船出」であり、かつてカールスバードから南国イタリアへの出発を「ヘジラ」（逃走）と呼んだように、ゲーテはこの船出を同じ言葉で、メッカからメジナへのマホメットの逃走にちなんで「ヘジラ」と呼んだ。

逃走（ヘジラ）

北　西　南は砕け散り
王座は裂け　国々は揺らぐ
逃れよ　清き東方にて
族長の邦の大気を味わわんために
恋しつ　酒くみつ　歌うたいつ
きみは不老の泉《キーゼル》に若やがん

「詩人の巻」から

たとえ世界が滅びようとも、
ハーフィズよ、君と、君とのみ、

私は歌をきそいたいのだ。

「ハーフィの巻」から

ゲーテは、詩の題「逃走」に精神的な東方への逃走と新生面の開拓の意を託している。この詩集の世界を流れる基調は東洋的精神であり、それはゲーテ自身によって付記された膨大な「註記・論考」(「西東詩集のよりよき理解のために」)に見られるように、単に、詩人ゲーテの観念的なファンタジーによって創造された東洋観ではなく、ゲーテのイスラム世界、コーラン、旧約聖書などの研究成果に裏打ちされた精神である。

六四歳になったゲーテは、一八一四年と一八一五年の二回、ライン川、マイン川、ネッカー川流域の旅に出た。この旅において、『西東詩集』に豊かな実りをもたらしたものとして、マリアンネ・ヴィレマーとの交遊が挙げられる。マリアンネはフランクフルトの銀行家で枢密顧問官であったヨハン・ヤーコブ・ヴィレマーの妻である。フランクフルト劇場の監督をも勤めていたヴィレマーは、一八〇〇年、四〇歳の時に、十六歳の女優マリアンネを養女として家に引き取り、先妻の子供たちと共に養育していた。その後、一八一四年九月、ヴィレマーは彼女を妻としたのである。マリアンネは才気に富み、交際に長け、詩を作る才能があった。ゲーテはヴィレマーと知り合いの間柄であり、この旅の途上、一八一四年十月に彼の家を訪ね、三〇歳のマリアンネと知り合ったのである。彼女はゲーテを心から尊敬して別荘のゲルベルミューレに招き、夫婦で歓待した。

一八一五年、二回目のラインの旅に出たゲーテはゲルベルミューレに五週間も滞在している。その間にマリアンネはゲーテの詩を朗読したり、また自分も詩を作ってゲーテと交換した。『西東詩集』の中でズライカと呼ばれるのは、マリアンネであって「ズライカの巻」はゲーテとマリアンネとの愛情関係から生まれている。この一巻は『西東詩集』の中で最も個人的な体験に育まれたものであり、生気に富んでいる。これによって老熟したゲーテの人生智に若々しいエロスが織り交ぜられ、「ズライカの巻」だけでも不朽の価値をもつ一巻の抒情詩を成している。

人妻であるマリアンネとの間に微妙な心的交渉を持つことにより、またしても老ゲーテの心情に火が点じられた。それはすでに婚約者のいたシャルロッテ・ブッフ、人妻シュタイン夫人などへの許されざる愛に燃えたゲーテの禁断の愛の再燃であった。

「ズライカの巻」の幾編かは、マリアンネの作であり、それらにゲーテが改作を試みたものもある。(5) ゲーテの死後二四年をへて、マリアンネはヘルマン・グリムにあてた書簡の中で、『西東詩集』のズライカは自分であること、そして、そこにおさめられた幾つかの詩は自分の作であることを告白している。

ここで「ズライカの巻」において、ハーテムとズライカの名前に置き換えられたゲーテとマリアンネの愛の相聞歌から、二人の情愛を垣間見ることにしたい。

ハーテム
機会が盗人を作るにあらず、
機会こそは最大の盗人なれ、
そはわが心に残りたる
最後の愛を盗みたれば

ゲーテは一八一五年八月十二日から九月八日までヴィレマー家の客となっていたが、この詩は、九月十二日、ゲーテからマリアンネに送られた最初の詩である。ドイツ語に「機会が盗人を作る――盗みは出来心」(Gelegenheit macht Diebe) という諺がある。いま自分の心がマリアンネに傾いたのを、ゲーテはこの諺をもじって「自分の心があなたに盗まれた」と愛の告白をしている。

次の詩は、ゲーテの詩に応えて九月十六日にマリアンネが作った詩である。ゲーテは若い頃から、愛する女性たちに数多くの詩を捧げた。しかし彼女たちは、自ら詩をもってゲーテの愛に応えることはなかった。だが詩才のあったマリアンネは、即座に、自作によってゲーテの愛に応えたのである。

ズライカ（マリアンネ作）

あなたの愛にいたくうれしく／われは機会をののしらず、
そはあなたを盗みしが／かかる盗みのいかに嬉しき。

また何とて盗みと言うや、／進みてあなたをわれに与えよ、
いなとは敢えてわれ言わん、／盗みをせしはわれなりと。

あなたが喜びて与えしものは／あなたをこそ富ますなれ、
わが安らいと豊けき命／進みて与えん、そをうけよ。

貧しなどとなたわむれそ、／愛はわれらを富ますならずや、
わが腕にあなたを抱くとき／わが幸にまさる幸なし。

マリアンネは、喜びを込めてゲーテの愛を「いたくうれしく」（Hochbeglückt）受けいれている。それどころか、マリアンネの心を読み解くならば、「盗みなどと言わないでください。私の側から、自らあなたに愛を捧げます。それを受けとめてください！」とゲーテの愛に積極的に応えている。

マリアンネの愛を確信したゲーテは、まだ若々しいマリアンネと比べて、いかにも老体した自分の容姿を恥じらうかのように、次のような詩をマリアンネに送っている。

ハーテム

巻き髪よ、我をはなすな
汝の顔《かんばせ》の輪のうちに、
汝が褐色のとぐろ巻く髪に
応うべきもののなけれど。

されどこの心かわらず、
うら若き花とふくらむ、
雪、霧雨《きりさめ》の下にありとも
エトナのごと汝に燃えなん。

朝焼けに染まるかの壁岩のごと
汝の姿はわれを恥じしむ、
かくてハーテムまた感ず、

Du beschämst wie *Morgenröte*
Jener Gipfel ernste Wand,
Und noch einmal fühlet *Hatem*

春の息吹と夏の烈火を。　Frühlingshauch und Sommerbrand.

この詩では、「すでに白髪の身ではあるが、雪を頂くエトナの火山のように、私は君のために燃えている」と詩人ハーテムは、おのれの燃える思いをズライカに伝えている。しかし、ここでゲーテは詩作上のトリックを弄することによって、あえて仮面をはずして自己を曝している。

引用したドイツ語原文の一行目と三行目は、本来であれば韻を踏まなければならない。しかし、Hatem を Goethe に置き換えた場合、Morgenröte と Goethe は立派に韻律が成立する。これはゲーテの「遊び心」なのか、あるいは仮面をかぶり、ヴェールを纏い続けることに率直な愛が伝わらないと考えたゲーテの「真摯な思い」の表れなのか、そこには様々な解釈の余地がある。いずれにせよ、ゲーテは次の詩に暗示されているように、二人の親密な関係を東洋の植物「いちょう葉」に譬え、現実を超越し、自らの体験に普遍性を付与しようとしている。

いちょう葉（Gingo Biloba）

東の邦よりわが庭に移されし
この樹の葉こそは
秘めたる意味を味わわしめて
物識るひとを喜ばす

こは一つの生きたるものの
みずからのうちに分れしか
二つのものの選び合いて
一つのものと見ゆるにや

かかる問いに答えんに
ふさえる想念《おもい》をわれ見いだせり
おんみ感ぜずや　わが歌によりて
われの一つにてまた二つなるを

次の「東風に寄せる」詩はマリアンネの作であるが、ゲーテは部分的に修正を施している。ゲーテの改作と比較すると、マリアンネの詩は、自分の感情に忠実で、「遊び心」などは微塵も感じられない。むしろマリアンネは、ゲーテに心を盗まれてしまったかのようである。

ズライカ（ゲーテ改作による）

このそよぎ何を示すや、
東風のもちくるやよき報せ。

（マリアンネの原詩）

そして東風のひそかなささやきは
友のいとしい挨拶を私につたえるはずである

すがしき風のはばたきは、
心の深きいたでをひやす。
……
燃ゆる日の熱やわらげつ、
ほてりたるわが頰をもひやす、
とびさりながら野に丘に
光るぶどうにくちづけす。

そのひそかなるささやきは、
かの君のいとしき言葉。
丘の辺暗くならぬまに
我はうけん君の千のくちづけ。
……
ああ真実の心のしらせ、
愛の息吹き、すがしき命、
君の口のみ我に与えん、
君の息のみ我にえ与う。

丘々が暗くならないうちに
私はそっとあの方の足もとに座る

次の「西風」の詩も、マリアンネの作であるが、恋した女の切ない思いが伝わってくる。去りゆく人を思って、わが思いを「しめりたる西風」に託しながら、「もし、あなたに会う望みがなければ、悩みゆえに、わが身は滅びるだろう」と二人の永遠の別れを予感させている。

ズライカ（マリアンネ作）

ああ西風よ、しめりたる／汝の翼のねたましき。
はなれいるわがなやみ／君に告げうる汝なれば。

汝がはばたきは秘かなる／こがれを胸にめざましむ、
花、瞳、森も小山も／汝のいぶきになみだぐむ。

されどやさしくそよぎきて／いたむまぶたをひやしゆく
ああ君にあう望みなければ、／われはなやみにほろびなん。

さらば急ぎてゆけよかし、／やさしく語れかの君に。
悲しみごとは言うなかれ、／われの痛みはかくすべし。

告げよされども控えめに、／君が愛こそわがいのち、
ともにある嬉しき思い／君がかたえにありてこそ。

一八一五年九月、再会を約束して別れたゲーテとマリアンネは、結局は、マリアンネの予感どおり、永遠の別れを体験しなければならなかった。互いに家庭をもつ身であれば、当然の宿命といえるだろうか。しかし詩に織り込まれた二人の秘めた情事は、「ズライカの巻」の相聞歌となって永遠に誌されることになる。このように見てくるとゲーテの詩は、青年期のゼーゼンハイムでのフリーデリーケ体験から晩年にいたるまで、現実の様々な愛の体験から、しかも「悲恋の体験」から産み出されたものが多いように思われる。

＊　＊　＊　＊　＊

死の前年、一八三一年、ゲーテは八二歳で『ファウスト第二部』を完成する。ゲーテの人生は、まさに「ファウスト劇」とともにあったと言っても過言ではないだろう。

時よとまれ、汝はなんと美しいことか！
Verweile doch, du bist so schön !

と、心の中で瞬間に向かって叫び、メフィストフェレスとの契約に破れたかにみえるファウストの魂は、民衆本『ファウスト博士』とは異なり、最後には天上に救われる。ここに新しい時代を先取りするゲーテの人間観が表れている。天使たちは、次のように合唱してファウストの魂を迎えるが、ゲーテの究極の意図がここにあることは言を俟たない。

どんな人にせよ、たえず努力して励むものを、
わたしたちは救うことができるのです。

天上からは、かつて「グレートヒェンと呼ばれた懺悔する女」の声が聞こえてくる。このグレートヒェンの声によって、『ファウスト』「第二部」は「第一部」と循環的に結びつき、そして「神秘的な合唱」が壮大なファウスト劇を締めくくる。

なべて移ろいゆくものは
比喩にほかならず
足らわざることも、
ここにて高き事実となりぬ。
名状しがたきもの、

ここにて成しとげられたり。
永遠に女性なるもの、
われらを高みへ引きゆく。

finis

ファウストの飽くなき魂は、この「永遠に女性なるもの」(Das Ewig-Weibliche)によって浄化され、自らの罪によって悲劇に陥れたグレートヒェンの魂に救われる。最晩年、死期を自覚したゲーテは『ファウスト第二部』の最後に、「懺悔する女」としてグレートヒェンの名前を出すことによって、心の底からフリーデリーケに懺悔し、赦しを乞うているかのようである。しかし、すべての人生と同様に、ファウストの物語もまた「移ろいゆくものの比喩」にほかならない。

## おわりに　世界文学への歩み

ゲーテ――それはドイツの出来事ではなく、ヨーロッパの出来事である。すなわち自然への回帰によって、十八世紀を克服する壮大な試みであり、十八世紀の側からの、ある種の自己克服である。

ニーチェ『偶像の黄昏』より

『ファウスト第二部』で古典主義とロマン主義の融合、『西東詩集』で西方と東方の融合を試みたゲーテは、一八二七年一月三一日、七七歳のとき、エッカーマンに次のような興味深い話をしている。

> われわれドイツ人は、われわれ自身の環境のようなせまい視野を抜け出さないいないならば、ともするとペダンティックなうぬぼれにおち入りがちとなるだろう。だから、私は好んで他国民の書を渉猟しているし誰にでもそうするようにすすめているわけさ。国民文学（Nationalliteratur）というのは、今日では、あまり大して意味がない、世界文学（Weltliteratur）の時代がはじまっているので。だから、みんながこの時代を促進させるよう努力しなければだめさ。（傍点、引用者）

また同日のエッカーマンとの対話には、次のようなゲーテの言葉も記録されている。

「私には近ごろいよいよわかってきたのだが」とゲーテはいった、「詩というものは、人類の共有財産であり、そして、詩はどんな国でも、いつの時代にも、幾百という人間の中に生みだされるものだ。ある作家は、ひとより多少うまく、ひとよりほんの少しのあいだ抜きんでている、ただそれだけのことさ。」

(…)

「もし、詩人が歴史家の説く歴史を、そもまま繰り返すだけなら、一体詩人は何のために存在するのだろうか！　詩人は歴史をのり越えて、できるかぎり、もっと高いもの、もっと良いものを与えてくれなければ嘘だ。」(6)

世界文学という概念を考えるとき、どうしても「国民文学」対「世界文学」という対立項を考えざるをえない。ヘルダーの要請により、ドイツのシェイクスピアたらんとしたゲーテがドイツ国民文学の基盤を築いたことは文学史上の通説である。にもかかわらず、ゲーテが「もはや国民文学は意味をなさず、世界文学を志向しなければならない」と語った意図は何だったのだろうか。それはニーチェが『偶像の黄昏』で的確に指摘している言葉に凝集されるのではないだろうか。つまりゲーテは、絶えず「自己克服」を試行していたのである。

初期のシュトゥルム・ウント・ドラングの時代から、晩年に完成した時間・空間を超越した壮大なスケールの「ファウスト文学」や「西東詩集」の世界に至るまで、すでに見たように、これらすべては愛に苦悩し、愛に傷ついたゲーテ自画像の文学的な軌跡にほかならなかった。たとえ政治的には保守的であったにせよ、ゲーテ自身は、つねに狭い垣根や固陋な慣習、旧態依然としたモラルを否定しようと模索していた。

またゲーテの自己形成、人間形成という観点から忘れてはならない長編小説がある。それはドイツ教養小説の礎を築いた『ヴィルヘルム・マイスター』である。教養小説とは、大河の流れのごとく人間精神の発展的軌跡を辿るロマンである。ゲーテは二七歳で『ヴィルヘルム・マイスターの演劇的使命』（ウル・マイスター）に着手し、その後『修業時代』、そして『遍歴時代』が書き上げられたのは、一八二八年、七九歳の晩年である。『遍歴時代』には、「諦念の人々」というゲーテ最晩年の心情が綴られており、しかも新大陸アメリカ移住や共同社会の建設まで構想されている。ここには戯曲『ファウスト』や抒情詩集『西東詩集』では表現し得なかったゲーテの人間像、新しい社会への希望、そして世紀を超えた精神の憧憬が映し出されている。

したがって「世界文学」概念に込められた意味は、それが希望的な試行であるにせよ、詩人の宿命として「人類の共有財産」を築こうとするゲーテのもう一つの「憧憬」と捉えることができるのである。そのような意味も含めて、『ヴィルヘルム・マイスター』のミニョンの素朴な「憧憬」は、ゲーテの生涯の内奥を映し出す鏡になっているようにも思われる。

ただ憧れを知る人のみが、
わが悩みを知る！
ひとり、すべての
喜びより引き裂かれて、
はるかに眺める、

かの蒼穹の彼方を。
ああ！　われを愛し、われを知る人、
今は遠き彼方にありて。
目は眩み、
わが身は燃える。
ただ憧れを知る人のみが、
わが悩みを知る！

注

（1）ゲーテ『詩と真実』（第三部）（小牧健夫訳）、岩波文庫、昭和五〇年、一〇五頁以下。
（2）エーミール・シュタイガー『ゲーテ』（中）（三木正之他訳）、人文書院、一九八一年、八頁。
（3）民衆本からの引用は『ヨーハン・ファウスト博士の物語』（道家忠道訳・編）、朝日出版社、一九七四年、一三七頁以下による。
（4）未完に終わったが、ゲーテはモーツアルトのオペラ『魔笛』に続編『魔笛第二部』を書こうとしていた。ゲーテの『魔笛第二部』では、試練を乗り越えて結婚したタミーノとパミーナの間に子供が授かる。その早熟な子供は、まさにファウストとヘレナの結婚から生まれたオイフォリオンを連想させる。この点に関しては、拙論「ゲーテの未完の戯曲『魔笛第二部』解釈の試み」、成蹊大学文学部紀要第四三号（二〇〇八年三月）参照のこと。

(5) Hermann Grimm (1828–1901)、グリム兄弟の弟ヴィルヘルム・グリムの息子、美術史家。ミケランジェロ、ラファエロ、ゲーテに関する書物を著した。

(6) ゲーテの「詩人と歴史家の違い」に関する言及は、アリストテレス『詩学』第九章を連想させる。Aristoteles: Poetik (Reclam) 1976. 及び『詩学』(アリストテレス全集 第一七巻、岩波書店、一九七二年)参照のこと。

## 参考文献

Goethe・Faust, Der Tragödie erster und zweiter Teil, Urfaust: Herausgegeben und kommentiertvon Erich Trunz, München 1982.

Goethe・Gedichte: Herausgegeben und kommentiert von Erich Trunz, München 1988.

Goethe, Johann Wolfgang: Dichtung und Wahrheit I, II, III, Insel Verlag, Frankfurt am Main 1975.

Goethe, Johann Wolfgang: Gedichte, Stuttgart 1967 (Reclam).

Goethe, Johann Wolfgang: Die Leiden des jungen Werthers, Stuttgart 1977 (Reclam).

Goethe, Johann Wolfgang: West-östlicher Divan, in: Goethes Werke Band II, Hamburger Ausgabe in 14 Bänden 1965.

Eckermann, Johann Peter: Gespräche mit Goethe, In den letzten Jahren seines Lebens, F. A. Brockhaus Wiesbaden 1959.

Historia von D. Johann Fausten, Text des Druckes von 1587, Kritische Ausgabe: Hrsg. von Stephan Fussel u. Hans J. Kreuzer, Stuttgart 1899 (Reclam).

Wilpert, Gero von: Goethe-Lexikon, Kröner Verlag, Stuttgart 1988.

Nietzsche, Friedrich: Sämtliche Werke (Götzendämmerung), Kröner Verlag, Stuttgart 1964.

Aristoteles: Poetik (Reclam) 1976. (『詩学』アリストテレス全集　第一七巻、岩波書店、一九七二年)

ゲーテ『ファウスト』(手塚富雄訳) 中央公論社、一九八一年。

ゲーテ『西東詩集』(小牧健夫訳) 岩波文庫、一九九一年(第四刷)。

ゲーテ『若きヴェーテルの悩み』(佐藤通次訳) 角川文庫、昭和四一年。

『ゲーテ全集　第五巻　ウィルヘルム・マイスターの修業時代』(高橋義孝、近藤圭一訳) 人文書院、昭和四一年。

『ゲーテ全集　第六巻　ウィルヘルム・マイスターの遍歴時代』(山下　肇訳) 人文書院、昭和四二年。

『ゲーテ詩集』(高橋健二訳) 新潮文庫、昭和六二年(七一刷)。

ゲーテ『詩と真実』(全三部)(小牧健夫訳) 岩波文庫、昭和五〇年(第一九刷)。

エッカーマン『ゲーテとの対話』(全三冊)(山下肇訳) 岩波文庫。

エーミール・シュタイガー『ゲーテ』(上)(中)(下)(三木正之他訳) 人文書院、一九八一年。

民衆本『ヨーハン・ファウスト博士の物語』作者不詳(道家忠道訳・編)、朝日出版社、一九七四年。

小栗　浩『「西東詩集」研究』郁文堂、一九七二年。

小栗　浩『人間ゲーテ』岩波新書、一九七八年。

付記

本論におけるゲーテ著作品からの引用は、参考文献に掲げた各種翻訳、研究書を参照しているが、煩雑を避け、特に引用箇所は記していない。またドイツ語原文に照らして、引用者による修正箇所があることをご了承願いたい。

# 谷崎潤一郎「春琴抄」における〈恋愛〉の読み方
## ――久保田万太郎「鵙屋春琴」を補助線として――

林　廣親

### 1　はじめに

「春琴抄」（昭八・六『中央公論』）は、男女の愛情関係をめぐる小説には違いないが、いわゆる恋愛小説とはおよそ異なる関心をもって読まれてきた作品である。あらためて言うまでもなさそうだが、『日本近代文学大辞典』(1)の解説（野村尚吾）を次に抄出して一般的な作品観を確認しておきたい。（改行は筆者）

盲目の美女春琴とその家の奉公人で手引き役の佐助といった関係が設定されている。敬慕する春琴は、佐助にとっては主人であり、地唄を通して師匠でもあるけれど、また夫婦の関係にもあるといった複雑な立場にある。しかも、表面はあくまで奉公人で門弟の位置を崩さない。それは、マゾヒズム的な自己放棄による悦楽境ともいえるが、それだけに春琴はいっそうサヂズム的態度を強めるのである。

だがこれを、逆な立場から見れば、佐助の立場は高貴な美女を犯す性的感激と残酷さを内包していることにもなる。しかも春琴が一夜、遺恨から顔面に大火傷を被ったあとその顔を見ないために、佐助は瞳孔を針でつぶして盲目となる。それによって春琴の美しいイメージを保持するばかりか、盲目にしてはじめて体験できる真髄と陶酔を発見し、無常の法悦境に入るのである。

ここには谷崎文学の年来のマゾヒズムによる恋愛歓喜と女性拝跪の局地を見ることができ、また盲目の犠牲によって美の永遠性を達成させたのである。

「恋愛」ということばは使われているが、「マゾヒズムによる」という限定付きで一般的な意味のそれではない。この解説に見られる「マゾヒズム」「サヂズム」「盲目」「美」「永遠」といったことばはいずれも「春琴抄」評価の決まり文句である。そうした関心に基づく読みを作者の谷崎本人の性向と結びつけるのも研究史の特徴で、それらが一つの作品観を支え続ける閉じられた円環をなして現在に至っている。「春琴抄」研究史は一般的な恋愛小説の発想や感受性の及ばぬところで自足してきた感がある。それは〈恋愛〉の一方の当事者である春琴の心に目を向けるという発想がなされなかったからだか、そもそもその余地が無い小説だとするのが通念である。しかしそこに「春琴抄」の読みの盲点があるのではないか。

## 2 〈恋愛欠落の文学〉

小説家の河野多恵子が昭和五十一年に発表した『谷崎文学と肯定の欲望』(2)は、読売文学賞を受賞し研究者にも少なからぬ影響を及ぼしてきた谷崎論だが、その中に「恋愛欠落の文学」と題した章があって極めて興味深い。このようにはっきり断定された場合、その判断を受け入れるかどうかを考えざるを得ないからだ。

河野は谷崎文学の特色として「終始男女の事が主題に択ばれているにも拘らず、平たくいえば、恋愛小説が殆ど皆無であり、実は恋愛が欠落している」と述べて次のようにその理由を説いている。

　恋愛の意味は辞書の一言の説明でいえば、〈男女間の恋い慕う愛情。即ち愛する異性と一体になろうとする愛情〉であって、一体になろうとする愛情には常に疑惑と不安がつきものである。相手の一体になりたさにの多寡について、自分のそれについて、更に一体になれるかどうかの属性的諸条件について、思惑多いこと一方ならぬものがある。(略)この一体ということは、単に結婚や恋愛成就だけでなく、一体になれるかどうか、一体であるかどうか——つまり一体ということをめぐる思惑が、肉体を含めて異性愛の基本だろう。(略)谷崎文学における男女の世界は、異性に対する一体をめぐる思惑の欠落した世界である。愛する異性と一体になり得る愛情世界である。一体になり得ており、なり続け得ると見做されている愛情世界である。

終わりの方がやや分かりにくいのだが、「愛する異性と一体になり得る愛情世界」とは恋愛の成就がはじめから約束されている世界ということだろうか。なるほど「春琴抄」でも佐助と春琴は十代の頃から行住坐臥を共にすることを周囲から認められ、当人達もそれを当たり前の事として疑わない。二人は春の兆しと共に肉体的にもおのずと一体となり、やがて周囲からも実質的に夫婦として見られるような関係となって、そして死後も離れることなく比翼の塚をなしている。佐助にとってこの世に春琴以外女性はおらず春琴にとって佐助以外の男性はいない。最初から最後までそうなのだから「異性に対する一体をめぐる思惑」が入り込む余地もない関係で、だから「恋愛」を欠いた愛情世界なのだという理屈になるのだろう。

河野説では「一体」ということばは体と心を含めた意味で使われている。しかしそのどちらに恋愛の本質があるかと言えばやはり心の方ではないか。〈恋愛〉の試金石は何よりも心と心の出会いであり、その瞬間にもたらされる一体感にあるに違いない。そう考えた場合、盲目になった佐助にその事実を告げられ、「佐助それはほんとうか」という「短い一言」を春琴がもらした時二人の心ははじめて「一体になり得た」のだと読める。しかし河野を含めて「春琴抄」論の常識はそこに「春琴の心」を読みこもうとはしない。それはなぜか。

河野は「春琴抄」の春琴は「佐助の心理的マゾヒズム」による「人格上のフェティシズムを経た春琴」であり春琴そのものではない「多分に架空の春琴」であるとする立場に立っている。それによって「心理的マゾヒズムという男女の性の世界を創造し終せているがゆえに、広い意味での恋愛者としての、男女というものが欠落しているのである」として谷崎の言を引き合いに出しながら次のように書いている。

〈春琴や佐助の心理が書けてゐないと云ふ批評に対しては、何故に心理を描く必要があるのか、あれで分つてゐるではないかと云ふ反問を呈したい。「春琴抄後語」と題して遂にそのことに触れる暇がなかつたけれども、以上の所懐を読んで戴けば、あとは宜しくご賢察に任せる〉と作者は言う。実に粗雑で曖昧な答弁だとしか思われない。

春琴の心理は、全く書けていないのである。書けているとか、いないとかの問題ではなくて、書かれていないのである。そして、彼女の心理は描く必要がないだけではなくて、描いてはならないのだ。終始、佐助の見拵えた春琴であるべきだからで、そうして見事にそうあらしめることを得た以上、彼女の心理など〈あれで分かつてゐる〉はずはないだろう。

この断定は読み方と切り離せない。「春琴抄」に「恋愛の欠落」を見、春琴を「作者と佐助の彼女の人格に対するフェティシズムたる心理的マゾヒズムの有機的な虚構の彼女」と見、「この作品の核心は佐助の失明願望なのだ」とするのが河野の〈読み〉である。それは「因みに、私はこの作品を措いたうえでのことではあるが、賊として特に疑わしい人物として更に今一人、外ならぬ佐助を加えて見て『新春琴抄』を想像する。」という意識的なフライングに通じている。この河野の「作品を措いたうえでの」想像が切っ掛けとなり、さらに野坂昭如の発言もあって、以後かなりの期間「春琴抄」研究は春琴に大火傷を負わせた犯人探しで佐助犯人説、春琴佐助の黙契説、春琴自害説等々と〈活況〉を呈することになった。

## 3 佐助に寄りそった読みの慣習について

中村ともえ「虚構あるいは小説の生成(3)―谷崎潤一郎『春琴抄』論―」は犯人探しをめぐる言説がやや距離をおいて見られる時期になって後に出たいわば新世代の作品論で、「春琴抄」の近代小説に対する批判性を論じたものだが、その第二節は「春琴と佐助の恋愛物語《ラブ・ストーリー》」と題されていて興味を引く。河野説への言及もあるので書き出しを次に示す。

本作は、春琴への愛と献身のあまり佐助が自ら眼を突くに至るという恋愛の物語《ラブ・ストーリー》として読まれて来た。「春琴抄後語」の「あれで分かつてゐるではないか」という「反問」に沿うとすれば、眼を突くに至る佐助の心理は、春琴への愛として了解されたのである。「恋愛」の語は本文中にも散見され、これが一種の恋愛文学であることは疑われない。だが河野多恵子は、谷崎の小説がしばしば男女のことを主題にしながら、実際にはそこに恋愛が欠落しているとして、これに「恋愛欠落の文学」というキャッチフレーズを付けた。本作（『春琴抄』）もまた、恋愛心理の――あるいはその描写の――欠落した恋愛文学である。とすれば、恋愛はどこに在るのか。

河野が指摘した恋愛心理の欠落という問題に対して、中村は作中に「恋愛」の語が散見されることからも「これが一種の恋愛文学であることは疑われない。」と述べながら、「恋愛」はどこにあるのかと改めて問い、そして次のような逆説的な読みの提起に至っている。

> そもそも二人の関係を「恋愛」として規定するのは徹頭徹尾「私」である。たとえば「伝」にその視点はない。また周囲の人間にも「恋愛」を肉体関係や夫婦関係と区別する視点はない。一般に考えられているように、彼は春琴への愛のあまり眼を突いたのではない。「私」の所謂「恋愛」は、佐助が眼を突いた結果はじめて実現＝成就するのである。

この読み方は佐藤春夫の「僕の見るところでは『春琴抄』の前半は要するに佐助が自ら手を下して失明するに到る順序の説明にしか過ぎないもので、そこには潤一郎にとつて恐らくは何等の小説もないであらう。かれの小説は佐助の失明によつてはじまるとさへ言へるであらう。」という発言を受けたもので、「春琴の美貌が破壊されると佐助はそれを見まいとして眼を突いた。盲目の世界で春琴の醜い顔は美しい顔へと転換され、そのとき『恋愛』は成就する」のだという。

中村はさらに谷崎の随筆「恋愛及び色情」に言及して谷崎が「『恋愛』を、あるいは『高尚なる恋愛文学』に於ける『恋愛』を、男の見る夢幻的な世界のうちに女の気高い幻想＝映像があらわれることとして規定した」ことを指摘し、「春琴抄」の「恋愛」は「佐助の幻視のうちにしか存在しない虚構《フィクション》である」と結論している。中村論は同時代評や谷崎の発言を丁寧に取り込んで説得力に富む好論なのだが、一貫して佐助の側にしか眼を向けない点では従来の作品観の内に止まっており、「春琴抄」の〈恋愛〉を論じたものとしてはそれが物足りない。

なるほど「春琴抄」の物語は実に巧妙に組織されたフィクションである。語り手の「私」は谷崎自身と重ねて読まれやすいのだが、「嘗て佐藤春夫が云つたことに聾者は愚人のやうに見え盲人は賢者のやうに見えるといふ説があつた」と書くのは読みの意識を方向づけるためである。語り手はこれで文句なしに信用できる人物となる。「春琴抄」は「〇」で区切られた二七節からなっているが、その第二節にこの余談がある。いわば語りが始まってまもなく自己紹介があるのだが、「私」が谷崎であるはずはない。下寺町の某寺に春琴佐助の墓を尋ねるという物語の発端は彼が作中人物であることを示している。要するに仮構された存在であり、それゆえに佐藤春夫に言及する時も、「嘗て友人の佐藤春夫が云つたことに」とは書けないのである。つまりこういう仕方で作者は読みの手綱をゆるやかに握っている。手綱は引き締められてはいない。そこに全知の語り手ならぬ「私」の語りに対する読みの想像力の余地が残されている。

だが読者はそんな語り手の「私」に同調し、「佐助」に寄りそってしか想像力を働かせようとしない。それが端的に現われているのは自ら眼をつぶした佐助の心理にも関わる犯人探しだが、そこに丁稚時代に押入で三味線の一人稽古をした時の春琴との同化願望の実現をみることで満足するのは皆同じである。良くも悪くも「春琴抄」研究史の最大トピックとなった犯人探しだが前田久徳の真相不在説(4)以後もそれが下火にならなかったのは不思議なことだ。

「春琴抄」の犯人探しの特徴は常識的な発想に無関心なことである。河野多恵子や野坂昭如の発言は研究者の話題になっても、久保田万太郎による「春琴抄」の脚色が話題にならなかったのはそのためだろう。ことはいわば想像力の質という問題にもかかわってくるが、万太郎は春琴と佐助の心に等分に寄り添いつつその想像力をを働かせている。小説の脚色といってもリライトをはるかに超えた作品だと云ってよい。谷崎は「あれで分かつてゐるではないか」と言った。これもその分かり方の一つに違いない。やや寄り道になるがこの機会にその特徴を見ておきたい。

## 4　久保田万太郎作「鵙屋春琴」の想像力

久保田万太郎の戯曲に「鵙屋春琴」(5)と題した作品がある。昭和十年八月新劇座第十二回公演の舞台に挙げられた作品で、新派の花柳章太郎のために「春琴抄」を脚色したものだという。無論谷崎も了解しての事だろうし、戯曲集『釣堀にて』の「附記」には「なほ、この作のなかの天鼓の歌は、佐藤春夫君のとくにわたしの脚色のためにつくつてくれたものである」と記されているから佐藤も一枚かんだ作品ということになる。

「鵙屋春琴」は四場からなり、「その二」で春琴が火傷を負う夜の出来事が描かれ、「その三」の終わりが次のやりとりになっている。

佐助　これでわたくし、お師匠さまと同じ世界に住むことが出来るやうになつたので御座います。……わたくしは、もう、おもひ残すことはございません。……俄めくらのかなしさに、御用をつとめましても、お気に召さないことばかりかも知れません。……が、いまゝで通り、どうぞお身のまはりのお世話をおさせ下さいまし。……おねがひで御座います。……それだけがお願ひで御座います。間。

春琴　いまのこのあさましいすがたを、外のものにはみられても、お前だけにはみられたくなかつた。……よく、それを。……よく、そのこゝろを察してくれました。

佐助　……

春琴　礼を……礼をいひます、佐助。……

佐助　……

春琴　この通り。……この通り、佐助……（ト、手を合せる）

佐助　（その手をさぐつてみて）も、もッたいない。……もッたいない、お師匠さま。
春琴　佐助……（トその手を犇《ひし》ととる）
佐助　お師匠さま。……（トその手をまた犇ととる）
　　……二人、とゞ相抱いて泣く。

万太郎は、「お師匠さまと同じ世界に住むことが出来るやうになつた」という佐助のセリフと「お前だけにはみられたくなかつた」という春琴のそれで小説のポイントとなるプロットを押さえながら、二人が「相抱いて泣く」という一体化の場面を劇の見せ場に持ってきた。「その三」のはじめに登場した佐助はすでに眼が見えない。注目すべきはト書きに次のように書かれてあることだ。

……佐助、俄かめくらのおぼつかない足どりでかへつて来る。……「その二」のあとに於て、かれもまた、春琴のやうに失明したのである。……が、春琴はそれをまだ知らないのである。……観客にしても、また、はつきりそれを感じないのである。

この劇には彼が眼を潰す場面は無い。彼が自らの手で「針をさし」たことは春琴の疑念に答えるかたちで明らかにされる。「春琴抄」の第二十三節と第二十四節がそのような形で脚色されている。
小説の第二十四節は「佐助痛くはなかつたかと春琴が云つた」と始まるが春琴は佐助が盲目となった原因を追究しない。ただしこの一文があるので佐助の行為を知っていたとも読めるのである。だから違和感はないが「御霊様に祈願をかけ朝夕拝んでをりました効があつて有難や」などといわれても普通は納得しがたいはずである。そこに想像力を働かせる余地がある。万太郎は二人に次のように対話させた。

春琴　何ごともなかつたものが俄に?……
佐助　へえ。
春琴（しづかに、しかも冷かに）わたしにはうけとれません。
佐助（おもはず）お師匠様……
春琴　さういふ不思議のあるものでせうか?

万太郎の読みは現実的で理詰めであり、彼の想像力はいわば人間普通の心の動きに向かって働く。小説の方では目を針で潰した直後の佐助が春琴の部屋を訪れ、盲目になったと伝えるのだが、万太郎は佐助が失明の事実を告げるのは、普段と異なる佐助の挙措に気づいた春琴に問われてのこととした。さらに失明の真の原因を春琴が知るのは、彼女が病で死ぬ間際なのである。彼女は火傷した顔を佐助にだけは見られたくなかった。佐助の失明を知った時救われた思いはしたが、ことが落ち着いて後、そのあまりにも好都合なできごとに不審の念を禁じえず、やがて死期をさとった時思い切ってその疑念を佐助に告げるのである。要するに万太郎は春琴と佐助の両方の心に添いつつ「春琴抄」を脚色している。

火傷事件の顛末も、佐助が自分の目を潰すという極めて異常な行為を敢えてしたことも無理はないと了解されるよう描かれている。それによれば意図して春琴に湯を浴びせた者はいなかった。つまりお湯かけ事件の犯人などというものはいないというのが万太郎説である。その夜佐助は春琴の部屋に泥棒が入ったのに気づく。それからの出来事は「その二」で次のように描かれる。（傍線筆者）

佐助　お師匠さま。……泥棒で御座います。お師匠さま。……お気をつけ下さいまし、お師匠さま。

……夢中にさういいつゝ、佐助、さぐり〳〵屏風のそばにより、恐怖におのゝき切つた春琴を身をもつてかばひつゝ屏風のそとに連れだす。……その間に、男、「天鼓」の籠を抱えて遁れ去らうとする。……三人、おのずからなる探りあいとなる。

……間。……風の音……

……男あやふく佐助をすりぬけて廊下に出る。……佐助、それを感じることによつて、おもはずまた「泥棒」とばかり、春琴を残してそのあとを追ひ、いそいで引きもどす。……二人、やゝはげしく揉みあふ。……とゞ、佐助、ふり切られてよろ〳〵となり、機《はず》みに、さゝへ損じた力を春琴の上にいたす。……避けるひまなく、春琴、突きとばされたと同じ結果をもって、「あッ」といふ間もなく、自分を、爐のなかにあやまつ。けたゝましい音。……鑵子の覆へることによつて浴びた熱湯のために、春琴、そのまゝ、失神せるさまに落つ。……その間に、男、遁れ去る。……

後に判明したこととして、賊は余市という春琴の弟子であり、春琴に恥をかかされたと思い込んだ怨みから春琴の愛する鶯を盗んで仕返ししようしたのである。しかしその場から遁れはしたものの元来が気の弱い男だったため夜の明けぬうちに川に身投げして死んでしまう。佐助がそのことを春琴に報告した折に彼女は彼の「居立が不自由な」気配に気づくのである。

佐助　お師匠さま。……どうぞ、お師匠さま、あの男をお許しなすつて下さいまし。……不憫と御覧下さいまし。……

……佐助、それまでの、どの場合にもみなかった、そうした昂奮の表情をゆくりなくそこに示す。
間。
春琴　不憫……（トひとり言のやうにいふ。……ホロリとした感じ）

長くなるのでここでは引かないが、「鵙屋春琴」の「その一」は稽古で瑕を負わされた娘の父親に談じ込まれた実家の兄と母親が春琴を諭しに訪れる場面である。もちろん小説の方にはないのだが、実家の人々との関係はこうもあったろうかという想像する余地に形を与えた大胆な脚色である。余りにかたくなな春琴の態度についに匙を投げた兄は月々の余分な援助をしないと通告するに至る。それは小説の「鵙屋の家でも父の安左衛門が生存中は月々春琴の云ふがまゝに仕送つたけれども父親が死んで兄が家督を継いでからはさう〳〵云ふなりにもならなかつた。」（第十九節）という記述を踏まえた万太郎流の想像である。

度を越えた気随気儘に苦言を呈されても、春琴は一言も答えずにそっぽを向き続けて兄の怒りを買う。陪席していた佐助が気をもむこと一通りではないが兄は憤然として席を立つ。つまり万太郎の「鵙屋春琴」はかたくな閉ざされた春琴の心をクローズアップする場面から始めて、その心に人への思いやりが目覚めるという出来事にドラマの焦点を設けている。先に引用したように佐助が彼女に余市を「不愍」と見てやってくれと頼むプロットもその契機の一つである。また佐助は失明を自ら告げることがない。これは「鵙屋春琴」の際立った特徴であり、なぜそうでなければならないのか、答えは明白だろう。

偶然のなりゆきとは言え、彼自身が春琴に火傷をさせてしまったとも見なせる出来事の経緯を思えば、彼自身の中に悔やんでも悔やみきれない思いがあったに違いない。その罪悪感が自ら針で目を突くという尋常ならざる行為を可能にした。それが一種の自己処罰なら、得々として春琴にそれを告げられるはずがない。いかにも万太郎らしい真っ当すぎる人間観に谷崎は苦笑しただろうか。しかしとっさの事であれ春琴に火傷をさせてしまった〈下手人〉を佐助としたことで、彼の行動は無理もないとして納得し得る。失明の真因を知るに至る過程を通じて春琴の心の内を描きだしたことで、この作品は「春琴抄」の見事な書き換えになりえた。

春琴　……不憫をかけられた一生。……それがあだとなつての、憂いこと辛いことを知らなかった一生。……人のなさけにわきまへのなかつた一生。……もしこの春の間違ひがなかつたら、わたしは、その一生の中で……うそでかためたその一生のなかで……死なゝければなりませんでした。……それを思ふと、あの與市は。……あの與市は、わたしにとつて……

佐助　お師匠さま……

「うそでかためたその一生のなかで……死なゝければなりませんでした」ということばに万太

郎の読みが見て取れて興味深いが、この春琴の述懐がドラマの行き着くところである。おそらく「春琴抄」研究者には話にもならない空想だろうが、このセリフはたとえば小説の、

按ずるに春琴の稽古振りが鞭撻の域を通り越して往々意地の悪い折檻に発展し嗜虐的色彩をまで帯びるに至つたのは幾分か名人意識も手伝つてゐたのであらう即ちそれを世間も許し門弟も覚悟していたのでさうすればする程名人になつたやうな気がし、段々図に乗つて遂に自分を制しきれなくなつたのである。（第十九節）

という記述に根拠を見いだせるものと考えられる。言い換えれば万太郎は谷崎が設けた想像の余地を生かしたに過ぎない。春琴の心こそ「春琴抄」研究の読みの盲点ではないか。

## 5　〈恋愛〉をどう読むか

そろそろ〈恋愛〉というテーマにもどろう。先掲中村論文に見られる次のような作品観は過去の論点を踏まえた読みの一つの到達点を示している。

『春琴抄』では、火傷によって醜く破壊された春琴の顔が、佐助の失明を経て美しい春琴の幻影＝映像へと転換され、このとき「恋愛」が成就する。「私」の所謂「恋愛」は、春琴

の美貌の破壊とそれを否認する佐助の失明という二つの条件が揃ってはじめて実現する。「佐助は現実の春琴を以って観念の春琴を喚び起す媒介としたのである」と説明されるこの「恋愛」が「観念」的であることは言うまでもないが、さらに言えば、それは佐助の幻視のうちにしか存在しない虚構《フィクション》である。現実の世界で失われた美しい春琴の像は、失明した佐助が眺める「過去の記憶の世界」に於いて虚構として回復される。佐助の失明以後に小説がはじまるとは、この意味においてまずは理解されるべきである。

佐助に焦点を絞って読めば確かに『春琴抄』の〈恋愛〉はこのように読めるだろう。しかしながらその読みは人としての春琴に対する想像力を疎外してしまう。「春琴抄」の読者は佐助の一人相撲に感動すれば足りるのだろうか。久保田万太郎の脚色は春琴の心に目を向ける余地があることを示唆している。「春琴抄」には春琴の心理が書かれていないという通念に囚われないで読むことができれば、春琴の感情や心理を想像することは決して困難ではない。『春琴抄』の物語としての頂点が第〔二十三〕、〔二十四〕節にあることは明らかだ。とりわけて〔二十三〕の次のくだりである。（傍線筆者）

程経て春琴が起き出でた頃手さぐりしながら奥の間に行きお師匠さま私はめしいになりました。もう一生涯お顔を見ることはござりませぬと彼女の前に額づいて云つた。佐助、それはほんたうか、と春琴は一語を発し長い間黙然と沈思してゐた佐助は此の世に生まれてから後にも先にも此の沈黙の数分間程楽しい時を生きたことがなかつた。

小説における恋愛にはさまざまなかたちがあるが、トリスタンとイゾルデのように身も心も磁石のように引き合って離れない関係は稀だろう。〈恋愛は〉むしろしばしばただ一語をめぐるそれぞれの思いを通じて描かれることが多い。ちなみに若い頃の谷崎は夏目漱石の小説のうち「それから」のみを恋愛小説として評価しているが[6]、この小説の焦点はいうまでもなく次の場面であり、そこで発せられる三千代の一言である。

三千代は矢張り俯つ向いてゐた。代助は思ひ切つた判断を、自分の質問の上に与えやうとして、既に其言葉が口迄出掛つた時、三千代は不意に顔を上げた。其顔には今見た不安も苦痛も殆んど消えてゐた。涙さへ大抵は乾いた。頬の色は固より蒼かつたが、唇は確として、動く気色はなかつた。其間から、低く重い言葉が、繋がらない様に、一字づゝ出た。

「仕様がない。覚悟を極めませう」

代助は背中から水を被つた様に顫へた。社会から逐い放たるべき二人の魂は、たゞ二人対ひ合つて、互を穴の開く程眺めてゐた。さうして、凡てに逆つて、互を一所に持ち来たした力を互いと恐れ戦いた。（十四）

恋愛小説では二つの心が向かい合う時がただ一度あればよい。谷崎の小説は〈恋愛欠如の文学〉だとした河野多恵子は「春琴の心理は、全く書けていないのである。書けているとか、いないとかの問題ではなくて、書かれていないのである。」と断定しており、研究者も春琴の心に関心を持とうとしない。しかし読もうとすれば春琴の心理はいたるところで読めるだろう。あるいは推察に難くない。「佐助、それはほんたうか」という一言には無量の思いがこもっている。

佐助それはほんたうかと云つた短かい一言が佐助の耳には喜びに慄へてゐるやうに聞えた。そして無言で相対しつゝある間に盲人のみが持つ第六感の働きが佐助の官能に芽生えて来て唯感謝の一念より外何物もない春琴の胸の中を自づと会得することが出来た今迄肉体の交渉はありながら師弟の差別に隔てられてゐた心と心とが始めて犇《ひし》と抱き合ひ一つに流れていくのを感じた

語り手はこの引用の直前に悪七兵衛景清の逸話を持ち出し「それと動機は異なるけれどもその志の悲壮なことは同じであるそれにしても春琴が彼に求めたものは斯くの如きことであつた乎過日彼女が涙を流して訴へたのは、私がこんな災難に遭つた以上お前も盲目になつて欲しいと云ふ意であつた乎そこ迄は忖度し難いけれども」と見せ消ちして見せる。それを受けた文脈によって読者は「佐助の耳には喜びに慄へてゐるやうに聞えた。」ことをそのまま〈事実〉と受け取る読

みに誘導される。しかし春琴の「感謝の一念」ははたして佐助の感じとったようなものだったのか。佐助に寄りそう語りの姿勢はかえってそうした疑問の余地を残すものだろう。春琴はその時佐助が自分の容貌を見まいとして目をつぶしたことのみに感動して「佐助、それはほんたうか」と「一語を発し長い間黙然と沈思してゐた」のだろうか。

野田康文は「谷崎潤一郎のいわゆる盲目三部作に表象されているのが、いずれも中途失明の盲者」であることを指摘している。(7) 春琴の心を想像する場合それは重要なファクターに違いない。語り手は「記憶力の強い彼女は九歳の時の己れの顔立ちを長く覚えてゐたであらうしその上世間の評判や人々のお世辞が始終耳に這入るので自分の器量のすぐれてゐることはよく承知してゐた」（第十四節）という。容貌に対する自信はともかく目が見えた時の記憶を持っていることそのものが問題だ。生まれながらの盲人が持たないその記憶は、盲人であることの不自由さや悔しさかなしさをことさらに感じさせ続けたに違いない。火傷事件の前兆のような天下茶屋の梅見のエピソードはそれをクローズアップしたプロットとして読める。

滑稽なことは皆が庭園に出て逍遥した時佐助は春琴を梅花の間に導いてそろりそろりと歩かせながら「ほれ、此処にも梅がございます」と一々老木の前に立ち止まり手を把つて幹を撫でさせた凡そ盲人は触覚を以つて物の存在を確かめなければ得心できないものであるから、花木の眺めを賞するにもそんな風にする習慣がついてゐたのであるが、春琴の繊手が佶屈した老梅の幹を頻りに撫で廻す様子を見るや「あゝ梅の樹が羨しい」と一幇間が奇声を発したすると今一人の幇間が「わたい梅の樹だつせ」と道化た恰好をして疎影横斜の態を為したので一同がどつと笑ひ崩れた。

中途失明者の春琴は目が見えないということがどういうことかを身にしみて知っている。「お師匠さま私はめしひになりました。」ということばに彼女は「佐助、それはほんたうか」という一言を発した後「長い間黙然と沈思して」いたという。「短かい一言が佐助の耳には喜びに慄へてゐるやうに聞えた」とあるが、これは佐助に寄りそった解説以外のものではない。春琴の深く思い沈んだ様子は佐助の感じ方にはかならずしもそぐわないイメージである。これで醜く変わった顔を見られずに済むという安堵感もなるほどあったかも知れない。しかしそれと共に盲人となった佐助の不自由を思いやる気持ちがその心に去来しなかっただろうか。そうした思いがあればこそ佐助に対して「唯感謝の一念より外何物もない」心も湧くのではないか。そしてそれは二人の関係に何をもたらしたのか。

九歳の時からこの時まで春琴にとっての佐助は要するに「手曳き」であった。

手曳きといふ役は手を曳くばかりが受け持ちではない飲食起臥入浴上厠等日常生活の些事に亙つて面倒を見なければならぬ而して佐助は春琴の幼時より此等の任務を担当し、性癖を呑み込んでゐたので彼でなければ到底気に入るやうには行かなかつた佐助は寧ろ此の意味に於いて春琴に取り欠くべからざる存在であつた。（第十四節）

こうした記述はその時までの春琴にとっては、佐助という存在が人というよりむしろ道具に近かった事情を示唆している。また肉体関係について「春琴の佐助を見ること生理的必要品以上に出でなかつたであらう乎多分意識的にはさうであつたかと思はれる」（第十三節）とあるのも同じことだろう。

佐助は「今迄肉体の交渉はありながら師弟の差別に隔てられてゐた心と心が始めて犇《ひし》と抱き合ひ一つに流れていくのを感じた」という。春琴はどうだったか。彼女の内にあった隔ての意識は師弟の差別よりもっと大きい決定的なものだった。佐助が自ら目を潰したと悟り、その意味を盲人としての自らの身に引きつけて思いやった時、彼女ははじめて佐助を道具としてではなく、対等の人格をもった存在として見出だすことができたのではないか。恋愛小説としての「春琴抄」の魅力は「佐助、それはほんたうか」という一言の重さをめぐる読者の想像力にかかっている。

注

（1）『日本近代文学大事典　第二巻』（昭和五十二年十一月　講談社）
（2）『谷崎文学と肯定の欲望』（『文藝春秋』　昭和五十一年九月）

（3）「虚構あるいは小説の生成―谷崎潤一郎「春琴抄」論―」（『日本近代文学 第74集』平成十八年五月）

（4）「物語の構造・谷崎潤一郎『春琴抄』」（『国文学』平成元年七月）後、「「春琴抄」―佐助犯人説・春琴自害説批判」として『谷崎順一郎　物語の生成』（平成十二年三月　洋々社）に収録。

（5）昭和九年六月、「春琴抄」の題で「その一」を『文藝』に発表、昭和十年六月、「鵙屋春琴」と改題した「その三」までを『三田文学』に、同年九月「鵙屋春琴後日」として「その四」を『三田文学』に、それぞれ発表。初刊は『鵙屋春琴』（八　劇と評論社・十）。引用は『久保田万太郎全集第八巻』（昭和五十年九月十日　中央公論社）によった。

（6）「『門』を評す」（『新思潮』明治四十三年九月）

（7）「谷崎潤一郎と盲者の〈視覚性〉―視覚論としての『春琴抄』」（『国語と国文学』平成二十三年二月）

# 『落窪物語』の恋愛
## ――あこきの手紙が有する力――

鹿野谷　有希

### 1　はじめに――『落窪物語』とは

平安時代の文学といえば、誰しもがまず『源氏物語』を想起するのではないだろうか。その『源氏物語』よりも前に書かれた物語に、『落窪物語』という作品がある。『落窪物語』は、長保二年（一〇〇〇年）以前に成立したと見られる、作者不詳の物語（全四巻）である。継母に虐められ、実父の屋敷の落ち窪んだ部屋の中で不遇の生活を送る姫君が、貴公子（道頼）によって救出されて幸せに暮らすという「シンデレラストーリー」として知られている。

電話や電子メールが当たり前のものとなっている現代とは違い、平安時代において、離れた場所にいる相手とのコミュニケーションツールは、手紙であった。そのため、平安文学の中には手紙がしばしば登場する。『源氏物語』や『落窪物語』も例外ではない。『源氏物語』、そして『落窪物語』の手紙には、どのような特徴があるのだろうか。暉峻康隆氏は、「おなじ消息でも、「源氏」その他の作品におけるそれは和歌を中心とし、散文は短詩の意味をおぎなふ程度の詞書として従属的位置におかれてゐる、いはゆる抒情的な「艶書」が大部分をしめてゐるのである。さうした中にあつて「落窪物語」のみがとくに叙事的な消息をふんだんに使用してゐるのは、この作品が抒情的であるよりも叙事的であらねばならなかつた傳奇的なテーマ小説であつたからであると思はれる」と述べている。(1) つまり『落窪物語』の手紙は、感情を表現するというよりも、物事を客観的に述べているというのである。

確かに『源氏物語』では、便箋・折り枝・筆跡・タイミング・使者とその行動等、様々な要素が重要になっている。文面には表れない微妙な関係性や立場、そして感情が、それらの要素から浮き彫りになる場合があるからだ。しかしながら『落窪物語』は、手紙に関する様々な要素について、ほとんど言及していない。贈り物に手紙が添えられる場合は、その贈り物について言及をし、道頼の求婚和歌などについては、便箋や折り枝に少しは言及しているが、その他の手紙では便箋等にほとんど言及がないのである。手紙の内容に重点のある実用的な手紙が主となっている現れだといえるだろう。

ここで、『落窪物語』における手紙に関する記述を、具体的な数値で表してみたい。物語の中で手紙のやりとりに関する描写は九〇箇所あり、(2) そのうち手紙の文面が記されているのは七六箇所である。その割合は実に八四％に及び、これも手紙の内容に重点をおいていることを証明する材料のひとつになっている。人物別に見てみると、もっとも多く手紙を書いているのは道頼で、その描写は二五箇所（そのうち、文面が記されているのは二二通）に及び、次いで姫君の十六箇所（文面が記されているのは十五通）、あこきの十三箇所（文面が記されているのは十一通）、帯刀の七箇所（文面が記されているのは六通）と続く。

巻別に見てみると、巻一では四三箇所、巻二では二三箇所、巻三では十五箇所、巻四では九箇所となっている。巻一と巻二、特に巻一は、姫君・道頼夫妻、あこき・帯刀夫妻の手紙の贈答が中心である。ところが巻三と巻四では、姫君・道頼夫妻、あこき・帯刀夫妻の手紙の贈答が、まったく描かれなくなるのである。姫君と道頼には、夫や妻を相手としない手紙のやりとりがいくつか見られるものの、あこきと帯刀に至っては、それぞれの手紙のやりとり自体が描写されなくなってしまう。巻が進むにつれて手紙の場面が徐々に減っているのは、巻三・巻四が巻一・巻二に比べて短いという理由もあるだろう。しかしながら、姫君・道頼夫妻、あこき・帯刀夫妻の手紙のやりとりが見られなくなることが、最大の理由だと思われる。なぜ見られなくなるのか。それは、姫君と道頼、あこきと帯刀の手紙が、物語においてどのような役割を果たしているかとも、関わってくるだろう。

『落窪物語』は「シンデレラストーリー」であると述べたが、不遇のときを過ごす姫君にとって、その最大の支援者が、あこきであった。あこきは姫君の異母姉・三の君の侍女である。しかし三の君の侍女になる前は、姫君の実母が生きているときから姫君に仕えていた。それ以来姫君を慕っており、姫君に仕えるために中納言邸に残っている。物語の中であこきは、聡明さと快活さ、人懐こさをもつ魅力的な人物として描かれており、その魅力を存分に発揮し、二人を結婚に導くのである。先に述べたように、あこきの手紙に関する記述は物語内に十三箇所あり、この数は決して少なくない。本稿では、あこきの手紙が姫君と道頼の結婚、及び、あこき・帯刀夫妻の関係にどのような影響を与えているのかについて、考察していこうと思う。

便宜上、呼称はそれぞれあこき・姫君・道頼・帯刀（道頼の乳母子、あこきの夫）・中納言（姫君の父）・継母（中納言の妻、姫君の義母）・典薬助（好色な老人、継母の伯父）に統一する。

## 2　姫君と道頼の手紙

『落窪物語』の主役である姫君と道頼。まずは、二人がどのような恋愛をしていくのか、姫君と道頼の手紙の贈答に着目しながら、確認してみたい。

妻であるあこきから、中納言邸の落ち窪んだ部屋で不憫な生活を送る姫君の存在を聞いた帯刀は、道頼にそのことを話す。姫君に興味を持った道頼は、次の和歌のみをしたためた恋文を贈る。

君ありと聞くに心をつくばねのみねど恋しき嘆きをぞする（二四頁）

当時は、男性が女性に恋文（大抵の場合、和歌を含む。または今回のように、和歌のみ）を贈ることで恋愛が始まることが一般的だった。道頼もそのとおりに恋文を贈ったが、姫君からの返事はなかった。それでも道頼は諦めずに、次々と和歌を贈る。

ほに出でて言ふかひあらば花薄そよとも風にうち靡かなむ（二七頁）
雲間なき時雨の秋は人恋ふる心のうちもかきくらしけり（二八頁）
天の川雲の架け橋いかにしてふみみるばかり渡し続けむ（二八頁）
かき絶えてやみやしなましつらさのみいとどます田の池の水茎（二九頁）
つれなきを憂しと思へる人はよにゑみせじとこそ思ひ顔なれ（三三頁）

また当時の恋文は、便箋にこだわって書いたり、春なら桜、秋なら紅葉など、季節の折り枝に付けて贈るなどした。折り枝は和歌に詠み込んだ植物であることが多く、例えば「ほに出でて……」歌は、薄にさして贈られた。和歌で「自分に靡いてほしい」と訴えたり、「もう手紙を贈るのをやめてしまおうか」と嘆いてみたり、さらには帯刀を通して返事を催促するなどと試みるも、結局、姫君からは一度も返事がなかった。

痺れを切らした道頼は、中納言一家が石山詣でに出かけている隙に屋敷へ忍び込み、残っていた姫君と強引に一夜を共にする。逢瀬の翌朝取り交わす消息を後朝の文というが、道頼は、

いかなれや昔思ひしほどよりは今の間思ふことのまさるは（四八頁）

とだけ書いた後朝の文を贈る。しかし姫君は「気分が悪い」と返事をせず、さらに同日昼にも道頼から、

恋しくもおぼほゆるかなささがにのいと解けずのみ見ゆる気色に（四九頁）

との手紙が届くが、みすぼらしい衣装を見られて道頼に嫌われたのではないかと思い、その恥ずかしさや気後れから、またしても返事をしなかった。

これまで、道頼からの手紙にまったく返事をしなかった姫君だが、三日目の朝に届いた手紙、

よそにてはなほわが恋をます鏡添へる影とはいかでならまし（五九頁）

に対して、初めて、

身を去らぬ影と見えては真澄鏡はかなくうつることぞ悲しき（五九頁）

と返信をしている。自身の境遇や身なりに劣等感を持っている姫君は、それゆえ道頼を拒んでいたが、あこきの活躍のおかげで、二日目の夜から人並みの待遇をもって道頼を迎えることができた。その安堵によって、道頼に心を開くようになったのだろう。初めての返信は、その現れといえる。

当時の結婚は、男が女のもとに三晩続けて通うことで成立した。道頼は一日目の晩、二日目の晩と姫君のもとへ通っていたが、三日目の晩は大雨のために行きわずらってしまう。大雨のせいで姫君のもとへ向かえない旨の手紙を送ると、姫君からはただ、

世にふるをうき身と思ふわが袖の濡れ始めける宵の雨かな（六二頁）

とだけ返事がある。帯刀に対するあこきの返信を読んだ道頼は、今夜が結婚三日目の夜だと再認識し、姫君のもとへ向かう決心をする。その道中では盗人に間違えられる等の災難に遭うも、何とか中納言邸に到着する。

結婚三日目の夜は大雨などの苦難があったが、その苦難を乗り越えて姫君のもとへ通い、結婚を成立させた。結婚前は、姫君が道頼に興味を示さず、道頼も姫君のことを本当に慕っているとはいえない状態であったが、この結婚を機に、二人は慕い合うようになる。結婚成立後は、道頼に対する姫君の返信を帯刀が落としたことをきっかけに、姫君のもとへ通う男がいることを継母

に知られてしまい、姫君は物置のような部屋に閉じ込められ、典薬助と無理矢理結婚させられそうになるが、何とか道頼に救出される。救出後に二人の結婚生活を脅かすものとして、道頼と右大臣の娘との縁談が持ち上がるが、縁談が進展することはなかった。縁談が持ち上がっている最中、二人は手紙の贈答をしているが、そこにも和歌が見える。

姫君　憂きふしにあひ見ることはなけれども人の心の花はなほ憂し（二〇七頁）
道頼　憂きことに色は変はらず梅の花散るばかりなるあたしなりけり（二〇八頁）
姫君　誘ふなる風に散りなば梅の花我や憂き身になり果てぬべき（二〇八頁）

縁談という一応の危機を乗り越えた後は、たくさんの子宝に恵まれ、道頼は出世めでたく、最後は太政大臣にまで昇り詰めるなど、栄華を極めた幸せな結婚生活を送ることになるのである。

ここまでひととおり、手紙の贈答に着目しながら姫君と道頼の恋愛を見てきたが、二人の手紙には必ずどちらか、あるいは両方で、和歌が記されていることに気付く。当時の恋文にとって和歌は欠かせないものであったから、他の平安朝物語と比べても、それは特異なことではない。では、特異な点は何であろうか。それは姫君も道頼も、姫君は道頼、道頼は姫君以外の、結婚相手となりうる異性との手紙の贈答が見られないことである。例えば道頼であれば、姫君との結婚前は「いみじき色好み」（二二頁）として評判だったのだから、女性達への手紙があっても良さそうであるがその記述はなく、縁談があった中納言家の四の君や右大臣の娘に対しても、手紙を贈ることはなかった。一方で姫君も、姫君に興味を持っていた交野の少将という男や、無理矢理結婚をさせられそうになった典薬助から手紙を贈られているが、返事をしていない。『落窪物語』の特徴として、主人公である道頼が、生涯姫君だけを愛し続け、一夫一妻を貫いた（もちろん姫君も、生涯で夫は道頼だけだった）ことが挙げられるが、手紙の贈答にも、その特徴が表れているのである。

## 3　あこきと帯刀の手紙

次に、準主役ともいえるあこきと帯刀の手紙を見てみよう。あこきが帯刀に送った手紙は、次の六通である。

A御方の悩ましげにおはしてとまらせ給ひぬれば、何しにかは。いとつれづれなるをなむ慰めつべくておはせ。ありとのたまひし絵、必ず持ておはせ（三二頁）

Bいでや、心づきなく。こは、何ごとぞ。昨夜の心は、限りなくあいなく、心づきなく、腹汚しと見てしかば、今行く先も、いと頼もしげなくなむ。御前には、いと悩ましげにて、まだ起きさせ給はざめれば、御文も、さながらなむ。いとこそ心苦しけれ、御気色を見るは（四八頁）

C御文は御覧じつれど、まめやかに苦しげなる御気色にてなむ。御返り言も。さて、いと長げには、などか。いつのほどにかは、短さも見え給はむ。また、頼もしげなくとも、後ろやすくのたまふらむ（五〇頁）

Dいでや、「降るとも」といふ言もあるを、いとどしき御心ざまにこそあめれ。さらに聞こえさすべきにもあらず。御みづからは、何の心地のよきにも、「来む」とだにあるぞ。かかる過ちし出でて、かかるやうありや。さても、世の人は、「今宵来ざらむ」とか言ふなるを、おはしまさざらむよ（六三頁）

E（文面なし）「帯刀がもとにも、同じさまに、いみじきことをなむ言へりける」（一二四頁）

F昨夜は、ここにも、言ふ方なきことを聞こえてだに慰めばと思ひ聞こえしに、効なくてなむ。御文、からうしてなむ。いといみじきことどもも出で来て。対面になむ。（一四一頁）

Aは、「（あこきが石山詣での）お供に参り給はずと聞くは、まことか。さらば、参らむ」（三二頁）という、帯刀の手紙に対する返事である。中納言一家が石山詣でに出かけ、姫君とともに屋敷に残ったあこきは、以前帯刀が「女御殿の御方にこそ、いみじく多く候へ。君おはし通はば、見給ひてむかし」（三二頁）、つまり、道頼の妹君のもとには絵がたくさんあり、道頼が姫君のもとに通うようになったら、姫君もその絵を見ることができる、と話していたことを思い出し、帯刀に絵を所望したのである。「石山詣でのお供をなさらなかったと聞きましたが、本当ですか。

それならば、あなたに逢いたい」と恋文を送ってきた夫に対し、「私もあなたに逢いたい」旨の文を返すことなく、「御方の悩ましげにおはしてとまらせ給ひぬれば、何しにかは」（姫君の気分が悪くて屋敷にお残りになったのですから、どうして私がお供できましょう）（二五三頁）と、「お供に参り給はずと聞くは、まことか」の部分にだけ反応し、切り返している。

結婚二日目の朝、道頼から姫君に宛てた手紙とともに、あこきにも帯刀から手紙が届いたのだが、その手紙に対する返事がBである。帯刀からは、「夜一夜、知らぬことにより打ち引き給ひつるこそ、いとわりなかりつれ。御ために少しにても疎かならむ時には参らじ。まいて、いかなる目見せ給はむと。御心ばせかな。御前にも、いかに、よくもあらざりける者かなと思しのたまはすらむと思う給ふれば、この宮仕ひ、いとわづらはしく侍れど。御文侍るめり。御返り聞こえ出で給へ。この世の中は、さるべきぞや。何か思ほす」（四五頁）という、比較的長い文面の手紙が届いている。昨晩、道頼が姫君のもとへ忍び込んだ際に、姫君の部屋から不審な物音がするのを聞きつけたあこきが、姫君のもとへ向かおうとしたところ、帯刀があこきを抱きすくめて、それを阻止したのである。そのとき、泣いて怒っていたあこきが、一晩経ってもまだ自分を恨んでいるに違いないと帯刀は思ったのだろうか。身に覚えのないことで辛い目にあったとあこきを恨んでみせながら、姫君と道頼はなるようになるから案ずるなとなだめている。それに対してあこきは、「いでや、心づきなく。こは、何ごとぞ」（なんともまあ、不愉快です。これはまあ、どういうことですか）（二七一頁）と短く突っぱね、「昨夜の心は、限りなくあいなく、心づきなく、腹汚しと見てしかば、今行く先も、いと頼もしげなくなむ」（昨夜のあなたの心は、とても気にくわなく、不愉快で、あなたが意地の悪いことがはっきりとわかりましたから、これから先も、まったく信頼できそうにありませんね）（二七一頁）と切り返している。

Bの手紙を贈答した後、さらに同日昼間に、道頼から姫君に宛てた手紙とともに、あこきにも帯刀から手紙が届いたのだが、その手紙に対する返事がCである。帯刀の手紙は、「こたびだに御返りなくは、便なかりなむ。今は、ただ思すかし。御心はいと長げになむ、見奉り、のたまはする」（四九頁）と、姫君が道頼に返事を書くように催促しつつ、道頼の姫君を慕う気持ちは長続きするであろうと、あこきに訴えている。これに対してもあこきは、「さて、いと長げには、などか」（ところで、姫君に対する道頼様のお気持ちがたいそう長続きするなどとは、どうしてわかるのですか）（二七三頁）などと反論している。

姫君と道頼の結婚三日目、雨脚が強くなり、姫君のもとへ行きわずらった道頼が、中納言邸へ向かえないことを姫君に謝る文を書いた際、帯刀もあこきに「ただ今参らむ。君おはしまさむとしつるほどに、かかる雨なれば、くちをしと嘆かせ給ふ」（六二〜六三頁）と書いた。道頼は中納言邸に行けないが、自分は今から向かうと述べているのだが、その手紙の返事がDである。「御みづからは、何の心地のよきにも、「来む」とだにあるぞ。かかる過ちし出でて、かかるやうありや」（あなた自身は、何をいい気になって、「来よう」とさえ言って来るのですか。こんな不始末をしでかして、ぬけぬけと自分だけ来るなんてことがありますか）（二八七頁）と、かなり辛辣な切り返しをしている。

Eは、結婚の事実を継母に知られてしまい、怒った継母によって姫君が物置のような部屋に閉じ込められてしまった際に、あこきのもとに道頼と帯刀それぞれから手紙が届いた、そのうちの帯刀に対する返事である。道頼に対しては、

Gかしこまりてなむ。いかでか御覧ぜさせ侍らむ。戸はいまだ開き侍らず。さらに、いと難くなむ。いかにし侍らむ。御文も、いかでか御覧ぜさせ侍らむとすらむ。御返りは、これよりも聞こえさせ侍らむ（一二四頁）

と返事を出している。「（姫君に）いかでか御覧ぜさせ侍らむ」（姫君に、どうやって見ていただけばいいのでしょうか）（三五二頁）、「いかにし侍らむ」（どうしましょうか）（三五二頁）、「（道頼に）いかでか御覧ぜさせ侍らむとすらむ」（道頼様に、どうやって見ていただけばいいのでしょうか）（三五二頁）と連続して疑問形を使用しており、そこにあこきの動揺と混乱が感じられるような文面が記されているが、他方で帯刀への返事は文面が記されない。手紙の文面を記さなかった理由は、語り手に「帯刀がもとにも、同じさまに、いみじきことをなむ言へりける」（帯刀のもとにも、同じように、たいへんな事態になっていることを書いて贈った）（三五二頁）と語らせているように、手紙の内容がほぼ同じだからであろう。山口仲美氏が「『落窪物語』は、ともかく面白い。（中略）サスペン

スに富んだ構成、スピーディで快いテンポ、リアルな場面描写、そして、巧みな人物造型などが、われわれを惹き付けてやまない」と述べているが、(3)「スピーディで快いテンポ」を演出するために、予想がつく文面や中身が同じような文面は、省略しているのではないだろうか。

Fは、物置のような部屋に閉じ込められた姫君が、継母の差し金により典薬助と一夜を明かした翌日、帯刀から届いた手紙に対する返事である。帯刀の手紙「からうして参りたりしかど、御門さして、さらに開けざりしかば、わびしくてなむ帰りまうで来にしや。疎かにぞ思すらむ。少将の君の思したる気色を見侍るに、心の暇なくなむ。これは、御文なり。いかで、夜さりだに参らむ」（一三八頁）（やっとのことでそちらにうかがったのですが、お屋敷の門を閉ざして、まったく開けてくれなかったので、つらく思って、道頼様のもとに戻って来てしまいましたよ。昨夜顔を見せなかったことで、私のことを、愛情が薄いと思っておいででしょうね。道頼様が心配なさっている様子を見ていますと、私も心の休まる間がありません。これは、道頼様のお手紙です。なんとかして、夜になってからでもおうかがいします）（三六七頁）に対し、あこきは「昨夜は、ここにも、言ふ方なきことを聞こえてだに慰めばと思ひ聞こえしに、効なくてなむ」（昨夜は、私のほうでも、どう言っていいかわからない今回のひどいできごとについて、せめてご相談して、心を慰めることができたら、どんなにいいかと思っておりましたのに、お待ちしていた効もなくて、残念に思っています）（三七〇頁）と述べている。これまで「何しにかは」（A）、「こは、何ごとぞ」（B）、「いと長げには、などか」（C）、「「来む」とだにあるぞ」（D）のように、強い口調で切り返していたのとは一変し、帯刀の「疎かにぞ思すらむ」

に対して、殊勝に答えている。これは、姫君が典薬助と一夜をともに過ごさなければならない状況を憂慮し、思い悩んでいたために、いつものような軽口がたたけなかったからだと思われる。

あこきと帯刀の手紙の贈答を見ていると、内容は姫君と道頼に関することばかりで、恋文でよく使われる和歌がひとつもないことに気付く。だから、一見すると恋文には見えないだろう。けれども、すべての贈答が帯刀から手紙を贈り、あこきが返信をするという形式で統一されており、一般的な恋文の贈答に則っている。さらにA~Dの手紙から分かるように、あこきの返信は、帯刀からの呼びかけに対して、言い負かそうとする切り返しが強く表れているのである。男と女が恋歌のやりとりをする場合、男から歌を詠み、女が返歌をするというのが一般的である。女の歌には傾向があり、その傾向を持った歌を女歌というが、鈴木日出男氏は「女歌とは、恋や恋の情調を詠もうとする、その発想の根源に否定的な契機がはらまれている歌ということになる。それが、対人性に執する場合に、相手を言いまかそうとする切り返しのひびきが強まり、逆に自己に執する場合には、孤独な内容や悲哀の心象風景の色彩が強められるのである」と述べている。[4] まさにあこきの返信は、女歌そのものなのである。帯刀とあこきの手紙には恋歌がひとつもないけれども、手紙自体が恋歌の役割を果たしているといえるのではないか。あこきと帯刀は仲睦まじい夫婦関係を維持しているが、夫婦関係を維持する方法のひとつとして、恋文の贈答が考えられるのである。

一見すると恋文には見えないあこきと帯刀の手紙の贈答は、現代の恋人・夫婦間のメールやS

NSのやりとりに、通じるものがあるように思われる。メールやSNSで、毎回愛の言葉を語る人は少ないだろう。むしろ、何気ない日常会話のやりとりのほうが多いのではないか。現代を生きる我々にとっては、あこきと道頼の手紙の贈答の方が、親しみやすいのかもしれない。

## 4　あこきの手紙

姫君が幸せな生活を送れるよう、中納言邸で様々な行動をするあこきだが、中納言邸で監禁状態だった姫君に寄り添うように外へ出なかったために、行動範囲は屋敷の中だけに限られていた。しかしながら、屋敷の中だけでは何かと限界がある。そのような状況で必要なのが、「外部の助け」である。

例えば、姫君と道頼の結婚の準備では、あこきの叔母の助けが重要になっている。中納言邸で侍女のような扱いを受けていた姫君は、まともな調度品を持っておらず、また、身なりも悪かった。そのためあこきは、衣類や調度品、食べ物を準備するために奔走する。しかしながら屋敷にある物だけでは賄えなかったため、裕福なあこきの叔母に依頼するのである。結婚初日は道頼が突然訪れたため、みすぼらしい衣装を晒すことになり、恥ずかしい思いをした姫君だが、二日目以降は身辺が整い、恥ずかしい思いをせずに済んでいる。「今宵（結婚二日目の晩）は、袴もいと香ばし。袴も衣も単衣もあれば、（姫君は）例の人心地し給ひて（中略）今宵は、時々、御いらへし給ふ」（五四頁）とあり、姫君は人並みになったような気持ちがしたからこそ、道頼の呼びかけに答えはじめたのだといえる。みすぼらしい衣装のままであったなら、道頼に心を開くことはなく、結婚もうまくいかなかったかもしれない。

また、帯刀と連絡を取り合うことも、重要になっている。後ほど詳述するが、あこきが書いた帯刀宛の手紙を道頼が読むことで、道頼と姫君の結婚が成就した。そして、姫君が物置のような部屋に閉じ込められたときには、あこきが帯刀・道頼と手紙で連絡を取り合い、助けを求めることで、姫君の救出が叶った。姫君が幸せな生活を送るための第一歩は、経済力のある男性と結婚をし、中納言邸から脱出することだろう。あこきと帯刀が連絡を取り合うことで、姫君はこの一歩を踏み出せたのである。

あこきが姫君のために行動するには、外部の助けが必要だったわけだが、それを得る手段として使われたものが手紙である。あこきは、手紙によって外部と繋がっていたのである。

あこきが叔母へ書いた手紙を、もう少し詳しく見てみよう。叔母には何度か手紙を書いているが、文面が記されているのは、次の四通である。


Hとみなることにて、とどめ侍りぬ。恥づかしき人の、方違へに曹司にものし給ふべきに、几帳一つ。さては、宿直物に、人の請ふも、便なきは、え出だし侍らじと思ひ侍りてなむ。さるべきや侍る。賜はせてむや。折々は、あやしきことなれど、とみにてなむ（五三頁）

Iいとうれしう、聞こえさせたりし物を賜はせたりしなむ、喜び聞こえさする。また、あやしとは思さるべければ、今宵、餅なむ、いとあやしきさまにて用侍る。取り交ずべき果物など侍りぬべくは、少し賜はせよ。客人なむ、しばしと思ひ侍りしを、四十五日の方違ふるになむ侍りける。されば、この物どもは、しばし侍るべきを、いかが。盥、半挿の清げならむと、しばし賜はらむ。取り集めて、いと傍らいたけれど、頼み聞こえさするままに（五八頁）

Jすべて、聞こえさすれば、世の常なり（六一頁）

K急ぐこと侍りてなむ、昨日今日、聞こえざりつる。今日明日のほどに、清げならむ童・大人求め出で給へ。そこにも、よき童あらば、一、二人、しばし賜へ。あるやうは、対面に聞こえむ。あからさまにおはせよ（一五六頁）

それぞれの手紙の中で用いられている、依頼に際する言葉「賜はす（賜ふ＋尊敬の助動詞「す」）」「賜はる」「賜ふ」に注目してみたい。最初の依頼文Hでは「賜はせてむや」（お貸しいただけませんか）（二七六頁）と、相手に同意を求め、勧誘する意を表す「てむや」を用いて、比較的丁重な依頼の仕方となっているが、Iでは「少し賜はせよ」（少しお送りください）（二八一頁）、「しばし賜はらむ」（しばらくの間お貸しください）（二八二頁）と、相手に否と言わせないような依頼の仕方に変化している。Kに至っては「しばし賜へ」（しばらくの間お貸しください）（三八五頁）と、尊敬の助動詞「す」が抜けて、さらに命令的な口調になっており、「しばし賜へ」以外にも、「出で給へ」（こちらにおよこしください）（三八五頁）「おはせよ」（こちらにおいでください）（三八五頁）と、命令的な口調が連続している。Hに対する叔母からの返事に「音づれ給はぬをこそ、いと心憂く思ひ給ふれ」（五三頁）（お便りをくださらないことを、とてもつらく思っていました）（二七七頁）とあることから、Hを送った時点では、久しく連絡を取り合っていなかったことが分かる。そのためHは、いささか他人行儀で丁寧な依頼の仕方になったのだろう。その依頼に叔母が快く応えたため、遠慮が無くなって送った手紙がIだと考えられる。さらに、Kに「急ぐこと侍りてなむ、昨日今日、聞こえざりつる」（急を要することがありまして、昨日今日、ご連絡をさしあげませんでした）（三八五頁）と記述があるが、JとKの間は九日程度空いていることから、文面は示されていないけれども、Jの手紙の後も何度か手紙を贈答していたことが分かる。「賜ふ」の変化は、手紙の贈答によって、あこきが叔母とだんだん気安い関係になってきたことを表しているのだろう。また、依頼に際する言葉の変化からは、相手の懐に簡単に入ってしまうような人懐こさも感じられるのである。

あこきの性格や感情は、帯刀への手紙からも垣間見ることができる。既に述べたとおり、普段は帯刀からの手紙に対して、言い負かそうとする切り返しが目立っており、女歌のような返事からは帯刀への愛情が感じられる。また、第3節で挙げたFの手紙の「言ふ方なきことを聞こえてだに慰めばと思ひ聞こえしに、効なくてなむ」からは、いつも手紙で軽口をたたいているが、落ち込んでいるときには本音を零し、帯刀に甘えてみせる、そんなあこきの性格が見えるのだ。

あこきの手紙は、姫君の状態を客観的に報告していたり、物や行為を要求する実用的なものとなっており、手紙の内容は叙事的だといえる。しかしながら手紙の書きぶりからは、あこきの性格や感情が窺え、抒情的な側面も見ることができるのである。

## 5　あこきと道頼の関係

一般的に、手紙は書く（送る）人・読む（送られる）人の一対一のやりとりを基本とする。しかしながら『落窪物語』においては、必ずしもそうとはいえない。道頼が姫君に送った手紙をあこきが読む場面、あるいは、あこきが帯刀に送った手紙を道頼が読む場面が、いくつかあるからだ。まずは、前者の例を見てみよう。

（あこきが）「かの聞こえ侍りし御文」とて奉れば、（姫君は）「何しに。上も、聞い給ひては、『よし』とはのたまひてむや」とのたまひて、（あこきが）「さてあらぬ時は、よくやは聞こえ給ひてや。上の御心、な慎み聞こえ給ひそ」と言へど、（姫君は）いらへもし給はず。

あこき、御文を、紙燭さして見れば、ただ、かくのみあり。

君ありと聞くに心をつくばねのみねど恋しき嘆きをぞする

（あこきは）「をかしの御手や」と独りごち居たれど、効なげなる御気色なれば、押し巻きて、御櫛の箱に入れて立ちぬ。（二四頁）

道頼が姫君に送った、初めての懸想文である。姫君が読もうとしなかったため、代わりにあこきが読み、すばらしいご筆跡ですこと、と独りごとを言っている。あこきの正直な感想であることは間違いないであろうが、それよりも姫君に興味をもたせるために独りごちた、という方が正しいだろう。しかし結局、姫君が手紙に興味をもつことはなかった。

さて、本節で考察したいのは、「あこきが帯刀に送った手紙を道頼が読む」ことである。まずは、代作について触れておきたい。姫君が継母によって物置のような部屋に閉じ込められ、典薬助と結婚させられそうになった際、典薬助から後朝の文のような手紙が届いた。あこきは姫君の代わりに、典薬助に返事を書いたのだが、ここでひとつ疑問が出てくる。姫君への求婚に際して、道頼は何度も懸想文（和歌）を送っているが、姫君は一切返事をせずに無視している。そのとき、あこきが代作をすることはなかった。「男からの贈歌には、まずは周囲の者が代作の歌によって遇するという、当時の貴族社会の常識」(5)からすれば、姫君付きの侍女ではないものの、姫君の側近といえるあこきが代作をすることこそ、自然な流れであったはずだ。なぜ、あこきは代作をしなかったのだろうか。

この疑問に対して古田正幸氏は、「「あこき」が道頼と落窪の姫君の仲立ちに際して和歌を詠まないことは、あくまでも、『落窪物語』が、道頼と落窪の姫君の恋愛と交誼を余人を交えずに描くためのものと考えてよい」と述べている(6)が、『落窪物語』が姫君と道頼の恋愛を、余人を交えずに描いているとは言い難い。むしろ、あこきと帯刀の存在が、姫君と道頼の恋愛には必要不可欠なのではないだろうか。第3節で、あこきの帯刀宛の返信には、帯刀からの呼びかけに対して、言い負かそうとする切り返しが強く表れていると述べたが、帯刀宛の返信は、道頼に対するメッセージであるともいえないか。聡明なあこきのことだから、帯刀への返信を道頼も読んでいることに、気付いていているであろう。帯刀への返信が、道頼の懸想文への返事の役割も担っているため、あこきは代作をしなかったのだと考えられるのである。

さて、あこきの帯刀宛の返信に対して、それを読んだ道頼がどんな反応を示しているのか、見ていこう。なお、次に記すアルファベットは、第3節のアルファベットと対応する。

○Aに対して

帯刀、この文を、やがて少将の君に見せ奉れば、「これや、惟成が妻の手。いたうこそ書きけれ。よき折にこそはありけれ。行きてたばかれ」とのたまふ。（三二頁）

○Cに対して

帯刀（道頼に）見せ奉りたれば、「（あこきは）いみじくされて、ものよく言ふべき者かな。むげに恥づかしと思ひたりつるに、気の上りたらむ」と、（道頼は）ほほ笑みてのたまふ。（五〇頁）

○Dに対して

（道頼は）帯刀がもとなる文を見給ひて、（あこきが）いみじうくねりためるは、げに、今宵は

三日の夜なりけるを、ものの初めに、もの悪しう思ふらむ、いといとほし。（六四頁）

また、直接手紙を読んだわけではないが、帯刀から手紙の内容を伝え聞いたものにBがある。Bの内容を聞いた道頼は、「我を、いとものしと思はむやは、ただ、かの衣どもを、いといみじと思ひたりつる名残りならむ」（四八～四九頁）と、姫君の心中を慮り、同情している。

Aの手紙は、あこきが帯刀に絵を所望するものであった。この手紙を読んだ道頼が「よき折にこそはありけれ。行きてたばかれ」（ちょうどいい機会ではないか。中納言邸に行って、姫君に逢えるように計略をめぐらしてくれ）（二五三～二五四頁）と言っていることから、「道頼が姫君のもとを訪れるかもしれない」と、読者は想像を膨らませる。実際、道頼は中納言邸を訪れ、姫君と結婚初夜を明かすことになる。道頼が姫君へ一方的に懸想文を贈り続け、姫君が無視をするという停滞した状態から、二人の恋愛は進展するのである。次にDを見てみよう。大雨のために中納言邸へ向かうことをためらっていた道頼は、Dの手紙を読んだことで今夜が結婚三日目の夜であることを再認識し、姫君のもとへ向かうのである。

平安時代の結婚は、男が女のもとに三日間通ったのち、三日目の夜に三日夜の餅を食べ、露顕（ところあらわし）をするというものであった。つまり、道頼が姫君のもとに通い始める結婚初日と、三日夜の餅の儀式を行う結婚三日目は、姫君と道頼の結婚において、大変重要な日である。その重要な二日間で、道頼が姫君のもとを訪れるように誘導しているのが、AとDのあこきの手紙なのである。あこきの手紙は、姫君と道頼の結婚を成立させる役割を担っているのである。

さて、Aをもう一度見てみよう。Aの手紙を見て、道頼は「これや、惟成が妻の手。いたうこそ書きけれ」（これが、おまえの妻の筆跡なのか。ずいぶんと上手に書いてあるな）（二五三頁）とも言っている。またCでは、「いみじくされて、ものよく言ふべき者かな」（とても気のきいて、弁の立ちそうな者だね）（二七四頁）と言っており、AとCを読んだ道頼は、あこきについて感じた印象を述べているのである。

本節の冒頭で、道頼が姫君に送った手紙をあこきが読む場面に触れたが、そこであこきは「をかしの御手や」と道頼の筆跡を褒めていた。つまり、あこきも道頼も互いの筆跡を褒め合っているのである。当時は、その人の教養や人となりを、書きぶりや筆跡から判断していた。例えば『源氏物語』で、六条御息所に源氏が懸想したきっかけは、その見事な書であったし、『落窪物語』においても、道頼の母が姫君の手紙を見て、「この人、よげにものし給ふめり。御文書き、手つき、いとをかしかめり。誰が娘ぞ。これにて定まり給ひね」（二六二頁）と、姫君の書きぶりや筆跡を絶賛し、姫君一人に決めるよう、道頼に勧めている。ここであこきと道頼が互いの筆跡を褒め合っているということは、互いの人となりをある程度認めあったことになるのである。

しかしながら、「をかしの御手や」と褒めているとはいえ、この時点であこきは道頼のことを信頼しきっていたわけではない。CとDの手紙から分かるように、本当に道頼が姫君を愛しているのか、少なからず疑っている。けれども、どんなに無視をされても姫君に懸想文を送り続けた態度や、大雨の中を姫君のもとへやって来た行動力があこきの心を打ったのであろうか。最終的にはGの手紙を送るまでに、道頼に信頼を寄せるようになるのである。

一方で道頼も、初めからあこきに目を向けていたわけではない。確かにAを読んで「これや、惟成が妻の手。いたうこそ書きけれ」と言ってはいるが、あくまでも重点を置いているのは「よき折にこそはありけれ。行きてたばかれ」のほうであり、あこきのことは「使えそうな侍女」としか見ていなかった節がある。Bの内容を聞いた道頼が、あこきについては何も触れずに姫君のことだけを考えているのも、その表れだろう。けれども、Cを読んで「いみじくされて、ものよく言ふべき者かな」と言っているように、だんだんとあこきという人物に関心を持つようになり、Dを読んだ際には、あこきの思いに応えるように、姫君のもとへ向かうことを決意している。特にDを読む場面では、姫君から「世にふるをうき身と思ふわが袖の濡れ始めける宵の雨かな」という返事が来ているにもかかわらず、それには反応を示さず、あこきの手紙Dにだけ反応を示している。それだけ、あこきの手紙に心動かされたのである。姫君救出にはあこきと道頼が協力し合うことが不可欠だが、あこきと道頼は、手紙を通して互いの信頼関係を徐々に深めているのである。

ただし、手紙の贈答をしているのは、あくまでも姫君と道頼、あこきと帯刀であり、あこきと道頼が直接手紙の贈答をしているわけではないことに注意しなくてはならない。姫君の侍女のような存在であるあこきが、姫君に代わって道頼からの手紙を読む。あこきが帯刀に書いた返事を、帯刀が道頼に見せる（語る）。普通は当事者間を繋ぐ道具であるはずの手紙が、当事者以外の人間に作用を及ぼしているのである。

## 6　おわりに

本稿の冒頭で、『落窪物語』巻三と巻四において、姫君・道頼夫妻、あこき・帯刀夫妻の手紙の贈答がまったく見られなくなると述べた。手紙は離れた相手とのコミュニケーションに役立つ道具であるから、姫君が救出されて道頼と暮らすようになった巻二の中盤以降、姫君と道頼の手紙の贈答が減るのは、当然のことかもしれない。それでは、あこきと帯刀の手紙の贈答が見られなくなるのはなぜだろうか。それは、姫君が道頼と結婚し、安定した生活を手に入れたからだろう。姫君と道頼の結婚を成立させるという役目を終えたため、あこきと帯刀の手紙の贈答は描かれなくなったのである。

しかしながら、あこきと帯刀が交わす手紙の役割は、姫君と道頼の結婚を成立させることだけではないだろう。第3節で述べたように、あこきと帯刀の手紙には和歌がひとつもなく、一見すると恋文を贈答しているようには見えない。しかし、帯刀の呼びかけに対して、あこきが言い負かそうとするような切り返しを伴う返信をすることで、あたかも恋歌の贈答のようになっている。あこきと帯刀の夫婦関係を維持する方法のひとつとして、恋文の贈答が考えられるのである。

あこきの手紙が、姫君と道頼の結婚にどのような影響を与えているかについても、簡単にまとめておこう。姫君が結婚し、幸せな生活を送れるようにするために、あこきは屋敷の中で奔走するわけだが、そのためには「外部の助け」が必要であった。外部の助けを得るために用いられたものが、手紙である。特にあこきが帯刀宛に書いた手紙を道頼が読むという行為が、姫君と道頼の結婚成立には不可欠であった。

以上から『落窪物語』は、あこきのような侍女の活躍や恋愛を、それなりに詳しく描いていることが分かるだろう。この物語の特徴として、第2節で、道頼が一夫一妻の夫婦関係を貫いたことを挙げた。『落窪物語』が、いわゆる「平安朝物語で描かれる恋愛」――貴族の男性が姫君に和歌を用いた恋文で求婚し、結婚するも、結婚した女性は一夫多妻的な男女関係に悩む――を描いていないことは、しばしば指摘されている。これまで見てきたように、貴族の男性と姫君の恋愛が成就するには、侍女の補佐が多少なりとも必要である。けれども、侍女の補佐をきちんと描いている平安朝物語は、数少ない。侍女の活躍や恋愛を描いていること、そして、和歌のない恋文の贈答を描いていることも、他の平安朝物語には見られない、『落窪物語』の特徴であるだろう。

それでは、侍女の活躍や恋愛をきちんと描いている『落窪物語』において、一夫一妻的な男女関係が描かれるのは、なぜだろうか。第5節で詳述したように、あこきが帯刀に宛てて書いた手紙を道頼が読むことが、何度かあった。そもそも、なぜ道頼はあこきの手紙を読んだのだろう。

それは、姫君と道頼が結婚する以前においては、あこきの手紙が道頼と姫君を繫ぐ、唯一の接点だったからである。当時の道頼と姫君の恋愛を思い起こしてみると、道頼の再三の恋文を、姫君はすべて無視していた。道頼と姫君を直接結ぶものは、何もなかったのである。このような状況で読むあこきの手紙に、道頼はかなり影響されたと考えられる。道頼があこきの手紙に影響された例として、第5節ではＤの手紙に対する反応を取り上げた。当初、道頼は大雨の中を姫君のもとへ向かうつもりはなかったが、それは道頼のような上流貴族の感覚からすれば、当然のことであった。しかしながら、あこきのような侍女にとっては、当然のことではなかった。その証拠に、あこきと同じ階層である帯刀は、あこきのもとへ向かおうとしていたのである。あこきの手紙を読み、あこきの常識に感化されたからこそ、道頼は姫君のもとへ向かう決意をしたのだろう。また、あこきと帯刀は一夫一妻の夫婦関係であるが、それは侍女階層の夫婦の形として、一般的である。[7]道頼が一夫一妻の夫婦関係を貫いたのも、あこきに感化されたことが一因だとは考えられまいか。

あこきと道頼は、「姫君を幸せにする」という一念で結ばれた、いわば同志である。姫君救出だけではなく、その後に中納言一家への復讐で協力し合ったことからも分かるだろう。あこきと道頼が互いに信頼し合い、道頼があこきに感化され、侍女にとっての常識——大雨でも愛する女性のもとへは向かうことや、一夫一妻という夫婦の形——を受け入れたからこそ、一夫一妻の結婚形態に行き着いたのではないだろうか。

あこきの手紙は、あこきの叔母から物質面での援助を取り付け、あこきと帯刀の夫婦関係を維持し、あこきと道頼の信頼関係を構築してあこきの常識に道頼を感化させている。さらには、道頼を姫君に引き寄せるというように、手紙をやりとりしている当事者以外にも影響を及ぼしている。それほどまでに、あこきの手紙は強烈な力を有しているのだ。手紙に強烈な力を宿せるのは、あこき自身に強烈な力があるからだろう。あこきは物語の中で登場人物たちを魅了することで、『落窪物語』を魅力的な物語にし、物語を読む読者をも魅了しているのである。

注

(1) 暉峻康隆『近世文学の展望』(明治書院、一九五三年一月) 一一二―一一三頁。初出『日本の書翰体小説』(越後屋書店、一九四三年八月)。
(2) 手紙のやりとりが具体的に記されているものに限り、「消息」など、手紙を表す単語が示されているだけのものは除いた。また、手紙が送られた場面を一箇所、返信があった場合はさらに一箇所(返信がない、または不明のものは、数に入れず)と数えた。手紙なのか伝言なのか判断が難しいものは、室城秀之氏の注釈をもとに分類した。
(3) 山口仲美「北の方の実在感」(『新日本古典文学大系』月報5、岩波書店、一九八九年五月) 四頁。
(4) 鈴木日出男『古代和歌史論』(東京大学出版会、一九九〇年一〇月) 五四~五五頁。初出「女歌論」(『日本の文学』第五集　有精堂出版、一九八九年五月)。
(5) 高木和子『女から詠む歌　源氏物語の贈答歌』(青簡舎、二〇〇八年五月) 六頁。初出「光源氏の女君たちの最初の歌——代作される女君たち、自ら歌う女君たち——」(『日本文藝研究(関西学院大学日本文学会)』第五四巻第四号、二〇〇三年三月)。

(6)古田正幸『平安物語における侍女の研究』(笠間書院、二〇一四年二月)六三頁。初出「『落窪物語』の「大人」となる「あこき」」(『日本文学文化』第十一号、二〇一二年二月)。

(7)『源氏物語』宿木巻には、「また二つとなくて、さるべきものに思ひならひたるただ人の仲こそ」(『新編日本古典文学全集　源氏物語』(阿部秋生、秋山虔、今井源衛、鈴木日出男校注・訳、小学館、一九九七年七月)より引用)という記述がある。

※『落窪物語』原文・現代語訳の引用は、『新編　落窪物語　上　現代語訳付き』(室城秀之訳注、角川文庫、二〇〇四年二月)に拠り、その頁数を記した。ただし表記を私に改めたところがある。

# 小野小町の虚像と実像
## ――「花の色は」の一首をめぐって――

吉田幹生

## 1　はじめに

小野小町は謎に包まれた歌人である。六歌仙の一人に数えられ『古今和歌集』に十八首（墨滅歌一首を含む）の和歌を残してはいるものの、詳しい伝記資料などはなく、その実像を明らかにすることは難しい。しかし、それだけのことなら、なにも小町に限ったことではない。この頃の歌人は、多かれ少なかれ、和歌以外の資料に乏しく、その実人生に迫るのは困難である。むしろ小町の場合、その実像を見えにくくしているのは、その周辺にちりばめられた虚像の存在である。小野小町は九世紀を生きた実在の人物だが、その死後、十世紀頃には説話化が進み、やがて、若い頃は美人で驕慢な女性であったが晩年は零落して各地を転々としたというような通念が人々の間に形成されていくようになる。たとえば、『平家物語』（巻九・小宰相身投）には中比《なかごろ》小野小町とて、みめかたち世にすぐれ、なさけのみちありがたかりしかば、見る人、聞く者肝たましひをいたましめずといふ事なし。されども心強き名をやとりたりけん、はてには人の思ひのつもりとて、風をふせぐたよりもなく、雨をもらさぬわざもなし。やどにくもらぬ月星を、涙にうかべ、野べの若菜、沢の根芹をつみてこそ、つゆの命をばすぐしけれ。

というような伝承が記されているが、このような虚像がその周辺にまとわりついているために、より一層小町の実像は謎に包まれたものとなっているのである。

特に問題なのは、この虚像が和歌の解釈に影響を及ぼす場合のあることである。本論では、『百人一首』にも採録された「花の色は移りにけりないたづらにわが身世にふるながめせしまに」（古今・春下・一一三）を取り上げ、なるべくその虚像を剥ぎ取りながら、当該歌の意味に迫っていくことにしたい。

## 2　注釈史をめぐって

知られるように、当該歌の解釈をめぐっては「花の色」に容色を認めるか否かというのが争点の一つとなってきた。たとえば、近年の注釈書でも、高田祐彦『古今和歌集』（角川ソフィア文庫二〇〇九年）が初句について「植物と容色、両方の意味」と施注する一方で、谷知子『百人一首（全）』（ビギナーズ・クラシックス二〇一〇年）は「「花の色」は、様々な春の花の色で、桜だけに限

定されない」とするのみであり、

小町の落魄説話を知る後世の人たちは、『百人一首』の歌の「花の色」に「小町の美貌」を重ねて理解していただろう。「花の色はうつりにけりな」を美貌の衰えを嘆く小町とする解釈は、後世の小町落魄説話にぴったりと合致しているからだ。

という言い方からすれば、和歌本来の意味としては容色説を認めていないように見受けられる。では、「花の色は移りにけりな」という上二句に小町自身の容色の衰えを読むという説はいつ頃から見られるようになったのであろうか。この解釈は、谷氏も指摘するように、若き日に美貌を誇った小町が年老いて困窮するという虚像と極めて親近性が高い。それゆえ、早くからこのような理解が一般化していたと予想されるのだが、実際にはそうなっていない。『古今和歌集』は当該歌を「題しらず」として春部に収めており、その前後には

散る花をなにかうらみむ世の中にわが身もともにあらむものかは　（春下・一一二）

惜しと思ふ心は糸によられなむ散る花ごとにぬきてとどめむ　（春下・一一四・素性）

と落花を詠んだ和歌が配されていることからすれば、当該歌も落花を詠んだ和歌の一つとして理

解されていたと推察される（新日本古典文学大系『古今和歌集』に従えば、一〇四〜一一八の十五首が〈散る花〉を詠んだ歌群ということになる）。また、『小町集』（流布本）でも「花をながめて」として採られており（異本系には詞書なし）、歌中の「花」を実景として解していたことがうかがえる。もちろん、だからといって平安時代の人々が当該歌に小町の嘆きを読み取っていなかったと断定することは難しい。表面的には春の歌として理解しながらも、その背後に人事的な響きを感じ取っていた可能性は残る。しかし、今はひとまず、それが明示されていない点を押さえておきたい。

反対に、当該歌に人事的な意味を読み取ることが明示されるのは、室町時代後期（十五世紀）になってからである。東常縁の説を宗祇が書き留めた『古今和歌集両度聞書』には

心は、たゞわが身おとろふる事を花の色によそへいへるなり。我身世にふるながめせしまにとは、さらでも世にふるは、とやかくやと物おもふならひなるを、ことに好色の物なれば、世をも人をも恨みがちにて、うちながめて、あけくるゝままに、おとろふる事をおどろき歎く心也。此心小町に限るべからずとぞ。

と傍線部のように明言されており、以降この説は急速に広まることとなった(1)。ここで注意しておきたいのは、波線を付したように、この容色説が小町＝好色という理解と共に提示されているこ

とである。ここからは、谷氏も指摘するように、小町落魄説話の流布を前提として、それに添わせる形で当該歌が解釈されていたことを推測させる。本論の主旨に引きつけていえば、小町の虚像が和歌の解釈にも影響を与えたということである。

しかし、すべての人々が容色説に基づいて当該歌を理解していたわけではない。江戸時代に入ると、

花さかば尋ね見るべきと思ひつるに、いたづらに、我身世にふる事の隙なく打過るまに、長雨さへ降ぬれば、花の色のうつろひぬると也。下の心は、いたづらに、我身世に人をうらみかこち、うちながめ過る間に、花の色なりしかたちのおとろへぬると、我身を花によそへてよめり。

という北村季吟『八代集抄』（一六八二年刊）がある一方で、契沖『古今余材抄』（一六九二年）が

さて小町がうたにおもてうらの説ありなどいふこと不用。ただ花になぐさむべき春をいたづらに花をばながめずして、世にふるながめに過したりといふ義なり。

と述べるなど、「下の心」を認めない説も存在していた。言わば、花の移ろいを詠んだものとい

う表の意味を認めたうえで、そこに寓意を認めるか否かが争点となってきたのである。

江戸時代には容色を認めない説の方が優勢だったように思われるが、二十世紀になって、この容色説を補強する観点として注目されるようになったのが、中国文学との関わりである。[2] 中国では、「南国有㆓佳人㆒　容華若㆓桃李㆒」（曹植「南国有佳人」『玉台新詠』巻二）のように女性美を花にたとえる表現とともに、北方に仕官している夫を思う南方の妻の心情を詠んだ鮑令暉「古意　贈今人」（『玉台新詠』巻四）の

形迫杼煎絲　顔落風催電　　形は迫りて杼に絲煎《つ》き　顔落ちて風電を催す
容華一朝改　唯餘心不変　　容華一朝に改まり　唯心の変ぜざるを餘すのみ

や、恋人と十年も別れている女性の心情を詠んだ「鼓吹曲　折楊柳」（『玉台新詠』巻八）の

年年阻音信　月月減容儀　　年々音信阻《へだ》たり　月々容儀を減ず

のように、恋に悩む女性の容色の衰えを詠む伝統もあった。これは日本にも伝わり、『文華秀麗集』（八一八年）所収の巨勢識人「奉和春閨怨」には

妾年妖艶二八時　灼灼容華桃李姿
幸得良夫憐玉貌　鬱金帳裡薦蛾眉
…
自恨相別不相見　使妾長歎復長思
長思長歎紅顔老　客子何心還不早

妾《われ》年妖艶二八の時　灼々《しやくしやく》なる容華桃李の姿
幸ひに良夫の玉貌を憐ぶを得　鬱金《うつこん》の帳裡蛾眉を薦む
自ら恨む相別れて相見ず　妾を長歎復《はた》長思せしむることを
長思長歎紅顔老ゆ　客子《かくし》何の心ぞ還ることの早からぬは

の例を拾うことができる。このような漢詩文の表現に小町が宮廷社会で触れていた可能性を想定することは、前述の落魄説話に依拠するよりも蓋然性が高く、今日の容色説の有力な根拠となっている。むしろ、今日の容色説は、落魄説話に代わってこれらの漢詩文摂取を前提に組み立てられていると言う方が実情に即していよう。

しかし、「花の色」が漢語「花色」の翻訳語だとしても、(3) 女性美を寓したと解せる和歌の他例がなく、小町が漢詩文に学んで当該歌を詠んだとまで断定することはできない。この説は、一般論として小町と中国文学の近さを指摘した点に研究史上の意義は認められるが、当該歌について言えば、容色説を定説化するまでには至らなかったと評さざるを得まい。その最大の弱点は用例による傍証が困難だということだが、この用例という側面から「花の色は移りにけりな」の意味を解こうとする説が二十世紀になって出現したのも、研究史上特筆すべき事柄であった。(4)拙稿でも触れた通り、(5)染色と花は万葉以来〈移ろひ〉を表現しやすい素材としてしばしば取り上げられてきたが、『古今和歌集』にも

世の中の人の心は花染めの移ろひやすき色にぞありける（恋5・七九五）
我のみや世を鶯となきわびむ人の心の花と散りなば（恋5・七九八）

といった用例を認めることができるように、人の心（男性の心）の移ろいやすさを花などに託して表現することは、小町の生きた九世紀の和歌では一つの確立した表現であったと推定される。何より、小野小町自身にも「色見えで移ろふものは世の中の人の心の花にぞありける」（恋5・七九七）という和歌の用例が見られるのであってみれば、初二句の意味を相手の男の心変わりと結びつけていく解釈は、状況論に留まらざるを得ない容色説に比べて、より表現に即した説だと言えよう。実際、「花の色」を人の心と解する説は近年支持を集めており、室城秀之・高野晴代・鈴木宏子『小町集・遍昭集・業平集・素性集・伊勢集・猿丸集』（和歌文学大系一九九八年、担当は室城秀之氏）や渡部泰明『絵でよむ百人一首』（朝日出版社二〇一四年）では、それぞれ「「花の色」は、変わりやすい人の心をいう。（中略）花が色あせたことに、人（男）の心変わりを暗示する」「「花の色」に自分の容色の意が込められている、とする解釈が多いが、相手の心、即ち愛情のこ

とだろう」との注が付されているのである。

以上、簡単に当該歌の注釈史を概観してきたが、これを春の歌とする平安時代の選歌態度から始まり、十五世紀に明確化してくる容色説との対立時代を経て、現在は、二十世紀に登場した人の心説を含めた三説鼎立の状況だと把握することができよう。

## 3 寓意説の検討

右に述べた容色説および人の心説は、ともに「花の色」に何らかの寓意を読み取るという点では違いがない。片桐洋一『古今和歌集全評釈』（講談社一九九八年）が、

春下という四季の部立に入っている限り、花の衰え散りゆくことを嘆く心を優先すべきであることは確かだが、前述したように、自然に託して人事を詠嘆し、人事に託して自然を愛するのが『古今集』の方法であることを思えば、このようなかたくなな態度では十全な解釈が出来ないと思う。我々は、『古今集』の部立に即して花を惜しむ歌として解釈するとともに、花のような若々しい容顔も、年ふるまま色あせてしまったことを嘆く雰囲気、すなわち過ぎ去りゆく時を惜しむ『古今集』の心をも併せて感得すべきではないかと思うのである。

と述べているように、この時代の和歌が自然と人事を組み合わせながら一首を仕立てあげること

が多いのは事実である。しかし、問題はその方法である。たとえば、同じ小町の前掲九七九歌では、「色見えで移ろふものは」とあることによって「色見えて移ろふ」自然界の花との取り合わせであることが喚起される仕組みになっているし、同じく「うつろひ」を詠んだ「今はとてわが身時雨に降りぬれば言の葉さへに移ろひにけり」（古今・恋5・七八二・小町）では「さへに」とあることにより、時雨が降って木の葉が色あせるという自然の文脈と我が身が古くなり男の言葉から誠意が失われるという人事の文脈とが対応していることが喚起される構造になっている。これらに比べると、当該歌では「花の色も移りにけりな」となっているわけではなく、「花の色」から寓意が導き出される過程が自明ではない。当の『古今和歌集』が当該歌を落花歌群中に配列し、また『小町集』が「花をながめて」との詞書を付しているように、当該歌の「花」はどこまでも実在のものとして感取されていたのである

本節では、当該歌の意味を考える前提作業として、古今集撰者たちが何故この「花」を実在のものと捉えたのか、同時代における解釈の過程を明らかにしてみたい。そのうえで、本節で明らかになった和歌解釈の過程が、小町の詠歌方法として認定可能かを判断していくという手順をとりたいと思う。

同時代の解釈過程を考える際に参考にすべきは、類似の構文であろう。同じ構文をもった和歌に対しては、同じような読み解きがなされたと推定されるからである。そこで、当該歌と同じく「〜しまに…にけり」という構文を有する同時代（九・十世紀頃）の和歌を集めてみると、およそ

次のようなことになる。1〜8は当該歌と同じく「〜せしまに」という表現を持つもの、9〜15はそれ以外のものである。

1わが屋戸は道もなきまで荒れにけりつれなき人を待つとせし間に（古今・恋5・七七〇・遍照）
男など侍らずして年ごろ山里にこもり侍りける女を、昔あひ知りて侍りける人、道まかりけるついでに、「久しう聞こえざりつるを、ここになりけり」と言ひ入れて侍りければ
2朝なけに世のうきことをしのびつつながめせし間に年は経にけり（後撰・雑2・一一七四・土佐）
3つれづれとながめせしまに夏草はあれたる宿にしげく生ひにける（新撰和歌・夏・一四七）
4今ははや帰り来なまし藤の花見るとせしまに年ぞ経にける（赤人集・一四）
（村上の御時に、国々の名高き所々を御屏風の絵に書かせ給ひて）佐保山
5佐保山の柞のもみぢ散りにけり恋しき人を待つとせし間に（信明集・九）
弥生のつごもりがたに、兼輔中納言のもとにつかはしける
6桜ちる春の末にはなりにけりあやめも知らぬながめせしまに（三条右大臣集・三二）
なほつれなきを日頃音もせで、卯月になりて卯の花にさして

7あけくれて日頃へにけり卯の花のうき世の庭にながめせしまに　（小馬命婦集・一二）

（九月ばかり、花見に人々まかりて）　来る雁

8めづらしと思ひしなかに初雁の待つとせし間に老いはてにけり　（恵慶集・九六）

＊　　＊　　＊

9うつせみの世にも似たるか花ざくら咲くと見しまにかつ散りにけり　（古今・春下・七三）

10もみぢ葉に衣の色は染みにけり秋のやまからめぐり来し間に　（拾遺・物名・四〇二・輔相）

11春とのみ数へこしまに人ともに老いぞしにける岸の姫松　（素性集・六四）

12としごとに鳴きつる雁と聞きしまに我はひたすら老いぞしにける　（兼輔集・一二六）

13女郎花雁のたよりと聞きしまにあまたの秋は野辺に来にけり　（中務集・一四）

晩帰多是省花廻

14今ははや帰りきなまし道なれど花を見しまにほどぞ経にける　（千里集・六）

15鶯はむべもなくらん花ざくら咲くと見しまにうつろひにけり　（寛平御時后宮歌合・九）

また、類似の意味を表すと思われる「～ぬまに…にけり」には次のものがある。

心地そこなひてわづらひける時に、風にあたらじとて、おろしこめてのみ侍りける間に、折れる桜の散りがたになれりけるを見てよめる

16たれこめて春のゆくへも知らぬまに待ちし桜も移ろひにけり　（古今・春下・八〇・藤原因香）

かんなりの壺に召したりける日、大神酒などたうべて、雨のいたく降りければ、夕さりまで侍りてまかりいでける折に、盃をとりて　つらゆき

秋萩の花をば雨に濡らせども君をばましてをしとこそ思へ

とよめりける返し

17をしむらむ人の心を知らぬまに秋の時雨と身ぞふりにける　（古今・離別・三九八・兼覧王）

これら1～17の用例を見渡してまず気づかれるのは、2467（14）で「年は経にけり」「年ぞ経にける」といった時間の経過表現が見られることである。このことからすれば、「～しまに…にけり」と詠む和歌は、作中主体がある（受動的な）行為をしている間に時間が経過してしまったことをいうのが基本的な内容であったと推測される。9や15では咲いたと思ったらすぐに散ってしまう桜が詠まれており経過する時間が短いが、これらはむしろ例外で、2が「久しう聞こえざりつるを」云々と言われたことに応じた和歌であるように、それなりの時間の経過を詠むのが一般的であったようである。たとえば、14は『白氏文集』「早出晩帰」の一節を和歌化したものだが、（右の引用は『新編国歌大観』〈千里集の底本は書陵部蔵本〉に基づくため「晩帰多是省花廻」となっているが、『白氏文集』では「晩帰多是看花廻」）、「晩ニ帰ルハ多クハ是レ花ヲ看テ廻レバナリ」という意からすれば、これは本来一日の出来事を詠んだものだろうが、それが『千里集』を経て4

の『赤人集』になると結句「年ぞ経にける」と長い時間が経過した意になっている。

このことを確認したうえで、「…にけり」という時間経過の表現方法に注目したいのだが、その詠み方には、前記したもののように直接詠み込むやり方以外にも、1や3のように宿の荒廃で暗示する方法、8や12のように老いの自覚として表現する方法など、いくつかの型が存在したと推察される。小町歌を考えている本論にとって重要なのは、その際寓意を用いることがあったか否かという点だが、右の諸例からは明らかに寓意と思われるものを拾い出すことはできない。9や15では花の移ろいが詠まれているが、これは先にも述べたように、あっという間に散ってしまったことを詠む点に主眼のあるもので、寓意性はないと判断される。「待ちし桜も移ろひにけり」と詠む16も、この桜を眼前のものとするか外部のものとするかという点に揺れは見られるものの、これが文字通り桜について述べていることは疑い得なく、寓意性は認められない。問題があるとすれば5で、「恋しき人を待つとせし間に」と詠まれているため「もみぢ」に何らかの寓意があってもおかしくはないが、これが屏風歌である点に鑑みれば、「佐保山の柞のもみぢ」はそこに描かれた風景をこそまずは指し示したのだと考えるべきであろう。恋歌の雰囲気は漂うが、紅葉が散ったことにより恋人を待ち続けた時間の長さを暗示するのであり、1や3と同種のものと考えても差し支えあるまい。直接か間接かの違いはあるが、時間の経過を表現するのが「…にけり」の重要な役割なのであり、そこへ回収されていくのがこの構文における基本的な意味生成の仕組みなのだと推定される。

以上の用例分析からすれば、当該歌に接した古今集撰者や小町集編纂者が、「花の色は移りにけりな」という表現から、それを実在の花を前にしてのものと考えたのは自然なことであったと思われる。この構文は、「待つ」や「ながめ」など持続的かつ非能動的な行為をしている間に気づいてみると予想以上に長い時間が経過していたことを表現するのを基本とするのであり、したがって「…にけり」に用いられる〈自然〉は〈人事〉を託すためのものではなく、何よりもまず作中主体を取り巻く環境として存在するものであって、そこに変化を感じ取ることが時間経過の気づきに結びつくという構造を有しているものだったと分析されるのである。それゆえにこそ、彼らはこの初二句を具体的な花の描写を通して知らないうちに過ぎ去った時間の経過を表現したものと読み解いたのであろう。

しかしながら、そのような読み解きが一般化するのは「～しまに…にけり」が安定的な構文となって以降のことである。現存する用例からすれば小町の当該歌はその最初期に属するものであり、確かに同じ六歌仙の僧正遍照に1の用例はあるものの、小町が同様の意図をもって当該歌を詠んだかどうかの判断は難しい。そこでもう少し調査範囲をさかのぼらせて、『万葉集』との関連から右に述べた構文の成立過程を考えてみよう。

『万葉集』には「～しまに…にけり」という構文を持った歌は存在しない。それゆえ、この構文は九世紀になってから登場したものだと推測されるのだが、しかし『万葉集』にその萌芽がまったくないわけではない。『万葉集』巻十二には次の問答歌が載る。

すべもなき片恋をすとこのころに我が死ぬべきは夢に見えきや

夢に見て衣を取り着装ふ間に妹が使ひそ先立ちにける

（12・三一一一～二）

相手のことを思うとその人の夢に現れるという俗信を前提として、死なんばかりに片恋に苦しむ自分の姿があなたの夢に見えましたかと男に訴えた女の贈歌に対して、あなたの姿を夢に見て出かける準備をしている間にあなたからの歌を持った使いの方が先にやってきました、と応じたものである。返歌の方に「～まに…にけり」という言い方が用いられているが、ここでの「妹が使ひそ先立ちにける」は時間の経過を表しているとは言いがたい。それゆえ、先の構文との差異にも注意を払う必要があるが、まったく無関係だというのも言い過ぎであろう。

男の返歌によると、女の歌が着いた時点で既に男は女のもとを訪れる準備を始めていたのだから、歌による女の訴えは無用だったということになる。言い換えれば、女の歌がなくても男は外出するつもりだったということであり、そこに男の切り返しの主旨もあろうが、このことを構文の仕組みという点から捉え直すと、「妹が使ひそ先立ちにける」という「…にけり」の部分は、女のことを夢に見て出かける準備をしていたという「～まに」の部分とは無関係な事柄として提示されているということになる。それゆえに、女からの使いが来なくても訪れていくつもりだったのに…という訴えが響くのである。

同じく『万葉集』には「～」に疑問表現を用いた「よく渡る人は年にもありといふを何時の間

にそも我が恋ひにける」（4・五二三・藤原大夫）という言い方も見られるが（類例は13・三二六四にも）、これは、相手を恋しく思うという「我が恋ひにける」を確かなものとして、その感情が何時の間に生じたものかと訝ったものである。このような表現が可能になるのも、詠み手の意識においては、相手と逢ってから詠歌時点までの自らの状態と無関係なものとして「我が恋ひにける」が捉えられているためであろう。一年間も恋人に逢わないでいられる人もいるというのに、自分はいったいどうしてこんなに短期間のうちに恋心が湧きあがってきてしまったのだろう、その契機はなかったはずなのに…ということである。

この予想外の組み合わせという点が、そもそもの出発点だったのではないか。「〜」という行為をしている時には想定していなかった事柄が起こるというのは、前節で挙げた9や15にも共通する。たとえば9の「咲くと見しまにかつ散りにけり」では、咲いたと思って見ている間にそれとは正反対の散るという事態が出来したと表現することが、咲いたと思ったらすぐに散ってしまうというはかなさを言うことに繋がっていくのである。この意外性という側面がやがて、想像以上の時間の経過ということに限定的に用いられるところから、先の構文が成立してくるのだと見通される。9や15のような詠み方は「きながらぞ取るべかりける桜花折る間に多く散りにけるかな」（忠見集・九九）などに継承されてはいるが、「〜まに…にけり」においても主流を占めていくのは、想像以上の時間の経過を実際に経過した時間の短さと結びつけるこれらの型ではなく、

逢ふことを長柄の橋のながらへて恋ひわたる間に年ぞ経にける
（古今・恋5・八二六・坂上是則）

夏の夜はあふ名のみしてしきたへの塵はらふ間に明けぞしにける
（後撰・夏・一六九）

天河去年の渡のうつろへば浅瀬踏む間に夜ぞ更けにける
（拾遺・秋・一四五・人麿）

といった、時間の経過にこれまで気づかなかったと詠むことで、時間経過の長さやその間の作中主体の没我的あるいは茫然自失とした状態などを推測させる型のものなのである。

右のように「〜しまに…にけり」という構文の成立過程を把握してよければ、小町が当該歌を詠んだ際にも、作中主体が「ながめ」をしていた時には予想していなかったこととして初二句「花の色は移りにけりな」が据えられていることは動くまい。それは多くの場合、そのことの発見を通して時間経過に気づくことに機能するのだが、ひとまずその判断は保留するとしても、意外性のあるものとして「花の色は移りにけりな」を提示するところに小町の狙いがあったことは、確かなことと考えてよいと思われる。また、「…」で述べられる内容が万葉歌においても作中主体にとって実在する事柄であることから、先の分析結果と合わせて、この初二句が実景を踏まえたものとして提示されていることも間違いないと推定される。16を除くとこの構文の「〜」は多く「は」や「ぞ」で対象を提示しているが、それはその提示対象に力点を置き、「〜」の内容を確かな事柄として述べるためだったのであろう。とすれば、自身の容色にしろ相手の心にしろ、それを寓するために小町がここで「花の色」を持ち出したとは考えにくい。当該歌においても、実際の花こそが主文脈を構成する実在の事物なのであり、少なくとも

大幣と名にこそ立てれ流れてもつひに寄る瀬はありてふものを　（古今・恋4・七〇七・業平）
浮き海布のみ生ひて流るる浦なれば刈りにのみこそ海人は寄るらめ　（恋5・七五五）

のように、非在のあるいは修辞上の「寄る瀬」や「海人」を用いて詠歌状況下における実在の事物（目の前の女や恋人）を寓するような仕組みにはなっていないと判断される。

## 4　小町歌の意味

とはいえ、物思いにふけっていたら知らない間に花の色が移っていたというだけでは、和歌としての面白味に欠けよう。この初二句が時間の推移を示すとしても、どうしてこのような形でそれを提示する必要があったのかという問題は残る。『古今和歌集』では落花歌群に配されているように、「うつる」には「散る」という意味があるにはある。しかし、「散りはてにけり」などという言い方に比べて、花の開花期間が終わったことを示す表現として「移りにけりな」はいかにも弱い。それゆえ、物思いにふけっていたら春も過ぎ去ろうとする頃になっていた、というような季節の終焉を詠んだ和歌だとも考えにくい。はたして、「花の色は移りにけりな」という表現

がここに選ばれた理由は何だったのか。

そこで、和歌構文という視点を離れて、小町の詠歌方法に着目することにしたい。本論冒頭に述べたように、『古今和歌集』には十八首の小町歌が収められているが、その中には「人の逢はむつきのなきよは思ひおきて胸走り火に心焼けをり」（雑躰・一〇三〇）や「おきのゐて身を焼くよりもかなしきは都島辺の別れなりけり」（墨滅歌・一一〇四／物名）のような言語遊戯的な和歌が認められる。小野小町というと夢の歌など深い人生観照を含んだ内省的な和歌が想起されやすいが、その一方で前記したような諧謔的座興的な和歌も得意としていたのである。この点からすれば、小町が当該歌に言葉遊びによる機智的な面白さを潜ませていた可能性が考えられてくる。[6]

そこで注目されるのが、「いたづらにわが身世にふるながめせしまに」である。前掲した『古今和歌集』（角川ソフィア文庫）が

「経る（古る）」と「降る」の掛詞。「わが身世にふる」という表現は、めずらしく、普通は、「わが身古る」（七八二）か「世に経る」（九五一）かどちらか。ここは「古る」と「経る」を兼ねるか。

と施注するように、「わが身世にふる」という表現は他に例がない。「ふる」をハ行下二段活用動詞「経《ふ》」の連体形「ふる」と解する注釈書が多いが、「春雨の世にふりにたる心にもなほあたら

しく花をこそ思へ」（後撰・春中・七四）「人知れず頼みしことは柏木のもりやしにけむ世にふりにけり」（拾遺・雑恋・一二二二・右近）のようにラ行上二段活用動詞「古る」と考えるほかない例もあり、ここも「わが身…古る」という響きを排除することは難しいだろう。それゆえ、「ふる」には「経る」「古る」の両義を認めてよいと思われるが、前節で挙げたこの構文の用例に照らして「わが身世にふる」で一旦終始する呼吸は認めがたいので、表に出てくるのは連体形「経る」の方であることは確かだと考える。しかし、同じく連体修飾句を伴う6「あやめも知らぬながめせしまに」においても「あやめも知らぬコトヲながめす」という関係にならないように、「わが身世にふる」が「ながめ（物思い）」の具体的内容として表現されているわけではあるまい。一般に「連体修飾句＋ながめす」となる場合も

人に忘られて侍りけるころ、雨のやまず降りければ

春立ちてわが身ふりぬるながめには人の心の花も散りけり　（後撰・春上・二一）

花の散るを見て

あひおもはでうつろふ色を見るものを花に知られぬながめするかな　（春中・五九・躬恒）

のように、その連体修飾句が「ながめ」の具体的な内容になることはない。つまり、意味的には「わが身世に古り」ないしは「わが身世に経て」でも問題なかったにもかかわらず、ここで「わ

が身世にふるながめ」という言葉続きが選択されているのは、「経」「古る」を同時に響かすためには「ふる」という語形しかなかったという事情に加えて、諸注指摘するように、「ふるながめ」に「降る長雨」を掛けるためでもあったのだろう。その結果、「ながめせしまに」の部分からは、人事表現である「物思いにふける」意だけでなく、「長雨が降る」という自然表現が浮かび上がってくることになる。これはこの構文の表現としては異例であり、おそらくは意図的に仕組まれた構成なのだと思われる。

では、この二重構造は「花の色は移りにけりな」にまで及ぶのであろうか。もし及ぶとすれば、

《自然》　長雨が降る　→　花の色が移る
《人事》　我が身がふる　→　X

というような構造を有する和歌と解して、Xの部分に「花の色が移る」に対応する人事の状況を想定していくことになる。しかし、前節末で述べたように、「花の色が移る」という自然表現から当該歌の力点がずれてしまうとは考えにくい。また、「花の色は」と取り立てている以上、「咲く花の色は変はらずももしきの大宮人ぞ立ち変はりける」（万葉・6・一〇六一・福麻呂）「花の色は雪にまじりて見えずとも香をだににほへ人の知るべく」（冬・三三五・篁）のように、大宮人や花の香といった何か別のものを対比的に想起させることはあっても、「花の色」と類似性のある人事的事項を想起させる力は当該句には備わっていなかったと思われる。それゆえ、初二句「花

の色は移りにけりな」は右に図解したような二重構造をとることなく、「物思いにふける」「長雨が降る」という両方の文脈をこの自然表現が受け止めるという構造になっていると考えるべきであろう。

ここで参考になるのが、6の

弥生のつごもりがたに、兼輔中納言のもとにつかはしける
桜ちる春の末にはなりにけりあやめも知らぬながめせしまに

である。この和歌は、延長八年（九三〇）九月二十九日に醍醐天皇が亡くなった後、おそらくはその翌年三月末に三条右大臣藤原定方から藤原兼輔に贈られたものである。物思いにふけっていたらいつの間にか「桜ちる春の末」すなわち「弥生のつごもりがた」になっていたと詠んでいるのだが、注目したいのは、「ながめせしまに」に係る連体修飾句「あやめも知らぬ」の働きである。これは、醍醐天皇の死後、物事の道理も分からないほどの物思いをしてきたことをいうためのものだが、三月末という状況との関係からもう一つの脈絡も読み取れまいか。古典文学論注の会『三条右大臣集注釈稿』（二〇〇二年）は、当該句について

「文目も知らぬ」で、「物事の筋目もわからない」「分別も忘れた」の意。「ぬ」が連体形であ

るため「ながめ」に係り、「あやめもしらぬながめ」となる。「あやめ」は「菖蒲」と掛詞になっており、「本来、菖蒲は五月の長雨を知っているわけであるが、その菖蒲も知らない時期（三月）の、菖蒲も知らないほどの長雨」の意ととれる。

と施注している。これに従えば、「あやめも知らぬ」という連体修飾句は、「文目も知らぬながめ」として分別も忘れた物思いの意を表すのみならず、「菖蒲も知らぬ長雨」として三月の長雨（ながめ）であることを暗示してもいることになる。見方を変えて言えば、このような「あやめも知らぬ」という句の働きによって、初二句「桜ちる春の末にはなりにけり」は「分別を忘れた物思いをしている間に」という人事表現を受けるだけでなく、「菖蒲の知らぬ長雨」という自然表現とも関係を持たされているということになる。

このような視点を当該歌にも適応できないだろうか。つまり、「わが身世にふるながめせしまに」に「降る長雨」が掛けられたことにより、物思いにふけっていたら花の色が移っていたという主文脈のみならず、長雨が降ると花の色が移るという隠れた文脈をここから浮かび上がらせることが仕組まれていたのではないかということである。一見意想外に思えた初二句の表現が、隠れた文脈からは必然的な結果としても捉え返されるという機智的な面白さを狙ったもの、言い換えれば、「花の色は移りにけりな」という表現がここに選ばれたのは、「降る長雨」と関連させることである脈絡を作り出すためであった、と考えてみたいということである。

さて、その雨と花の関係だが、大きく二種類の可能性が考えられる。まず一つ目は、伝統的な歌の発想に基づいたと考えるもの。『万葉集』に

あしひきの山の際照らす桜花この春雨に散り行かむかも　（10・一八六四）
春雨はいなくな降りそ桜花いまだ見なくに散らまく惜しも　（10・一八七〇）
見渡せば向かひの野辺のなでしこが散らまく惜しみ雨な降りそね　（10・一九七〇）
秋萩を散らす長雨の降る頃はひとり起き居て恋ふる夜ぞ多き　（10・二二六二）

といった歌があるように、雨が花を散らすという捉え方は古くからあったと推定される。一八六四歌や一八七〇歌は春雨が桜花を散らす例であり、この論理関係を背後に潜ませて、長雨のせいで花が散ってしまったと表現してみせたと考えるのである。想定される論理関係としては伝統的なものであり享受者にも納得しやすいと考えるが、しかし、「花の色は移りにけりな」を花が散るの意に解せるのかという疑問が残る。確かに、古今集撰者はそう解したようだが、前掲した万葉一〇六一歌や古今三三五歌あるいは「花の色は霞にこめて見せずとも香をだにぬすめ春の山かぜ」（古今・春下・九一・良岑宗貞）「花の色はただひとさかり濃けれどもかへすがへすぞ露は染めける」（物名・四五〇・高向利春）といった用例に照らす限り、「花の色は」と取り立てるようなうたい方をしてしまうと、その視覚的側面を強調する効果が生じてしまい、単なる落花とは見なし

がたくなる。現行諸注が「花の色が褪せる」と意を汲んでいるのは、この点に配慮した素直な理解かと思われる。

そこで微修正して、当該歌の場合は、長雨のために花の色が褪せてしまった、と考えたいところだが、『貫之集』に「雨ふれば色さりやすき花桜うすき心も我が思はなくに」（六二〇）という用例があるくらいで（『万葉集』には「卯の花を腐す霖雨《ながめ》の始水に寄るこつみなす寄らむ児もがも」（19・四二一七・家持）という用例もある）、享受者にとってこれが即座に納得できる発想であったのかが、今度はあやしくなってくる。当該歌の影響を受けたと思われる前掲後撰二一歌でも「散る」となっていたように、雨が花を散らすという理解が強固に存在していた可能性も捨てきれない。また、色褪せるの意を表すのなら、どうして「花の色はうつろひにけり」と詠まなかったのかという疑問も残る。

二つ目の可能性は、中国文学の発想に基づいたと考えるもの[7]。中国では六朝詩あたりから雨に濡れた花の美しさを詩に詠むようになり、日本でも島田忠臣「賦二雨中桜花一」（『田氏家集』巻下）がその美しさを

低入潦中江濯錦　暖霑枝上火焼薪　低きの潦中《らうちゆう》に入れば江錦を濯《あら》ひ　暖かきの枝上を霑《ぬ》らせば火薪を焼く

と表現し、菅原道真「上巳日対レ雨翫レ花」（『菅家文草』巻五）が「暮春尤物《ゆうぶつ》雨中花（暮春の尤物雨中の花）」と断じているように、それは九世紀末には確実に享受されていた。それゆえ、小町も物思いにふけっている間に春雨に濡れていっそう美しさを増した花を発見した、と考えるのである。この場合、小町が「花の色」に注目した理由は分かりやすくなる。しかし、今度は色が増すことを「うつる」と表現するのかという疑問が生じてくる。確かに、色の変化を「うつる」で表現することはあり、また「うつろふ」としてしまうとその変化を否定的なものとして強調することになるので、あえて「うつる」の語を選択したと考えられなくもないが、

　春雨ににほへる色もあかなくに香さへなつかし山吹の色　（古今・春下・一二二）
　春雨にいかにぞ梅やにほふらんわが見る枝は色もかはらず　（後撰・春上・三九・紀長谷雄）

という用例が示すように、通常は「にほふ」を用いる点からすると、「うつろふ」を避けるだけならどうして「にほふ」を用いなかったのかという疑問は残ってしまう。あるいは、忠臣が水面に映った桜の美しさを錦に喩えているようにこの「うつる」を「映る」と考えたくもなるが、そう解するには言葉が足りず、また「照り映える」の意を考えるには時代が早すぎる。

　どちらの可能性も決め手に欠けるが、本論では小町歌の言葉に即しているということで、問題はあるものの、長雨のせいで花の色が褪せてしまった、という可能性を考えたいと思う。つま

り、物思いにふけりながら過ごしているうちに気づいたらもう花が色褪せてしまっていたという主文脈の背後で、しかし長雨が降り続いたのだから花が色褪せるのも当然だという別の論理が働いたものと考えるということである。「ながめ」に「長雨」を掛けるのは今日の目から見れば一般的な手法だが、これは六歌仙時代に広まった掛詞であり、当該歌ではそれを詠み込むことに一つの眼目があったのかと思われる。

さて、そのようにして見出された長雨のために色褪せてしまった花の姿だが、これは時間の経過を意味するためのものだったのであろうか。前節末で保留にしたこの問題を最後に検討しておきたい。

当該歌と同じ構文を持つ1の遍照歌では、「わが屋戸は道もなきまで荒れにけり」と詠まれた自邸の様子が、恋人を待ち続けた時間の長さを示すと同時に、閨怨詩の存在を前提に「恋人の来訪が途絶える↓女の家が荒れる」という因果関係によって、長い間訪れのない恋人の存在を暗示する効果を担ってもいる。また、ほぼ同時期に詠まれたと考えられる

ひとりのみながめふるやのつまなれば人を忍ぶの草ぞ生ひける　（古今・恋5・七六九・貞登）

では、掛詞を駆使して自然と人事を組み合わせることで「長雨が降る古屋の軒端《つま》なのでしのぶ草が生える」という自然の文脈が「ひとり物思いにふけりながら過ごす古屋の妻なので夫を偲ぶ

（気持ちが生じる）」という人事の文脈を浮かび上がらせる仕組みになっている。つまり、自邸の荒廃やしのぶ草の生育は、それぞれの方法によって、恋人の不訪や夫を恋い偲ぶ妻の心情を表示する結果となっているのである。これら二首は男性歌人の手によるものなので、当時このような和歌を詠むことが珍しくなかったと推測されるが、物思いにふける女がふと外界の変化に気づくという点でこれらの和歌と設定が近い当該歌でも、色褪せた花が何かを表示していた可能性は否定できまい。

しかし、既に確認したように、当該歌の「花の色は移りにけりな」はそれに対応する人事の文脈を持つこともなく、また「長雨が降る→花が色褪せる」という因果関係を構成することはあってもそれ以外の人事を含む因果関係を有することもない。色褪せた花は単に色褪せた花として提示されているのであり、この点は当該歌解釈の前提として押さえておくべきことだと考えるが（逆に言えば、隠れた文脈の必然性を主文脈に押し及ぼすことはできないということである）、では当該歌の景は単に時間経過を示すだけなのだろうか。

確かに、「うつる」という語が選択されている以上、初二句に時間の経過が含まれていることは否定できない。しかしそう考えるには、花が色褪せることはある時期の終焉を示す景としては喚起力が弱いと思われるし、また「わが身世にふる」と設定される作中主体が物思いにふけっている間に過ぎ去ったことを感じ取る時間の幅としても、開花時期の終焉や春の終わり程度では短すぎるように感じられる。言い換えれば、「わが身世にふる」との関係からは「老いはてにけり」

（8）「老いぞしにける」（11・12）と結びつくような長期の幅を持った時間経過を思わせる景の提示が期待されるのである。

とすれば、長雨のために色褪せた花の姿とは、たとえば鈴木日出男『百人一首』（ちくま文庫一九九〇年）が

桜はもともと開花期間が短いのに、そのうえ今年の桜花は長雨のために色あせてしまったのだから、美しさをほとんど見せずに終わってしまった。そのことがそのまま、女の盛りをむなしく過ごして、やがて老いさらばえるしかないわが身の悲しみをかたどっている。

と評するように、色美しく咲き誇る機会を十分に与えられぬまま衰退を余儀なくされてしまったという点で、まさに「いたづらにわが身世にふる」作中主体の象徴にほかならなかった、と考えてみるべきであろうか。当該歌に接した享受者は、花が色褪せる過程に時間の経過を感取するのではなく、色褪せた花の姿そのものに作中主体の姿を重ねたいという衝動に駆らることがある。たとえば、当該歌の注釈においては、しばしば第三句「いたづらに」が初二句にも係ると指摘されることがあるが、それは「いたづらに」時間を過ごしたものとして作中主体と花とを重ねて受け止めているからではないか。当該歌の理解として「いたづらに」を初二句と結びつけることは誤りだと考えるが、しかしそのように感じ取らせる力が当該歌に備わっていることは確かであろ

う。その力の源こそ、「いたづらにわが身世にふる」作中主体が見出した色褪せた花の姿なのではないか。

しかし、そこまで考えて小町が当該歌を詠んだのか、あるいは享受者が勝手に感じ取ってしまうだけなのか、その区別は難しい。したがって、推測を多く含むことにはなるが、もしこれが小町の意図したことであったとすれば、当時の一般的な通念に合致する「散る花」ではなく「色褪せた花」がここで作中主体によって見出されたことも、あるいはその際に七八二歌や七九七歌に用いられる「うつろふ」ではなくあえて「うつる」という語が選択されたことも、説明しやすくなるように思う。それゆえ、本論ではひとまず、右の象徴作用までを含めて当該歌の意味の範疇に含めておくことにしたい。

以上、本論では、小野小町の代表歌と見なされている有名な「花の色は移りにけりないたづらにわが身世にふるながめせしまに」の一首を取り上げ、なるべく小町の虚像による影響を排しながら、当該歌が成立当時に持っていた意味について考えてきた。その結果、本論では

①当該歌に用いられている「〜しまに…にけり」という構文は、作中主体が持続的かつ非能動的な行為をしている間に気がついてみると予想以上に長い時間が経過していたことを表現することを基本とするものであり、それゆえ古今集撰者たちも、具体的な花の描写を通して知らないうちに過ぎ去った時間の経過を表現したものとして当該歌を読み解いたと考えられる。

②当該歌においては、初二句が実在の景として作中人物によって見出されており、「花の色」に寓意は認めがたい。むしろ、当該歌の狙いは、「降る長雨」を掛詞として潜めることで、長雨のために花が色褪せたというもう一つの脈絡を設定する点にあったと考えられる。

ことを主張し、

③「いたづらにわが身世にふる」作中主体によって発見された色褪せた花の姿は、何をするでもなく人生を過ごしてきた作中主体自身の象徴となっている。

ことを可能性として提示してみたつもりである。

注

（1）片桐洋一「「花の色はうつりにけりな」の注釈史」（『古今和歌集以後』笠間書院二〇〇〇年）など参照。

（2）山口博「小町閨怨」（『中古文学』一九七八年九月）、同『閨怨の詩人小野小町』（三省堂一九七九年）など。

（3）小島憲之「翻読語を中心として」（『日本文学における漢語表現』岩波書店一九八八年）参照。

（4）松田成穂「「花の色は」試解―小野小町論ノート―」（『金城学院大学論集』一九六七年三月）、田中喜美春『小町時雨』（風間書房一九八四年）など参照。

（5）拙稿「〈あき〉の誕生―萬葉相聞歌から平安恋歌へ」（『日本古代恋愛文学史』笠間書院二〇一五年）

（6）藤原克己「小野小町の歌のことば」（『古今集とその前後』風間書房一九九四年）は、深い人生観照を含んだ内省的な和歌と諧謔的座興的な和歌とを対立的に捉えるのではなく、言語遊戯的な虚構性を内包した言葉によって初めて人生のわびしさを歌にすることができたのだと指摘する。

（7）この点については、小島憲之『古今集以前』（塙書房一九七六年）、丹羽博之「雨中の花」（『平安文学研究』一九八八年十月）など参照。

# あとがき

本論集は本学文学部の助手として二〇一一年四月として就任し、五年間の任期を終えて二〇一七年三月に退任することになる田中一嘉氏によって編纂された。田中氏は一九九九年四月に本学部文化学科（現在は国際文化学科と現代社会学科に再編成されている）に入学し、二〇〇三年四月に大学院文学研究科社会文化論専攻博士前期課程へ進学、修士（学術）号を取得した後、二〇〇六年四月一橋大学大学院言語社会研究科言語社会専攻博士課程に入学、二〇一二年三月に「中世ドイツ文学盛期における「ミンネの教訓詩」―ミンネ概念の形成とその指南―」で博士号（学術）を取得している。その間二度にわたるボン大学への留学を行い、また博士論文をもとにした単著『中世ドイツ文学における恋愛指南書―文学ジャンルとしての「ミンネの教訓詩」の成立・発展―』（風間書房、二〇一四年）も刊行されている。中世ドイツ文学についての緻密な考証と浩瀚な知識をもとに田中氏は他にも次々と業績を打ち立てられており、今後の活躍がますます期待されるところである。

かくのごとく優秀な知性の持ち主である田中氏はまた性温和にして恭謙であり、私たち文学部教員はそれをいいことに本来なら自分の研究に没頭すべき田中氏の時間を奪って雑用を押しつけてきた。私もまた助手の経験があるのでその悔しさはよくわかっているのだが、目の前の仕事の山が片付けられないぐらいたまってくるとそんな過去の経緯は何処へやら、田中氏に「マジックインキを貸してください」だの「八十円切手を十枚ください」のようなくだらない用事を頼んで迷惑をかけ続けてきた。

惜しまれつつの本年度での退任にあたって、なんとか田中氏に感謝の念を伝える方法はないものか、いやもっと正確にいえば、五年間彼の貴重な時間を奪ってきてしまったという自分の後ろめたさをなんとか和らげる方途はないものかと考えて、退任記念に論集を編んでもらう、というアイデアを思いついた。本来なら私ごときがでしゃばるのではなく、田中氏の指導教授であり、また洒脱さと皮肉さが独特に入り混じったその物言いで私をはじめ何人かの文学部教員を長年にわたって魅了し続けてきた三浦國泰氏に音頭をとってもらおうと思ったのだが、いつもと同じように煙に巻かれてしまった。そこで私が発案者となったのだが、幸いにして松浦義弘文学部長をはじめとする文学部の皆さんのご理解を得て、私たち文学部教員の学会である文学部学会に刊行費用を負担してもらうことができた。さらに私の趣旨に賛同してくださる寄稿者八名の方々にも恵まれて、今回刊行の運びとなったわけである。また実際の編纂にあたっては、文学部学会事務局の鹿野谷有希さんと、風間書房の風間敬子社長にお世話になった。こうして関わっていただいたみなさまに対しても謝意を表したい。

論集のテーマを恋愛にすることは田中氏がずっと関心を持たれてきたことだったのですんなり決まった。文学部とはいえ、四つの学科に属する各教員の関心や興味は多岐にわたるので、それ以上にきつい「縛り」をかけることはせず、自由に書いてもらった。若い田中氏には「弟子」もいないから、よくあるフェストシュリフト（退任記念論集）よりもさらに雑然としたものになっている、という印象を与えるかもしれない。

しかしながらそれぞれの論文を読むことで、その向こうに透けて見えてくる本学部の「空気」のようなものを感じ取ってもらえると発案者としては嬉しい。田中氏が働いていた文学部共同研究室には、確かに知的生産に携わる現場特有の雰囲気があった。近年の社会の大きな変化のうねりを受けて大学もまたかつての姿を失いつつある。「共同研究室」とは名ばかりで、そこでの「業務」は学生のニーズに的確にこたえるサービスにあたるものが殆どだ。それでも本学部には、ひとまず世間のことは忘れ、知識を享受し、掘り下げ、分け与えることを楽しもうという暗黙の了解が生きている。過去から連綿と続いてきた学問の遺産を守り育てようという意気が感じられる。本論集を作り上げていく過程ではとりわけ、田中氏の専門が中世ドイツという「浮世離れした」ものだということもあって、研究会などを通じて寄稿者が集まって話をする機会があるたびにそういう「研究」の楽しさを感じ取ることができた。私が感じたものは、おそらくこの論集全体に浸透していると思う。

最後に。「田中さんに迷惑をかけたせめてもの罪滅ぼしに」という私の呼びかけで寄稿してくださった寄稿者のみなさんは、多かれ少なかれ田中さんに迷惑をかけてきたという意識はあるだろう。その中でも私はもっとも「被害」を与えた人間だという自覚はあったのだが、最後になって図らずもそれを証明することになってしまった。十一月上旬という田中氏が最初に設定した締切はどうせ誰も守らないだろうと高を括っていたし、それはその通りだったものの、まさか自分がいちばん原稿を出すのが遅れ、一月末までかかってしまうということは思いもよらなかった。田中さん、ごめんなさい。人の意見を聞くときの鋭く真剣な目つきは何度も見たものの、この五年間、決して怒りの色を表すことがなかった田中さんは、最後まで私に温厚なまま接してくれたけれど、腹の底ではそうでなかったかもしれない。そう考えると今更ながら恐縮する次第です。五年間どうもありがとうございました。

日比野　啓

# 執筆者紹介（掲載順）

**西　兼志**（にし　けんじ）
成蹊大学文学部准教授。メディア論、コミュニケーション論。
著書『〈顔〉のメディア論：メディアの相貌』法政大学出版局、2016。共著書『ハイブリッド・リーディング：新しい読書と文字学（叢書セミオトポス）』新曜社、2016。

**今田　絵里香**（いまだ　えりか）
成蹊大学文学部准教授。メディア史、教育社会学。
共編著『セクシュアリティの戦後史』京都大学学術出版会、2014〔担当「異性愛文化としての少女雑誌文化の誕生」〕。著書『「少女」の社会史』勁草書房、2007。

**遠藤　不比人**（えんどう　ふひと）
成蹊大学文学部教授。近現代英文学・批評理論。
著書『情動とモダニティ―英米文学／精神分析／批評理論』彩流社、2017。著書『死の欲動とモダニズム―イギリス戦間期の文学と精神分析』慶應義塾大学出版会、2012。

**日比野　啓**（ひびの　けい）
成蹊大学文学部教授。アメリカ演劇、日本演劇、演劇理論・批評。
共著『演劇のジャポニスム』森話社、2016〔担当「『忠義』上演におけるセルフ・オリエンタリズム」〕。共著『ステージ・ショウの時代』森話社、2015〔担当「アメリカ合衆国のレヴュー」〕。

**田中　一嘉**（たなか　かずよし）＊責任編集
成蹊大学文学部助手。ドイツ中世文学・文化。
著書『中世ドイツ文学における恋愛指南書：文学ジャンルとしての「ミンネの教訓詩」の成立・発展』風間書房、2014。共編著『ことばと文化の饗宴：西洋古典の源流と芸術・思想・社会の視座』風間書房、2014〔担当「ハインリヒ・フォン・フェルデケの『エネアス物語』に見られる恋愛力学：中世ヨーロッパにおけるウェルギリウス受容の一形態」〕。

三浦　國泰（みうら　くにやす）
成蹊大学名誉教授。解釈学、ドイツ近代文学。
共訳『ディルタイ全集 第10巻：シュライアーマッハーの生涯 下』法政大学出版局、2016。著書『ヘルメスの変容と文学的解釈学の展開：ヘルメネイン・クリネイン・アナムネーシス』風間書房、2005。

林　廣親（はやし　ひろちか）
成蹊大学文学部教授。日本近代文学・演劇。
著書『戯曲を読む術：戯曲・演劇史論』笠間書院、2016。共著『革命伝説・宮本研の劇世界』社会評論社、2017〔担当「『聖グレゴリーの殉教』─皆何かを探している。一度は手に入れたはずなのに……」〕。

鹿野谷　有希（しかのや　ゆうき）
成蹊大学文学部助手。日本古代文学。
論文「『落窪物語』結婚三日目の夜の一考察」『成蹊國文』第48号（2015）収録。論文「『落窪物語』における短連歌」『成蹊國文』第45号（2012）収録。

吉田　幹生（よしだ　みきお）
成蹊大学文学部教授。日本古代文学。
共著『新時代への源氏学 〈物語史〉形成の力学』竹林舎、2016〔担当「歌物語としての源氏物語─紅葉賀巻の源典侍物語をめぐって─」〕。著書『日本古代恋愛文学史』笠間書院、2015。

成蹊大学人文叢書14

文化現象としての恋愛とイデオロギー

二〇一七年三月三一日　初版第一刷発行

編　者　成蹊大学文学部学会
責任編集　田　中　一　嘉
発行者　風　間　敬　子
発行所　株式会社　風　間　書　房
101-0051　東京都千代田区神田神保町一－三四
電　話　〇三－三二九一－五七二九
FAX　〇三－三二九一－五七五七
振　替　〇〇一一〇－五－一八五三

印刷・製本　太平印刷社

© 2017 Seikeidaigaku-Bungakubu-Gakkai
NDC 分類：908
ISBN 978-4-7599-2180-9　Printed in Japan

JCOPY〈㈳出版者著作権管理機構　委託出版物〉
本書の無断複製は、著作権法上での例外を除き禁じられています。複製される場合はそのつど事前に㈳出版者著作権管理機構（電話 03-3513-6969、FAX 03-3513-6979、e-mail: info@jcopy.or.jp）の許諾を得て下さい。